주말의
 부부

주말의 부부

김성진 장편소설

연애는 화려한 오해요,

결혼은 참혹한 이해다.

차례

주말의 부부 009

작가의 말 348

프로듀서의 말 352

1

수정은 공간이 한눈에 보이는 법률사무소 로비 한가운데 소파에 앉아 있었다. 로비는 이혼을 하려는 사람들로 발 디딜 틈 없이 붐볐는데, 모두 입을 꾹 다물고 있었기에 쥐 죽은 듯 조용했다. 수정은 으레 그렇듯 이혼을 앞둔 부부들이 머리끄덩이를 붙잡으며 싸우는 그림을 떠올렸지만 현실은 반대였다. 이혼 직전의 부부들은 오히려 관심 없다는 듯 심드렁한 표정으로 자신의 핸드폰에 온 정신을 집중하고 있었는데, 다들 고개를 푹 숙이고 있는 탓에 패배한 권투 선수처럼 보였다. 개중 한 사람만이 고개를 빳빳이 들고 있었다. 바로 수정의 남편인 진호였다. 그는 수정과 멀찍이 떨어진 소파에 앉아 한쪽 벽을 뚫어져라 보고 있었다. 진호의 시선이 향하고 있는 곳으로 수정이 고개를 돌렸다. 고급스러운 액자에 담긴 커다란 단체 사진 하나가 눈에 들어왔다. 사무실 소속의 이혼 전문 변호사들이 활짝 웃고 있는 사진은, 팔짱까지 낀 모습이 너무나도 의기양양해 보여 일을 맡겨도 좋겠다는 안심이 들 정도였다. 이혼을 원하는 부부들은 죽상을 하고 있었고, 이혼을 시켜 주겠다는 변호사들은 자신감이 흘러넘치는 미소를 짓고 있었다. 이상하지 않나? 수정은 초현실주의 그림 속에 들어온 듯한 착각이 들었다.

"이상하지 않아?"

진호의 목소리였다. 옆자리에 앉은 사람의 존재를 까맣게 잊을 만큼 대화가 전혀 없는 조용한 로비였으므로 그의 목소리는 소극장에서 공연 중인 성량 좋은 배우의 목소리처럼 또렷하게 들렸다. 몇몇 사람들이 진호의 목소리를 자신을 호명한 사무원의 목소리로 착각했는지 고개를 들어 두리번거렸지만, 이내 다시 핸드폰에 고개를 처박았다. 그러나 진호는 목을 길게 늘여 수정을 빤히 바라보고 있었다. 눈치 없이 무슨 말을 하려나 싶어 걱정이 된 수정이 조그맣게 인상을 쓰며 되물었다.

"뭐가?"

"여기 앉은 사람들은 다 죽상인데, 저 사람들만 웃고 있는 거."

 혹 죽상이라는 단어 때문에 기분 상한 사람이 있을까 싶어 수정이 조심스레 주변을 살폈다. 그러나 여전히 모두들 무관심 모드를 유지하고 있었다. 그러게. 왜 저런 사진을 찍는 걸까. 이혼하러 오는 사람들을 놀리는 것도 아니고 말이다. 수정도 진호와 같은 생각이었다. 하지만 수정은 진호와 자신이 같은 생각을 하고 있다는 사실을 인정하고 싶지 않았을뿐더러, 이혼하러 온 마당에 죽이 잘 맞는 부부처럼 보이는 것은 더더욱 싫었다.

"전혀?"

대수롭지 않다는 듯 수정이 대답했다.

"안 이상해? 진짜?"

진호가 호들갑을 떨며 되물었다. 진호와의 교집합 따위는 이제 내게 없다. 수정이 태연하게 대답했다.

"안 이상한데?"

"저게 안 이상하다고?"

"이혼하면 행복해질 거라고 어떤 메시지를 전달하고 있는 거잖아. 그래서 웃고 있는 거잖아."

반대를 위한 반대였기에 수정은 설득력 없는 궤변을 내놓을 수밖에 없었다. 당연히 진호는 전혀 이해하지 못하겠다는 얼굴이었다. 삼인성호三人成虎라 했던가. 세 명이 모이면 없는 호랑이도 만들 수 있다고 했다. 우기면 된다. 수정이 억지를 부렸다.

"다시 한번 잘 봐 봐. 미소에서 메시지가 안 읽혀?"

죽이 잘 맞는 것도 싫지만, 이혼을 앞둔 다른 부부들 앞에서 말다툼하고 싶지는 않다. 그러니까 제발 궤변이라도 그러려니 하고 넘어가자. 제발 그 입 좀 다물어 주라. 수정이 속마음을 듬뿍 담은 인상을 쓰며 진호를 다그쳤지만 진호는 그만둘 생각이 없었다. 오히려 그는 골똘히 집중한 얼굴로 변호사들의 단체 사진이 걸린 바로 앞 소파로 엉덩이를 옮겼다. 그러고는 사진 속 변호사들의 표정 하나하나를 유심히 관찰하며 중얼거렸다. 사진에서 그녀가 말한 메시지의 냄새를 읽어 내려 코를 박고 킁킁거리고 있는 진호를 보며 수정은 법률사무소를 찾은 것이 올바른 선택이라고 확신했다. 각자 하고 싶은 말을 주고받지만 원하는 방향으로 대화가 진행되지는 않는다. 약속 시간이 이미 한참 지나 창밖에는 어스름이 내려앉았다. 이혼하는 데 시간과 노력이 이렇게나 들어가는지 전혀 예상하지 못했다. 수정이 깊은 한숨을 내쉬었다.

"김진호 남편님, 그리고 정수정 아내님!"

또각또각 구두 소리와 함께 로비에 등장한 사무원 하나가 치약 광고에 어울리는 미소를 지었다. 수정과 진호는 멀찍이 떨어진 자리에서 차례로 일어나 죽상을 한 얼굴로 사무원을 따라 변호사실이 있는 복도를 향해 발걸음을 옮겼다.

"안 그래도 우울한 이혼?"

황 변호사는 어린이 프로그램 진행자처럼 쾌활한 목소리로 외쳤다. 그리고 아직 자신의 말이 끝나지 않았다는 걸 친절히 알려 주려는 듯 검지손가락 하나를 수정과 진호 사이에 세웠다. 반려견에게 기다리라고 지시하는 손동작과 비슷했다. 수정과 진호의 눈동자를 차례로 살피던 황 변호사는 활짝 핀 꽃봉오리 같은 미소를 지으며 말을 이었다.

"웃으면서 해 봅시다! 이혼하면 행복해집니다!"

말을 끝낸 황 변호사가 만족스러운 얼굴로 수정과 진호를 번갈아 보고는 따라 하라는 듯 같은 말을 반복했다.

"안 그래도 우울한 이혼?"

"웃으면서 해 봅시다!"

황 변호사가 선창하자, 수정이 복창했다.

"이혼하면?"

"행복해집니다!"

하지만 이 모든 상황이 낯선 진호는 금붕어처럼 뻥긋거릴 뿐. 수정을 흐뭇하게 바라보던 황 변호사가 애처로움과 서글픔 중간쯤의 미소를 지으며 진호와 눈을 마주쳤다. 금쪽이를 바라보듯. 그러자 진호가 어색한 미소를 지으며 말문을 뗐다.

"변호사님, 외람되지만……."

"외람되면 하지 마."

수정이 진호의 말허리를 끊었지만, 진호는 아랑곳 않고 말을 이어 갔다.

"외람되지만, 이혼을 하는데 어떻게 행복해져요?"

외람되는데 왜 저런 질문을 하는 걸까. 황 변호사의 만개한 미소에 불편한 심기 한 방울이 똑 하고 떨어져 얼굴 전체로 번져 갔다. 그녀는 푸근한 인상의 중년 여성이었지만, 불고데기로 한껏 부풀린 머리와 당장 무대에 올라도 좋을 만큼 화려한 메이크업 때문인지 방송에서 보던 것보다 압도적인 분위기를 풍겼다. 진호의 외람된 질문에 그녀는 말없이 책장에서 자신의 베스트셀러 『이혼을 하고 천국이 내게 다가왔다』를 꺼내 진호 앞에 툭 내려놓았다. 그러고는 다이아 반지를 낀 두툼한 손가락으로 "천국"이라는 두 글자를 톡톡 두드렸다.

"안 그래도 우울한 이혼?"

황 변호사가 선창했다. 복창을 요구하는 황 변호사의 겁박과 다름없는 미소에 진호는 겁을 먹은 아이처럼 입을 꾹 다물었다. 재산분할을 공정하게 처리하자는 수정의 제안에 법률사무실을 찾았다. 이런 우스꽝스러운 구호를 외쳐야 한다는 것을 알았다면 따라오지 않았을 거다. 협의이혼이니 모두 반으로 나누면 되지 않나? 지금이라도 나가자고 할까? 고민에 빠진 진호가 우물쭈물하자, 수정이 진호의 옆구리를 툭 하고 쳤다. 그제야 진호는 처음 입을 뗀 아이처럼 우렁차게 복창했다.

"웃으면서 해 봅시다!"

"이혼하면?"

"행복해집니다!"

마침내 진호가 복창하자 황 변호사의 얼굴에서 불편한 심기가 사라졌다. 금쪽이의 극적인 변화에 만족감을 느낀 그녀는 수정과 진호에게 또 다른 질문을 던졌다.

"이혼을 하려면 뭐가 필요할까요?"

이혼을 하는 데 뭐가 필요해? 필요하나? 필요할까? 도대체 뭐가? 진호와 수정은 동시에 동일한 의문을 떠올렸다. 하지만 한 귀로 흘려 버린 진호와 다르게, 수정은 며칠 동안 이 질문에 대한 답을 찾아 헤맸다.

 이혼을 하려면 무엇이 필요할까. 수정은 황 변호사의 마지막 질문을 되뇌며 지옥철에 몸을 싣고 있었다. 빼곡하게 들어선 사람들 틈바구니에 끼어 옴짝달싹할 수 없는 상태는 의외로 포근했다. 적당한 압력과 적당한 흔들림. 다수의 사람들과 내가 그리 다르지 않다는 안정감. 이것이 수정이 원하는 이혼 이후의 삶이었다. 상륙작전을 앞둔 군인 같은 표정을 짓고 있는 회사원들 사이에서 수정만이 홀로 미소를 짓고 있었다. 이혼 후에 찾아올 자유롭고 독립적인 삶을 상상하는 수정의 미소를 이 사람들은 절대로 이해할 수 없을 것이다. 수정은 이혼을 하기 위해서 가장 필요한 것을 찾았고, 그것을 쟁취하기 위해 김포발 강남행 지옥철에 몸을 실었다.

 수정은 웹툰 작가다. 정확히 말하자면 3~4년 전의 수정은 웹툰 작가였다. 하지만 최근 1년 동안 수정은 수영 수업을 마친 아이들을 씻기거나, 극장의 화장실을 청소하는 등의 일로 생계를 유지했기에 자신을 웹툰 작가라고 소개할 수는 없었다. 웹툰 작가라고 소개하면 무엇을 그렸느냐는 질문이 나올 것이고, 그에 제대로 대답하려면 남편인 진호와 얽힌 복잡한(어쩌면 단순한) 이야기를 꺼내지 않을 수 없다. 때문에 수정은 자기소개 할 차례가 되면 난처한 미소를 지으며 이름 석 자, 정, 수, 정을 말하는 것으로 대신했다. 그러면 대부분 그녀의 난처한 표정을 읽고 질문을 멈춘다. 내세울 것이라고는 이름 세 글자뿐인데 그 이름으로 불리던 존재는 아득히 먼 풍경처럼 희미해졌다고, 일을 마친 후 고된 몸을 이끌고 집으로 돌아오는 노을을 보며 수정은 종종 떠올렸다.

\\\\\\

지하철에서 내린 수정은 웹툰을 제작하는 스튜디오를 찾았다. 통화를 하고, 회의를 나누며, 바쁘게 업무 시간을 보내고 있는 사람들이 공유 오피스 로비를 오갔다. 커다란 소파에 어색하게 앉아 있던 수정은 출입문이 열릴 때마다 자리에서 일어났다. 혹 자신과 통화를 한 담당자가 아닐까. 거듭 앉았다 일어설 때마다 바지 속으로 넣은 셔츠가 흐트러졌으므로 매번 옷매무새를 정리해야만 했다. 화구통을 조심스럽게 연 수정이 안에 든 콘티와 원고를 살펴봤다. 그럴 리는 없겠지만 오늘 아침에 마무리한 원고를 잊고, 완성도가 떨어지는 구 버전을 가져온 것은 아닌지 걱정이 됐다. 그때 수정에게 010-XXXX-4322 번호로 전화가 걸려 왔다. 수정이 전화를 받았다.

"네, 정수정입니다."

핸드폰의 스피커가 아니라 수정 바로 뒤에서 여자의 목소리가 들렸다.

"정수정 작가님?"

수정이 고개를 돌리자 후드 티에 통이 넉넉한 바지를 입은 젊은 여성이 핸드폰을 들고 있었다. 너무 젊었다. 서른두 살인 자신보다 거의 열 살쯤 어려 보이는, 이제 막 사회생활을 시작한 것 같은 여자였다.

"이민혜 피디님?"

"본부장님은 작품 검토가 밀려서요. 올라가시죠."

통 큰 바지는 명함을 건네지도, 자신의 이름을 밝히지도 않고 대뜸 엘리베이터로 안내했다. 수정은 잠자코 그녀의 뒤를 따랐다. 엘리베이터가 층마다 멈춰 섰다. 둘 사이에 미묘한 침묵이 흘렀다. 아니, 미묘하다고 느낀 것은 수정뿐이다. 대화를 시도해야 하나. 아니면 차분하게 기다려야 하나. 프로듀서에게 자신과 자신이 그린 작품의 장점을 제대로 전달하기 위해 수정의 머릿속이 바쁘게 돌아가고 있었다. 수정의 어색함을 느꼈는지 통 큰 바지를 입고 이름을 밝히지 않은 프로듀서가 말을 꺼냈다.

"어디서 오셨어요?"

수정은 밤샘 작업을 한 작가의 포스를 뿜을 것인지, 여기저기서 찾아서 바쁜, 그래서 당신들과 일이 틀어져도 거래처가 많은 여유 있는 작가의 풍모를 내비칠지 고민했다. 그러다 팩트만 말하기로 했다.

"김포요. 집이 김포거든요."

"먼 길 오셨네요. 메일로 접수하셔도 되는데."

내가 바쁜 시간을 빼앗았다는 것일까. 그래서 내가 귀찮은 것일까. 아니면 결과가 별로 좋지 않을 것인데 괜히 먼 길 왔다고 타박하는 것일까. 그래서 이름을 알려 주지 않는 것일까. 수정이 의도를 파악하려 애를 썼다. 그때 엘리베이터가 도착했다. 다시 대화가 끊겼다. 엘리베이터 안은 사람들로 가득했다. 지하철에서와 마찬가지로 엘리베이터에서도 적당한 압력과 적당한 포근함을 느꼈다. 수정은 실로 갈망했다. 이곳이야말로 이혼 이후의 자신이 있어야 할 완벽한 장소였다.

수정은 신원 미상의 통 큰 바지 프로듀서를 쫓아 미로 같은 복도를 걸었다. 여기저기서 바쁘게 일하는 사람들이 눈에 띄었다. 하나같이 수면이 부족해 보였고 손목에는 탄력 밴드를 감고 있었다. 그림을 그리다 보면 몸의 이곳저곳이 망가진다. 수정은 이미 알고 있다. 하지만 저 삶으로 다시 돌아가고 싶었다. 그리웠고 간절했다. 내 아이디어를 채택하지 않더라도 좋다. 이 직장으로 매일 출근하고, 퇴근하는 삶을 내게 제안해 주시길 간곡히 부탁드립니다!

"작품 검토실"이라고 적힌 문 앞의 의자에는 이미 몇 명이 앉아 있었다.

"원고는 저한테 주시고요. 여기 앉아서 잠시 기다려 주세요."

수정은 막 출산한 자신의 아이를 생판 모르는 사람에게 넘기는 기분이 들었다. 저기, 당신을 믿어도 될지 아직 확신이 들지 않았는데요.

"들어가서 직접 만나는 게 아니고요?"

"저희 회사 방침이라서요."

회사 방침이라면 어쩔 수 없지. 앞으로 동료가 될지도 모르는 사람들이다. 깐깐하게 굴어서 좋을 것 없다. 수정은 통 큰 바지에게 화구통을 건넸다. 그녀는 화구통을 받아 들고는 작품 검토실 앞으로 걸어가 적당한 강도와 간격으로 문을 세 번 두드렸다. 그리고 셋 셀 정도의 틈을 기다렸다가 문을 열고 안으로 들어갔다. 어정쩡하게 서 있는 수정에게 의자에 앉은 여자(경쟁자1) 하나가 말을 붙였다.

"앉으세요. 한 시간 넘게 기다릴 텐데."

삐쩍 마른 여자는 오징어 의상을 입고 있었다. 코스프레 의상인가?

"그거 오징어예요?"

수정이 최대한 무례하게 느껴지지 않을 어투로 물었다.

"한치예요. 오징어는 귀가 이렇게 크지 않고, 다리도 이렇게 짧지 않죠."

여자는 옷소매에 달린 한치 다리 모양의 술을 만지며 자랑스럽게 대답했다.

"무엇보다 한치가 오징어보다 훨씬 부드러워요. 한치가 용궁을 떠나서 인간 왕자님을 찾으러 가는 웹툰을 그리려고요."

오징어가 인간 왕자님을 찾으러 가는 웹툰이 있지 않았나. 그거 이미 단행본까지 나왔던 것 같은데. 잠깐, 나도 저렇게 적극적인 프리젠테이션을 준비했어야 했나. 수정은 저도 모르게 자책감에 빠졌다. 그때 구석에 앉은 남자(경쟁자2)가 퉁명스러운 말투로 대화에 끼어들었다.

"저는 분명 한 시간 전에, 30분이면 검토 끝난다고 들었 거든요."

남자는 목이 늘어진 티셔츠 위로 복대를 차고 있었다. 복대를 지나치게 꽉 묶은 탓에 숨을 쉴 수나 있는지 걱정이 될 정도였다.

"하지만 어쩌겠어요. 메일로 접수하면 내 아이디어를 얼마나 또 어떻게 훔쳐 갈지 모르니까 이렇게 직접 보여 주고 원고 돌려받는 게 낫죠. 안 그래요? 다들 그래서 여기까지 온 거 아니에요?"

동의한다. 아이디어를 누군가에게 빼앗기는 것은 좋지 않다. 수정이 자기소개를 해야 할 순간이었다. 수정이 난처한 미소를 지었다. 그러자 붙임성이 별로 좋지 않은 셋의 대화는 즉시 끊겼다. 의심이 많아서 직접 회사를 찾아와 원고를 접수한 세 사람은 복도에 나란히 앉아, 그리고 말없이 기다렸다. 이따금 근처의 자판기에서 윙윙거리는 소리가 났다. 수정은 이곳이 동물병원이고, 그들이 주인에게 버려진 유기견 같다는 생각이 들었다. 손목에 탄력밴드를 두르고 한 치 다리를 애지중지 쓰다듬는 여자는 앞다리가 부러진 요크셔테리어 같았고, 복대를 차고 자판기에서 뽑은 콜라를 홀짝거리는 남자는 늙은 프렌치불도그 같았다. 그럼 나는 어떤 동물일까? 수정이 질문의 답을 찾으려 애를 쓰던 그때, 통 큰 바지 프로듀서가 밖으로 나왔다.

"정수정 작가님? 잠시 안으로 들어오시겠어요?"

먼저 도착한 자신들보다 수정의 이름이 먼저 불리자, 한치 의상을 입은 요크셔테리어(경쟁자1)와 복대를 찬 프렌치불도그(경쟁자2)는 당황한 얼굴이었다. 미안해요, 여러분. 저 먼저 갑니다. 실망하지 마세요. 여러분도 곧 저처럼 좋은 기회를 잡을 거예요. 수정은 그들에게 심심한 위로를 표하고 싶었으나 의기양양함을 숨길 수 없었다.

"본부장 이민혜"라는 명패 뒤에 앉아 있던 여자가 자리에서 일어나며 수정을 맞이했다. 가운데 위치한 소파로 수정을 안내한 이민혜 본부장은 수정의 원고를 테이블 위에 올려놓더니 단도직입적으로 물었다.

"확인하고 싶은 게 하나 있는데요."

"네? 무슨?"

"그게 정말로 사실이에요?"

잠옷 바람으로 이삿짐센터 직원들을 맞이한 사람처럼 수정은 적잖이 당황했다. 맥락 없는 질문의 의도가 뭔지 전혀 짐작할 수 없었다.

"뭐가 사실이란 말씀인지……."

"상상임신요."

"상상임신요?!"

"제가 어디서 얘기를 들었는데, 작가님이 아이디어 떨어져서 마감 계속 어기다가 임신했다고 거짓말하시고 하차하셨다는 이야기가 있어서요."

"어디서 들으신…… 아니 누가 그래요?"

"누군지는 모르겠고, 어디서 듣긴 들었는데. 그래서 연재도 마무리 못 하셨다고. 그치?"

이 본부장이 동의를 구하려는 듯 통 큰 바지를 바라보며 눈썹을 치켜올렸다. 통 큰 바지가 어느새 이 본부장의 맞은편에 선 까닭에 자연스럽게 수정은 둘 사이에 끼고 말았다. 통 큰 바지가 말을 이었다.

"저는 버전이 좀 다른 걸 들었는데. 그, 혼외임신을 하셔서 아이를 저기…… 그…… 하셨다고."

혼외임신?! 그리고 하긴 뭘 해! 통 큰 바지는 수정을 힐끗 바라보며 말을 덧붙였지만, 자기가 말하고도 부끄러웠는지 뱉은 말을 끝내 마무리하지는 않았다.

"혼외임신을 하셨는데 남편분이 대신 연재를 마무리하셨겠냐."

"그건 그렇네요."

"그렇지. 그건 개연성이 떨어지지."

"그러니까요. 개연성이 떨어지네요."

이 본부장과 통 큰 바지는 수정을 가운데 앉혀 놓고는 지들끼리 한참이나 대화를 나눴다. 순식간에 투명 인간이 되어 버린 수정은 언제 대화에 끼어들어 사실관계를 바로잡아야 할지 난감했다. 난처한 수정의 마음을 눈치챘는지 이 본부장이 수정에게 물었다.

"저희가 사회적 이슈에 좀 민감해서요. 원고 검토 전에 저희에게 진실을 들려 주실 수 있으신지."

너무 막장이라 대꾸할 가치는 전혀 없지만 수정은 정정해야만 했다. 어디서부터 이야기를 꺼내야 정정이 될까. 그런데 사생활을 까발리면서까지 자초지종을 설명해야 할까. 그러면 원고가 채택될까? 그런데 저들이 말하는 진실이라는 게 뭘까.

사실은 이렇다. 결혼 2년 차였다. 수정은 오랫동안, 그리고 치열하게 준비했던 웹툰을 연재할 수 있는 기회를 얻었다. 진호와의 결혼 이후 계속해서 좋은 일이 수정에게 이어지던 때였다. 당분간은 일만 하자. 일생일대의 기회를 놓치지 말자 다짐했다. 말년 병장의 건강 유지법을 참고해 낙엽 근처에도 가지 않으며 몸 관리를 철저히 했건만…… 덜컥 임신을 하고 말았다. 상상임신도 아니고, 혼외임신도 아니었다. 진호의 아이를 가지게 됐다. 보통 아이를 가지면 행복에 벅차기 마련인데, 수정은 그렇지 않았다. 마치 날벼락을 맞은 것 같은 심정이었다. 연재는 어떡하지? 가장 먼저 든 생각이었다. 아이는 건강할까? 아이의 이름은 뭘로 할까? 이런 생각은 한참 지난 후에야 비로소 떠올랐다. 수정에게 임신을 알린 의사와 간호사는 수정의 얼굴을 보고, 필시 사연 있는 여자라 생각했을 것이다. 수정은 알 수 없는 죄책감을 느꼈다. 마땅히 행복해야만 하는 자신이 아니라서 그랬다. 자책하는 자신에게 실망하고, 매일 아침 그런 자신과 마주하는 것이 두려웠다. 반복되는 두려움에 수정은 조금씩 쪼그라들었고, 말라비틀어진 자신을 원래의 형태로 복원시키는 일은 좀처럼 쉽지 않았다. 그렇다고 해서 방법이 아예 없는 것은 아니었다. 세이브 원고를 최대한 준비하면 출산 전후로 어떻게든 연재를 맞출 수 있을 거라고 판단했다. 연재에 들어가면서 하루 열두 시간, 주 7일 작업을 했다. 사람을 써서 시간이 오래 걸리는 밑선 작업을 맡기면 세이브 원고를 쭉쭉 뽑을 수 있을 터였다. 그래서 보조 작가를 구했지만 일은 생각대로 풀리지 않았다. 일일이 지시를 해야만 그나마 원하는 방향으로 작업이 이뤄졌기 때문이다. 보조 작가에게 지시를 하고 나면 정작 아이디어를 구상하고 콘티를 그릴 시간이 모자랐다. 엎친 데 덮친 격으로 수정의 몸 상태가 달라졌다. 잠이 쏟아졌다. 하루 열두 시간 하던 작업은 반토막이 났고, 그 시간마저 보조 작가에게 작업 방향을 지시하는 데 대부분 써 버리고 말았다. 준비했던 원고는 동이 났다. 결국 마감을 어기게 됐다. 한 번이 두 번이 됐다. 연재를 더 이상 할 수 없는 몸 상태가 되었을 때, 수정은 회사에 임신 사실을 알렸다. 회사는 임신을 한 수정에게 무책임하다고 소리쳤다. 그걸 왜 이제 말하느냐고, 너 때문에 회사 망하면 책임질 거냐고 했다. 임신 사실을 더 빨리 말한들 달라질 것이 있었을까. 잠이 덜 왔을까. 보조 작가와 합이 잘 맞았을까. 만약 회사에 그 사실을 미리 알렸다면 보다 빨리 무책임한 웹툰 작가가 되지 않았을까. 아무도 모를 일이다. 이따금 후회가 몰려올 때마다 수정은 '부주의했던' 자신을 탓했고, 동시에 스스로를 보호하기 위해 진호를 원망하곤 했다. 그러나 언제나 죄책감은 자신의 집인 양 수정의 마음으로 되돌아왔다. 수정의 입장에서는 이것이 진실의 한 조각이었다.

"혼외임신 아니고요. 상상임신 아닙니다."

수정은 간략하게 대답했다. 사실과 거짓만 바로잡자.

"마감은요?"

"못 지킨 게 맞습니다. 여러 이유가 있었지만……."

수정은 이 본부장이 '왜요'라고 물어봐 주길 바랐지만, 그녀는 그저 고개를 끄덕이며 통 큰 바지를 보며 눈썹을 치켜떴다. 불길한 신호였다. 수정이 변명하듯 말을 꺼냈다.

"임신을 하니까 잠이 많아지더라고요."

임신이 사실임을 밝히고, 마감에 대한 해명을 할 수 있는 적절한 답변이다. 그러나 자신이 그들에게 적합한 파트너가 아니라는 것을 서로를 바라보며 눈썹을 치켜뜨는 둘을 보고 깨달았다. 그래도 수정은 포기하지 않았다. 그녀는 그들이 주고받는 텔레파시에 방해전파를 쏘듯 대화를 끌고 갔다.

"그래서 원고는 어떠셨어요?"

수정은 실력으로 까이면 인정하겠다는 마음으로 원고에 대한 의견을 물었다.

"저희가 마감일에 좀 민감해서요."

"제가 요새 목숨보다 마감이 우선이거든요."

수정이 사즉필생死即必生의 각오로 어필했다. 광화문 한복판에 계신 이순신 장군님의 미소가 강남 한가운데 있는 수정에게도 전해졌다.

"원고가 재밌긴 한데요, 그리고 작가님 너무 팬인데요. 저희가 마감일에 좀 민감해서요."

'거절'이라는 두 글자를 아홉 글자로 늘리면 '마감일에 민감해서요'가 된다. 이 본부장은 마감일을 어겼던 수정의 잘못을 명확히 밝힘으로써 거절의 담벼락을 공고히 쌓았다. 하지만 수정은 지푸라기든 썩은 동아줄이든 뭐라도 붙잡아야 했다.

"임신을 하지 않겠다는 조항을 계약서에 넣으면…… 작업에 대한 제 비장한 결심이 전달될까요?"

진호와는 곧 이혼을 하게 된다. 그러므로 그와 아이를 가질 행위를 할 가능성은 전혀 없다. 그러나 이 본부장과 통 큰 바지는 수정이 가장 원치 않은 방향으로 대화를 몰아갔다.

"혹시 남편분이랑 같이 작업을 하시면요? 남편분도 웹툰 작가시고, 책임감 있게 마감도 지켜 오셨고요."

책임감 있게. 오만 가지 감정이 수정의 가슴속에서 끓어올랐지만 수정은 그저 앞에 놓인 원고를 화구통에 도로 넣었다. 이 본부장과 통 큰 바지에게 꾸벅 인사를 하고 대답 없이 작품 검토실을 나왔다. 요크셔테리어와 프렌치불도그는 여전히 자리를 지키고 있었다. 안에서 무슨 일이 있었는지 궁금해하는 눈치로, 수정의 일이 잘 풀리지 않았기를 바라는 기대가 잔뜩 엿보이는 얼굴이었다. 수정은 그들에게 과장된 미소와 함께 엄지손가락 두 개를 치켜세우고 자리를 떠났다.

엘리베이터 안은 점심시간을 맞은 직장인으로 가득했다. 수정이 안으로 비집고 들어가려 애썼으나 새된 경고음과 함께 중량이 초과됐다면서 마지막으로 타신 분은 엘리베이터에서 내려 달라는 친절한 목소리가 흘러나왔다. 졸지에 수정은 첫 번째 거절을 당한 지 1분도 지나지 않아 두 번째 거절을 당했다. 그것도 엘리베이터에게. 수정은 쫓기듯 계단을 내려왔다. 아무도 쫓아오지 않았지만 수정의 구두와 매끄러운 계단이 맞부딪치며 빚어내는 커다란 발소리가 그녀를 삼킬 것처럼 뒤를 계속 쫓아왔다. 수정은 비상구 표시가 보이는 층계참에서 발걸음을 멈췄다. 그러자 수정을 쫓던 발소리도 슬그머니 사라졌다. 그녀는 깨달았다. 이혼을 하려면 번듯하지는 않아도 안정된 직장이 있어야 한다. 경제적 독립. 그것이야말로 이혼하기 위해 가장 필요한 것이었다. 수정은 안주머니에서 수첩을 꺼내 웹툰 회사의 이름이 나열된 페이지를 펼쳤다. 그리고 검은 글씨로 적힌 회사의 이름 위로 빨간 줄을 하나 그었다.

2

지하철역에서 내려 15분 정도를 걸어가면 수정이 살고 있는 아파트가 나온다. 영어와 불어가 섞인 아파트의 풀네임 덕분에 괜히 고급스러워 보이는 단지다. 대부분 결혼을 한 지 얼마 되지 않은 부부들이 은행에서 대출을 최대한 땡겨 구입해서 살고 있는 곳이다. 모두 돈을 벌러 간 탓에 낮에는 오가는 사람이 없고, 해가 질 때쯤 되어서야 유치원에 다녀오는 아이들의 손을 잡고 퇴근하는 엄마들이 보이기 시작한다. 아이가 하나라면 버틸 만하지만, 성별이 다른 아이를 둘 이상 키운다면 더 넓은 곳으로 이사를 결심해야 하는 딱 그 정도의 아파트. 그렇지만 아이가 없는 부부라면 방 세 개(안방을 제외하면 창고와 다름없는 크기지만)에 화장실이 두 개여서 딱히 불만을 가질 이유도 없다. 현관문을 열면 깊은 복도가 나오고, 바로 오른쪽에는 서재로 사용할 수 있는 작은 방과 화장실이 나란히 있다. 그리고 복도 끝에는 화장실이 딸린 널찍한 안방이 나온다. 복도 끝에서 오른쪽으로 꺾으면 거실 겸 주방이 나오는데 요리를 하면서 TV를 볼 수 있는 구조를 가지고 있는데다가 거실과 주방 사이에 수납장이 있어 자연스럽게 공간을 분리해서 사용할 수도 있다. 크기에 비해 공간 활용도 나쁘지 않다.

수정은 기력을 모두 도둑이라도 맞은 것처럼 현관에 들어서자마자 신발도 벗지 않은 채 복도에 그대로 누웠다. 시계를 보니 시간은 1시 45분. 좀 더 누워 있고 싶지만 이제 일을 가야 한다. 수정은 몸을 일으켰다. 허물을 벗듯 신발과 스타킹을 벗어 복도에 내팽개치고, 복도 끝 안방으로 향했다. 수정은 안방 문에 떡하니 버티고 있는 도어록의 비밀번호를 누르고, 방 안으로 들어가 편안한 옷으로 갈아입은 후 복도로 나왔다. 마지막으로 안방 문에 달린 도어록에 입김을 후 불고, 지문이 남지 않도록 소매 끝으로 숫자 패드를 문질렀다. 수정은 구두를 옆으로 휙 치워 놓고 운동화를 꺼내 신었다. 끈을 단단히 묶을 무렵, 문 앞으로 누군가 다가오는 소리가 들렸다. 수정이 숨을 죽였다. 자신도 왜 이러는지 알지 못한다. 종종 택배가 올 때면 수정은 집 안에 아무도 없는 것처럼 하고 싶을 때가 있다. 예전에 룸메이트와 관련된 스토킹 사건 때문에 이런 버릇이 생겼는지도 모른다. 수정은 소리가 나지 않도록 조심스럽게 신발장에서 자신의 발보다 한참 큰 신발을 꺼냈다. 슥슥. 소리가 계속 이어졌다. 근처 마트나 피트니스센터에서 광고지를 붙이고 가거나, 검침원이 계량기를 확인하고 떠나는 경우가 대부분이다. 택배는 보통 더 늦은 시간에 도착한다. 소리는 떠날 기미가 없었다. 누굴까. 누가 우리 집에 이토록 관심이 있는 것일까. 수정이 현관문의 외시경으로 바깥을 살폈다. 숨을 죽이고, 좌우를 살피니 공포 영화의 주인공이라도 된 것 같았다. 주인공이라면 어떻게든 살겠지만, 만약 자신이 주인공이 아니라면……. 생각을 말자. 아무도 보이지 않았다. 다행히 소리가 멀어졌다. 뒤이어 엘리베이터가 도착하고, 내려가는 소리가 들렸다. 수정은 한참 동안 현관문 앞에 서서 소리가 사라질 때까지 기다렸다.

결국 5분을 늦었다. 그래서 총괄 매니저에게 무언의 잔소리와 퉁명스러운 미소가 담긴 인사를 받았다. 수정은 오늘 수영장에서 일한다. 수업을 마친 아이들의 몸을 깨끗하게 씻겨 주는 일이다. 아토피가 있는 아이들도 있고, 소독을 위해 물에 사용하는 염소가 혹시라도 아이들 몸에 남을까 걱정하는 부모들을 안심시키기 위해 수영장에서 몸을 씻겨 주는 사람을 뽑았다. 특별한 기술이 필요한 것은 아니지만 아이들과 지내려면 많은 에너지와 인내심이 필요하다. 가끔은 쥐어박고 싶은 아이들도 있지만 그럴 때마다 수정은 자신이 떠안고 있는 주택 담보 대출을 떠올렸다. 돈을 벌어야 은행에 진 빚을 갚을 수 있다. 그래야 이혼을 할 수 있다. 공동명의로 된 아파트를 가급적 높은 가격에 팔아서 이혼 이후의 불안정한 생계를 조금이라도 안정되게 꾸리자고 둘은 합의했다. 수정이 진호에게 이혼 의사를 밝힌 것은 2년이 조금 안 됐다. 진호는 천안에 원룸을 구해 근처 학교에서 아이들에게 그림을 가르치고 있기 때문에 한집에서 부대끼거나 부딪칠 일은 없다. 그래서 집값이 고점에 오를 때까지 무난하게 버텨 내고 있다. 다행히 매수자가 나타났다. 그러나 매수자 역시 대출을 끼고 집을 사야 하기 때문에, 수정과 진호가 지고 있는 빚을 넘겨받으면서까지 집을 구매할 수는 없다고 했다. 그래서 수정과 진호는 이혼을 결심한 후 이 아파트의 빚을 갚는 데 최선을 다하고 있다. 이자뿐 아니라 원금까지 갚아 내고 있으니, 이대로 조금만 더 버티면 깔끔하게 이혼할 수 있을 것이다. 그래서 아이들이 악마의 얼굴을 할 때면, 수정은 대출 잔고를 떠올린다. 이것이 수정의 명상법이다. 대출 잔고를 세 번 떠올리면 살인도 면할 수 있다.

간단한 저녁거리를 사서 집으로 돌아온 수정은 우편물로 가득 차 혀를 내밀고 있는 우편함을 비우고, 서둘러 엘리베이터에 올랐다. 불현듯 집 앞을 슥슥거렸던 소리가 귓가에 되살아났다. 층을 안내하는 숫자가 올라갈수록 그 소리가 가까워지는 것만 같았다. 수정은 도착을 알리는 소리와 함께 열린 문 밖으로 고개를 내밀어 복도 좌우를 살폈다. 다행히도 복도는 안전해 보였다. 수정은 얼른 집 안으로 들어갔다. 현관에 꺼내져 있는 커다란 남자 신발을 보고, 순간 진호가 천안에서 올라왔나 싶었다. 착각이었다. 진호는 주말에도 거의 올라오지 않는다. 서로 좋다. 이혼을 앞둔 부부가 주말에 무슨 일을 하겠는가. 어떤 대화를 나누겠는가. 같이 밥을 먹으면서 주중에 있었던 일을 나누겠는가. 도어록을 설치한 것도 그런 이유다. 진호의 방에 하나. 그리고 수정이 쓰는 안방에 하나. 서로를 못 믿어서가 아니라 확실히 하고 싶은 것이라고 했지만, 실은 서로를 못 믿어서다. 수정은 우편물에서 진호의 이름이 적힌 것을 추려 내 진호의 서재 겸 침실 겸 창고인 방 문에 걸린 우편물 정리함에 넣었다. 서로의 택배는 건드리지 않는 것이 원칙이었으나, 우편물처럼 개인정보가 유출될 수 있는 것은 챙겨 주기로 약속했다.

수정은 도어록을 열고 안방으로 들어가 문 옆에 놓인 스툴에 앉아 우편물을 확인했다. 대부분 버릴 것들이지만 혹시 출판사에서 우편물이 왔을 수도 있으므로 꼼꼼히 확인한다. 광고. 가입 권유. 그럼 그렇지. 수정은 페달이 달린 쓰레기통의 입을 열어 불필요한 우편물을 하나씩 버렸다. 광고. 가입 권유. 적십자. 최고장.

"최고장?"

수정이 쓰레기통의 페달에서 발을 뗐다. 쓰레기통이 스르륵 입을 닫았다. 수정이 우편물을 다시 한번 확인했다. 정수정. 분명 자신의 이름이 떡하니 적혀 있다. 그리고 위협적인 빨간 글씨로 "최고장"이라고 분명히 적혀 있다. 수정은 급히 우편물을 뜯어 내용을 살폈다. 리스 회사에서 보낸 우편물이었다. 내용인즉슨 정수정 님이 리스를 한 고급 외제 차의 납입금이 몇 달째 밀려 있으므로 이달 말까지 리스비를 납입하시오!(최고장 어디에도 느낌표는 없었지만 수정은 그렇게 받아들였다.) 그러지 않으면, 집에 빨간 딱지를 붙이겠다는 통고였다. 이게 무슨 말이란 말인가! 수정은 곧바로 전화기를 꺼내 진호의 번호를 눌렀다. 주소록 즐겨찾기에서 진호를 삭제한 것은 오래전이다. 하지만 이상하게도 진호의 번호는 수정의 뇌도, 손가락도 잊지를 않는다. 신호가 울렸다. 그렇지만 이내 전화를 받을 수 없다는 음성이 흘러나왔다. 지금 거절한 거야? 오늘만 벌써 세 번째 거절. 수정이 다시 통화 버튼을 눌렀다. 이번에도 진호 대신에 소리샘으로 연결해 주겠다는 여자가 대신 전화를 받았다. 네 번째 거절. 조금 서글퍼졌다. 하지만 수정은 기어코 다시 전화를 걸었고, 이번에는 진호의 목소리가 들렸다.

"왜. 무슨 일인데."

느긋하고, 무심한 말투다.

"뭐? 무슨 일?!"

수정이 화가 잔뜩 난 목소리로 되물었다. 이번에는 내가 또 무슨 잘못을 한 것일까. 무엇 때문에 수정이 왜 또 저렇게 화가 난 것일까.

"무슨 일이냐고?!"

수정이 소리를 질렀다. 제발. 질문을 하면 대답을 해 주면 좋겠다. 의문문에는 평서문으로. 그게 진호가 수정에게 소박하게 바라는 바다. 그런데 의문문에 의문문이다. 비난의 의도가 다분히 담겨 있는.

"지금 무슨 일이냐는 말이 나와?"

"그게 아니라, 우리가 통화를 자주 하는 것도 아니고. 더

구나 이 시간에 전화를 걸 이유가 없는데 전화를 하니까. 당연히 내가 무슨 일이냐고 묻지."

"거꾸로 생각해 봐. 우리가 통화를 해? 안 하지! 안 하는데 내가 세 번이나 전화를 하면 무슨 일이 있는 거 아니겠어?!"

"그러니까 무슨 일이냐고 물었잖아."

"무슨 일이 있다고 생각하면 그렇게 남의 일 말하듯 느긋한 말투로 무슨 일인데, 하지는 않지!"

머리가 지끈지끈해 왔다. 진호는 손에서 펜을 놓고 원룸 구석에 놓인 책상에서 일어났다. 그러고는 막 작업을 마친 캐릭터의 그림을 벽 한쪽에 붙였다. 좁은 원룸 벽 곳곳은 진호가 그린 그림들로 가득했다. 단 몇 걸음으로 주방까지 이동한 진호가 냉장고 문을 열고 시원한 맥주 한 캔을 꺼내 이마에 얹는 순간까지 수정은 진호를 향해 고래고래 소리 지르는 것을 멈추지 않았다.

"도대체 어떻게 된 거야?!"

또다시 처음으로 돌아간 대화, 그리고 의문문. 진호의 맥박이 빨라지고, 혈압이 조금씩 올라갔다. 쓰읍. 진호는 눈을 감고 코로 숨을 깊이 들이마셨다. 띠이이이잉. 싱잉볼의 소리를 떠올렸다. 흥분을 가라앉히는 진호의 명상법이다. 상상의 향냄새까지 들이마시고서야 차츰 안정을 되찾은 진호가 수정의 의문문에 의문문으로 대응했다.

"그냥 말 좀 해 주면 안 될까?"

"리스비."

"리스비가 뭐."

"밀렸다고."

"아! 그거 별거 아니야."

별거야, 이 사람아. 세상에 평화밖에 없다고 믿는 진호의 태도에 수정은 느낌표로 대답할 수밖에 없었다.

"별게 아니긴 뭐가 별게 아니야!! 최고장이 날아왔는데!!"

"어?"

"어~? 어어~?!"

"아! 그거 착오가 좀 있었나 본데, 내가 해결했어."

"해결했다고?"

"해결했다니까?"

"근데 왜 이런 게 날아와?!"

"내가 알아볼게."

"해결했다면서! 그런데 뭘 다시 알아봐?"

진호가 손가락으로 눈을 비볐다. 내면의 평화를 유지하기엔 싱잉볼과 향냄새만으로는 부족했다. 뭐라 말해야 수정이 수긍하고 전화를 끊을까. 만트라 주문이라도 외워야 하나. 진호가 잠시 생각에 잠긴 탓에 침묵이 흘러들었다. 진호의 냉장고가 두 사람의 다툼에 겁을 먹었는지 웅웅 소리를 내며 울먹였다.

"그거, 차 사장이 토요일까지 한꺼번에 입금해 주기로 했어. 됐지?"

"그동안은 왜 입금이 안 된 건데?"

"사업을 하다 보면 현금이 일정하게 확보되지 않을 수도 있고 그런 거지!"

"차 사장 편이야? 왜 변호를 하고 그래!! 리스비 안 들어오면 우리 어떻게 되는 줄 알아?!"

또 질문. 그게 얼마나 짜증 나는 건지 알아? 진호도 의문문으로 맞섰다.

"어떻게 되는데?"

"아파트 뺏긴다고!"

"하아……."

"지금 한숨 쉰 거야?"

"응. 한숨 쉰 거야. 니 편집증 때문에 미쳐 버릴 거 같아서 한숨 쉬었어. 욕이라도 한 바가지 하고 싶긴 하지만 욕을 하고 싶지는 않으니까. 그래서 한숨 쉬었어. 됐어?!"

다시 침묵. 말을 한껏 쏟아 낸 덕에 진호의 혈압이 내려갔다. 만트라가 하지 못한 것을 솔직함이 해냈다. 날카로웠던 진호의 말투가 다시 나긋해졌다.

"그러니까, 우편물 오는 동안 내가 해결했어. 그러니까 이제 문제없다고."

"우리한테 남은 거는 이 아파트밖에 없어. 나는 이혼하고 나면 이 아파트밖에 남는 게 없다고. 이런 말 하는 거 되게 자존심 상하는데 그만큼 아파트가 중요하기 때문에 이렇게까지 말하는 거니까. 제발 좀 일의 중요성을 알아 줬으면 좋겠어."

"사람이 말을 하면 좀 믿어라."

또다시 침묵. 주말부부가 되고 나서 둘 사이에는 이상한 기류가 생겼다. 친한 사람들끼리 절대 입 밖으로 내뱉지 않는 말들이 있다. 가령 자존심 때문에 할 수 없는 말들. 하지만 그게 타인이면 쉽게 나올 수 있는 그런 종류의 말들. 진호는 수정의 자존심이 얼마나 강한지 알고 있다. 그런데 자존심을 굽히고 저렇게 말할 정도면 이제는 자신이 수정에게 타인의 범주에 속한 사람이 됐구나, 진호는 확신했다. 잠깐이지만 자주 발생하는 침묵이 진호의 확신을 단단하게 증명했다. 주말부부가 되고 나서는 나눌 대화도, 공유하는 일상도 없었다. 아니, 나눌 것이 없는 것이 아니라 두 사람 사이를 가로막는 벽이 생긴 것일지도. 어쩌다 주말에 집에 올라가서도 도어록으로 잠긴 서로의 공간에서 단절된 주말을 보낸다. 무슨 흥미로운 일이 생기면 알려 주고 싶은 마음이 사라진 것도 오래전 일이다. 재밌는 일이 생기면 진호는 그 상황을 그림으로 그린다. 반복되는 침묵을 수정이 깨뜨렸다.

"이제 용건은 없어."

"그럼 전화를 끊을게."

"그래. 전화를 끊어."

"내가 먼저 전화를 끊을게."

이제 막 알게 된 낯선 사람과 통화를 마치는 것처럼 어색한 대화가 이어졌다. 통화를 마친 진호는 이마에 대고 있던 맥주 캔을 책상 위에 올려 두고, 앞에 보이는 작은 창문을 열었다. 창문을 열자 옆 건물의 벽이 보였다. 벽과 벽의 틈새로 바깥 공기가 비집고 들어왔다. 진호는 깊은 물 속에 빠졌다가, 허우적거리며 수면 위로 간신히 올라온 사람처럼 신선한 공기를 탐욕스럽게 들이마셨다.

전화를 끊은 수정은 쓰레기통의 페달을 다시 밟았다. 쓰레기통이 입을 벌렸다. 수정은 최고장을 양손으로 잡아 반으로 찢고, 그 조각을 쓰레기통에 넣고 페달에서 발을 뗐다. 그러나 쓰레기통의 입이 닫히지 않았다. 마치 쓰레기통이 버려서는 안 될 물건을 버렸다고 말을 걸어오는 것 같았다.

"진호가 다 해결했다고 말하는 거 너도 다 들었잖아."

수정이 입을 벌리고 있는 쓰레기통에게 대답했다. 하지만 쓰레기통은 완강하게 버텼다. 진호의 말을 온전히 믿어서는 안 된다고 조언하듯 좀처럼 입을 다물지 않았다. 수정은 고민에 빠졌다. 충성스러운 쓰레기통과 이혼할 남편 사이에서 누구를 믿어야 할까.

진호는 차 사장에게 바로 전화를 걸었다. 전화가 연결됐고, 차 사장의 걸걸하고 능글맞은 목소리가 들려왔다.

"아이고. 우리 진호 씨. 롱 타임 노 씨. 무슨 일이야."

"차 사장님, 아…… 그게…… 다름이 아니라 리스비랑 이익금 때문에요."

"어…… 우리가 그 부분에 대해서는 이미 충분한 논의를 나누지 않았나?"

빈정이 상한 듯 차 사장의 목소리가 다소 위협적으로 변했다. 차 사장에게는 두 개의 목소리가 있다. 필요 이상으로 친절해서 듣는 사람으로 하여금 불편함을 느끼게 만드는 목소리가 첫 번째다. 전화를 처음 받았을 때 차 사장의 목소리가 딱 그렇다. 다른 하나는 겁을 주겠다는 의도가 기본값으로 탑재된, 그래서 듣는 사람이 몸을 웅크리게 만드는 걸걸한 목소리다. 차 사장의 목소리가 두 번째 목소리로 바뀌었다.

"내가 진호 씨한테 뭐라고 했어."

차 사장이 따져 물었다.

"주말까지 입금해 준다고 하셨죠."

진호가 잘못을 뉘우치듯 대답했다.

"그치. 그런데 왜 전화했어. 지금 나 의심하는 거야?"

"그게 아니라요."

"내가 조금 늦게 준 적은 있어도, 언제 내가 리스비랑 이익금 안 준 적 있어?"

"아니. 그러니까 그게…… 제가 차 사장님을 의심하는 게 아니라……"

차 사장의 위협적인 목소리에 당황한 진호가 말을 더듬었다. 전화기 너머로 큭큭거리는 차 사장의 웃음소리가 들리기 시작했다.

"농담이야, 농담. 안 그래도 지금 드라마팀 만나러 가고 있어. 그 드라마 주인공이 우리 투자자라고 내가 말했나?"

차 사장이 어느새 친절한 목소리로 돌아와 있었다.

"아, 그 사무실 벽에 사진 붙어 있던 분이요?"

차 사장의 사무실 한쪽 벽은 유명한 사람들과 찍은 사진으로 가득했는데, 그 때문에 마치 블루리본이나 미슐랭의 인정을 받은 맛집 같은 권위를 줬다.

"그르치. 그 친구가 이번에 재벌 3세 역할을 맡았나 봐. 차고에 슈퍼카가 가득하다는 설정이 있다고, 이왕이면 우리 차로 하면 어떻겠냐고 제안을 해서. 나는 차 렌트해, 그 친구는 출연료에 이익금까지 받아. 얼마나 좋아. 안 그래?"

"저희 차도 들어가요?"

"당연한 소리를 왜 굳이 입 아프게. 그걸 말로…… 응? 그러니까 걱정 붙들어 매고 있어 봐."

진호는 수정이 히스테리를 부리면 방어할 무기를 얻었다는 것만으로도 다행이라고 여기고 통화를 마치려 했지만, 차 사장은 말을 멈추지 않았다.

"진호 씨가 내 동생 같아서 말하는 건데 말이야. 진호 씨는 다 좋은데 뭐랄까, 사람이 조급해. 남자는 말이야. 일이 좀 안 풀린다 싶어도 대범하게 웃으면서, 응? 좀 호탕한 맛이 있어야지. 그래야 일이 풀리……."

진호는 차 사장을 처음 만났을 때 그가 말이 좀 많다고 생각했다. 말이 많으면 안 해도 될 말을 하게 된다. 여전히 차 사장은 말이 많았다. 사람은 고쳐 쓰는 게 아니고 고쳐 쓸 필요도 없고, 고쳐 써서도 안 된다.

차 사장과 통화를 마친 후에도 진호는 안심이 되지 않았다. 아무래도 이번 주말에는 김포에 가야 할 것 같은 느낌이 단전에서부터 스멀스멀 올라왔다. 낡고 작은 원룸에 남아서 마음 편히 그림을 그리면서 주말을 보내고 싶었다. 김포에 가면 방마다 달려 있는 도어록 때문에 감옥에 갇혀 있는 기분이 든다. 더군다나 수정이 이렇게 쉽게 자신의 말을 믿을 리 없다. 진호는 이번 주말에 김포에 가야만 했다. 그러지 않으면 수정이 또 무슨 짓을 저지를지도 모른다. 여기저기 쑤시고 다니면서 다른 사람들을 괴롭힐 것이다. 엄마나 동생에게 전화를 걸어서 이것저것 꼬치꼬치 캐묻다가 이혼한다는 사실을 알리기라도 하면 큰일이다. 진호가 마감 때문에 전화 연결이 안 되었을 때, 수정은 경찰서를 찾아가 실종 신고를 한 적도 있었다. 귀찮더라도 확실하게 수정의 신뢰를 얻고 돌아와야 한다. 올라간 김에 못 만났던 친구나 업계 관계자 들을 만나고 오면 나쁘지 않은 주말이 될 것이다. 그때 수정에게서 메시지가 도착했다.

쓰레기통이 안 닫혀. 아무래도 느낌이 안 좋아.

진호는 한숨을 깊게 내뱉었다. 수정의 히스테릭한 행동 때문인지. 그녀가 자신을 믿지 않는다는 사실 때문인지. 아니면 자신의 예측이 전혀 틀리지 않아서 김포에 올라가야 한다는 사실 때문인지. 역시 사람은 고쳐 쓸 수 없다. 그리고 타인을 이해하는 것 또한 절대적으로 불가능하다. 부부는 한 몸이라고 하지만 그녀는 분명 내가 아니라 타인이다. 진호는 바로 답장을 보냈다.

내일 김포 가서 내가 다 설명할게.

수정은 진호가 집으로 온다는 메시지에 숨이 콱 막혔다. 이번 주말은 미세먼지가 최악인 날씨에 마스크 없이 숨 쉬는 것 같은 기분으로 보내게 될 것이다. 수정이 메시지에 답장을 했다.

굳이 설명 안 해도…….

수정은 '다 믿어'라고 적었다가 모두 지웠다.

꼭 직접 말하지 않아도…….

수정은 '다 알아. 이해해'라고 적었다가 모두 지웠다. 전화로 하면 될 것을. 왜 굳이 올라오려고 할까. 수정은 그제야 진호가 자신을 믿지 못해서, 그러니까 감시하러 올라오는 것이라는 걸 깨달았다. 그러자 페달에서 발을 떼도 입을 떡하니 벌리고 있던 쓰레기통이 그제야 입을 닫았다. 네 생각이 옳아! 하는 외침이 들리는 것 같았다.

\\\\\\

진호는 천안에 있는 사립 고등학교에서 아이들에게 그림을 가르친다. 웹툰 작가로서 나름 성공적으로 연재를 마치자 여러 학교에서 진호를 데려오기 위해 노력했다. 진호는 '새로운 웹툰을 연재할 때까지만'이라는 조건을 달고, '아파트 대출금을 갚을 겸'이라는 명분을 가지고 계약직 교사로 일하는 것을 선택했다. 벌써 2년이 다 되어 가고 있기에 교감은 줄곧 진호에게 계약을 갱신하자고 했다. 하지만 진호는 고민이었다. 2년이면 끝날 줄 알았던 유배 생활을 2년 더 할 것인가. 당장에라도 연재를 하고 싶지만 프로젝트는 야심차게 시작했다가 흐지부지되곤 했다. 제안을 했던 몇몇 학교 중에서 김포와 가장 먼 천안에 있는 학교를 선택한 것은 웹툰 작가는 재택근무가 가능하다는 장점이 있기 때문이기도 했고, 수정과 멀리 떨어져 있을 수 있다는 자연스러운 이유가 있기 때문이기도 했다. 어쨌거나 천안에서도 웹툰은 연재할 수 있다. 꼭 서울로 가지 않아도 된다.

수업을 마치는 종소리가 주차장에 울려 퍼졌다. 진호는 주차된 자신의 차에 올라 시동을 걸었다. 차는 깊은 잠에서 깨어나 정신을 차리는 데 시간이 걸렸다. 계기판에는 이런저런 경고등이 들어왔다. 진호는 차에 들어온 경고등이 괜히 자신의 미래를 상징하는 것은 아닐까 불길했으나 애써 부정했다.

"잘만 굴러가는구만. 쓸데없이 경고등은."

　진호는 경고등을 무시하고 라디오를 켰다. 흘러나오는 음악에 진호는 콧노래를 흥얼거렸다. 갑갑한 금요일 밤과 토요일 아침을 보낸다는 것을 부정하고 싶은 사람처럼. 그래서 당장은 세상에서 가장 행복한 사람이 되고 싶은 것처럼.

　진호가 문 앞에 도착하니 택배가 몇 개 도착해 있었다. 모두 수정의 것이었다. 신선 식품이나 개인정보 유출과 관련된 것이 아니라면 건들지 않는 것이 원칙이다. 진호는 택배를 문 밖에 방치한 채 집 안으로 들어섰다. 현관에 진호의 신발이 몇 개 꺼내져 있었다. 진호는 늘어서 있는 신발을 신발장에 가지런히 넣고는 복도 바로 오른쪽에 위치한 자신의 방에 문지기처럼 버티고 있는 도어록 비밀번호를 눌렀다. 진호가 방문을 열었다. 원룸보다 더 좁은 방이다. 책장과 책상이 차지한 공간을 빼면 사람 몸 하나 누일 공간밖에 남지 않는다. 거실에 놓인 소파에 벌러덩 눕고 싶었다. 현관문과 서재의 도어록이 열리는 소리가 두 번 들렸을 테니 자신이 집에 온 것을 수정은 충분히 알 수 있다. 하지만 진호는 괜히 거실에서 수정을 마주쳐서 어색한 상황이 생기지 않도록 수정에게 확실하게 알리기로 했다.

집 도착. 오늘 저녁이나 내일 아침이나 시간 될 때 이야기 좀 해. 리스비 건으로.

내일 저녁에 해.

오늘 저녁이나 내일 아침이면 좋겠는데.

내일 아침에는 아르바이트 가야 하고, 오늘 저녁은 늦을 거 같은데.

집에 없단 소리다.

언제 오는데.

몰라.

집에 없는데, 언제 올지는 모른다. 이어서 도착하는 문자.

담당 형사 돌아오는 대로 들어갈 거야. 편하게 거실에 있어.

"편하게 거실에 있어"라는 소리는 수정이 들어올 때는 방 안에 들어가 있으라는 소리다. 괜히 마주치지 말자는 이야기다. 그런데 담당 형사는 무슨 소린가. 진호는 곧바로 수정에게 전화를 걸었다.

"어디야."

"경찰서."

"경찰서?"

진호는 서둘러 옷을 챙겨 입고, 집 밖으로 나섰다.

진호가 허겁지겁 경찰서에 도착했을 때, 수정은 지능범죄 수사팀 앞 벤치에 태연하게 앉아 있었다.

"그래서 입금이 됐어?"

"아직은! 차 사장이 주말까지 준댔어!"

"지금 금요일 밤 9시가 한참 넘었는데?"

수정이 손목의 시계를 바라보며 대답했다.

"수정아, 주말까지란 말은 일요일 밤까지야."

"주말까지 원고 줘, 라고 하면 언제까지 마감해야 돼?"

진호가 대답하지 않자, 수정은 기세를 더해 진호를 몰아세웠다.

"주말까지 원고 줘, 라고 하면 나는 금요일 밤에는 원고를 넘길 거야. 안 그래? 그래서 주말까지란 말은 주말이 되기 전이란 거야."

"원고는 토요일 아침 업로드 되기 전에 줘도 돼."

"금요일 밤에는 쥐야 프로듀서들이 검토도 하고, 파일에 문제가 없는지 확인도 하고, 문제가 생기면 업로드 하기 전까지 수정을 하든가 할 거 아니야."

"그렇게 마감이 중요한 사람이 마감을 매번 어겼어?"

진호의 날 선 공격에 수정이 뒷걸음질을 쳤다. 수정이 입을 꾹 닫고 진호를 노려봤다. 진호는 그렇게 말할 의도까지는 없었다고 하는 대신에 당당하게 수정을 바라봤다. 수정의 눈동자는 분노와 원망, 증오와 혐오를 연료로 활활 타오르고 있었다. 수정의 얼굴이 붉게 물들기 시작했다. 진호는 화마가 수정의 온몸으로 번지기 전에 이 상황을 진정시킬 필요가 있었다. 진호가 먼저 입을 열었다.

"내 말은…… 토요일이 되려면 아직 세 시간이나 남았다고."

"은행 영업시간은 끝났어요, 이 사람아."

"그래서 경찰서 온 거야? 그러다 입금되면 어쩌려고?"

"그러다 입금 안 되면 어쩌려고?"

"입금 안 되길 바라는 사람처럼 말하네?"

"설마 입금됐는데 나 속이는 건 아니지? 다른 통장으로 따로 돈 챙겨 먹는 건 아니지?"

"뭐?!"

수정은 꼭 저런다. 아까 한 방 얻어맞은 것을 기어코 돌려

주려고 저렇게 모진 말을 한다.

"그 차 리스한 거라서 재산분할 목록에서 빠졌잖아. 절반으로 꼭 나눌 필요 없잖아?"

"내가 우리 아파트를 위험에 빠뜨리면서까지 이익금하고 리스비를 꿀꺽하고 있다고?"

"막말로 리스비 시간 벌면서 찔끔찔끔 내고, 아파트 팔아버리면 되는 거 아니야? 그 차 내 명의로 된 거라서 그쪽은 법적책임도 없잖아?!"

"그랬다면 재산분할을 못 받을 정도로 나한테 귀책사유가 생기는데 설마 내가 그랬을까?"

적어도 수정이 아는 진호는 이런 쪽에 매우 둔하다. 그런데 논리적으로 자신에게 맞서고 있다. 혹시 다른 변호사에게 코치를 받고 있나?

"확실하게 하고 싶어서 그래. 그러니까 묻는 말에 대답하면 되잖아."

"확실하게 하고 싶은 게 아니라 지금 나를 의심하고 있잖아!"

"그러는 김진호 남편분께서는 나를 의심해서 김포까지 온 거 아니야?! 내가 또 이 사람 저 사람 붙들고 문제 만들까 봐? 그러다가 내가 우리 곧 이혼한다는 말이라도 할까 봐?!

아니야?!"

김진호 남편분이라. 수정은 종종 변호사가 진호를 부르는 호칭으로 불렀다. 너나 자기, 당신이라는 사적인 표현은 극구 피했다. 수정은 자신을 이혼이라는 프로젝트를 진행 중인 비즈니스 파트너 정도로 여기고 있는 것이 분명했다. 진호는 대답하지 않았다.

"맞지? 맞잖아!! 맞네!"

수정은 진호의 침묵을 긍정으로 받아들였고, 진호는 수정을 설득할 수 없다고 판단했다. 수정을 설득하기 위해서는 자신이 아닌 제3자의 설득이 필요했다. 예를 들면, 웃으며 이혼하자는 황 변호사 같은 존재나 차 사장의 입금이라는 증거. 혹은 담당 형사의 등장 같은 것이 필요했다. 그가 나타나서 사건이 성립하지 않습니다, 라고 말해 주길 바랐다.

"그래서. 담당 형사는 언제 온대."

"몰라."

"그럼 형사 올 때까지 고소장이나 써 두던가."

"썼어, 이미."

수정이 손에 든 고소장을 팔락팔락 흔들며 말했다.

"12시까지 입금 안 되면 바로 신고 들어가는 거야."

경찰의 도움을 받으며 고소장을 쓰던 수정은 아주 잠깐이지만 입금이 되지 않는 상황을 상상했다. 그러면 진호가 자신을 속이고 있지 않다는 것이고, 사기를 당한 것이라는 자신의 주장이 틀리지 않게 된다. 이 상황이 전국에 중계되고 있는 리얼리티 쇼라면 시청자들이 아내가 틀렸네, 아내가 히스테릭하네, 라고 욕지거리를 하더라도 자신이 틀리길 바랐다. 사기를 당한 것이 아니길 바랐다. 그렇다면 진호가 나를 속이고 있는 편이 더 나은 것일까. 이쪽도 마음에 들지는 않지만……. 됐고. 아파트를 잃을 수는 없다. 입금은 돼야만 한다.

 밤이 깊어져도 담당 형사는 돌아오지 않았고, 금요일 밤 12시가 넘어갔는데도 불구하고 차 사장은 이익금과 리스비를 입금하지 않았다. 진호가 차 사장에게 바로 전화를 걸었지만, 차 사장은 전화를 받지 않았다. 하지만 진호는 사기를 당한 것이 아니라고 믿고 싶었다. 수정은 사기를 당했다고 확신했다. 그리고 수정의 불길한 예감은 빗나간 적이 거의 없었.

 "것 봐! 내가 뭐랬어! 사기당한 거라니까!"
 "은행 점검 시간이라잖아!"
 "금요일에 점검을 한다고?"
 "긴급이라잖아!"

진호는 토요일 아침 9시까지 사용할 수 없다는 은행 어플의 알림이 뜬 화면을 수정에게 들이밀었다. 차 사장은 전화를 받지 않았지만 메시지를 보내왔다. 진호는 화면을 넘겨 차 사장의 메시지를 찾았다.

은행 어플이 긴급 점검 중이라는데 월요일 아침까지 보내도 될까?

진호는 핸드폰을 수정에게 건넸다. 수정은 자신이 틀렸기를 바라는 마음으로 차 사장의 메시지를 유심히 살펴봤다. 스크롤을 가장 위로 올리자 입금을 하겠다는 차 사장의 메시지가 보였다. 진호는 입금이 언제 되느냐고 차 사장에게 물었고, 차 사장은 전액이 아니라 일단 일부를 입금했다는 메시지를 보냈다. 진호는 고맙다고 답했다. (당연히 돈을 받아야 하는 사람이 왜 고마워하는 걸까.) 수정은 차 사장과 진호의 대화 내용을 시간순으로 읽어 내려갔다. 스크롤을 내리자 차 사장이 밀린 지난달 치 리스비와 이익금을 일부 이체하고서는 이번 달 치와 다음 달 치는 다음 달에 한꺼번에 입금하겠다고 한 메시지가 보였다.

수정은 경찰서를 찾아오기 전 사기를 당했을지도 모른다는 불안감에 여러 기사들을 찾아보았다. 자신이 사기를 당하지 않았음을 확실히 하고 싶어서였다. 기사만으로는 충분치 않아서 국회도서관을 찾아가 경찰들이 보는 잡지를 찾아 비슷한 사례가 있는지도 알아봤다. 그 잡지는 이런 범죄 수법을 아주 상세하게 설명하고 있었다. 그에 따르면 사기꾼들은 입금을 하겠다는 말과는 다르게 이런저런 이유로 차일피일 약속을 어긴다. 그 거짓말이 반복되고, 빈도가 잦아지면 이미 늦은 것이다. '누르기'라고 부르는 전형적인 수법이다. 사기꾼들의 거짓말이 수면 위로 모습을 드러낼 즈음엔 그들은 이미 잠적해 버린 뒤다. 그래서 수정은 서둘러 경찰서를 찾았다.

"이거 누르기야."

"뭐? 누르기?"

"그래! 누르기!!"

"누르기가 뭔데."

"우리 사기당한 거라고!"

"은행 어플이 점검 중이라잖아!"

어디서부터 알려 줘야 진호는 자신이 사기를 당했다는 사실을 깨달을까. 수정은 막막했다. 도대체 진호는 왜 이 상황을 부정하려고 할까. 상황 파악이 안 되나?

"월요일 아침이 되면 김진호 남편분은 이런 아내를 뒤서

참 다행…… 아니, 뒀던 것을 감사하게 될 거야."

"상덕이한테 전화 걸어 볼게."

"전화를 걸면 달라져?"

"상덕이가 이 사업 소개해 준 거잖아. 차 사장이 사기를 친 거면 상덕이도 사기를 당했겠지?"

진호는 상덕에게 전화를 걸었다. 그러나 상덕은 전화를 받지 않았다. 진호가 재차 전화를 걸었지만 마찬가지였다.

"시간이 늦어서 그런가 보다."

혼잣말인지 수정을 향한 말인지 모를 투로 말을 뱉은 진호는 다시 한번 상덕에게 전화를 걸었다. 이번에는 연결음이 짧게 울리더니 전화를 받을 수 없다는 음성 안내가 흘러나왔다. 거절 버튼을 누른 건가? 자고 있지 않다는 거지? 진호는 다시 한번 상덕에게 전화를 걸었다. 상덕의 전화기는 꺼져 있었다. 이제 상덕이 자고 있지 않다는 사실은 분명해졌다. 그때 지친 얼굴을 한 남자들이 무리를 지어 우르르 계단을 따라 올라왔다. 사기 사건을 담당하는 지능범죄팀 형사들이었다.

"그러니까. 사기를 당하셨다고요?"

"네. 누르기라고 아시죠. 그걸 당한 거 같아요."

수정이 제법 전문적인 단어를 쓰며 형사에게 자신이 처한 상황을 설명했다.

"그래서 명의를 빌려 주고 이익금으로 차값의 1%와 매달 내야 하는 리스비를 받기로 하셨다고요?"

"네. 2억짜리 차니까 이익금 200만 원에 리스비가……."

"렌트를 해 주기로 한 차의 명의는 여기 정수정 님 앞으로 되어 있으시고요?"

형사가 수정의 말을 자르고 질문을 이어 갔다. 피곤함과 귀찮음이 반반씩 섞여 있는 말투였다. 그러나 수정은 아랑곳 않고 끈질기게 형사를 물고 늘어졌다.

"그런데 입금을 안 해 준 거죠. 누르기를 하면서."

형사는 수정의 말이 의심스러웠다. 사기를 당했다는 걸 이미 알고 있다는 사람이 한참 시간이 지나서야 사기를 당했다고 부랴부랴 고소를 하러 오다니. 그것도 금요일 밤에.

"사기를 당한 걸 아는 사람이 왜 이제야 신고하러 왔을까 의심하고 계시죠?"

수정은 형사의 마음속에 들어갔다가 나온 사람처럼 말하고는 차근차근 사정을 설명했다. 명의는 자신의 것이지만, 통장 관리는 남편이 하기로 했다, 이쪽은 아직 남편이긴 한데, 곧 이혼할 사이여서 지금 자신과 다른 의견을 가지고 있을 수도 있다, 그리고 사실이 아니길 바라지만 곧 이혼할 이 남편이 자신을 속이고 이익금을 빼돌리고 있는지도 모른다고.

"제가 아파트를 잃을 위험을 감수하면서 이익금을 빼돌리겠습니까? 여기 메시지 좀 보세요."

진호는 수정의 주장을 반박하며 형사에게 자신의 핸드폰을 건넸다. 형사는 피곤한 눈을 비비며 진호와 차 사장이라는 사람이 주고받은 메시지의 내용을 확인했다. 누르기였다.

"누르기, 맞죠?"

수정이 채근했다.

"누르기⋯⋯는 누르기네요."

퀭한 얼굴로 핸드폰을 보던 형사가 마지못해 대답했다.

"것 봐! 사기당한 거라고!"

"아직은 모르는 거지!"

금요일 밤에 부부싸움을 지켜보는 것은, 숨어 있는 사기꾼들을 하루 종일 쫓아다니느라 녹초가 된 형사가 아니더라도 고역이다. 인간이 본능적으로 갖는 수면욕과 민중의 지팡이로서 그가 가진 직업 정신이 치열하게 다투고 있는 중이었다. 형사가 수정과 진호에게 애원했다.

"저기요, 여긴 가정법원이 아니라 경찰서고요. 제가 잠복

이틀 하고 지금 돌아왔는데요. 내일 새벽같이 애들 데리고 캠핑 가기로 와이프하고 약속을 했거든요. 장시간 운전하려면 제가 조금이라도 눈을 붙여야 하는데. 만약에 제가 졸음운전 해서 아이들하고 와이프가 교통사고로 처참한 죽음을 맞이하게 된다면 두 분께서 죄책감 드시지 않겠어요? 드시겠죠?"

형사의 말은 그다지 설득력이 없었지만, 아이와 캠핑을 간다는 말에 진호의 마음이 약해졌다. 하지만 수정은 그래서 어쩌라는 식으로 형사를 바라볼 뿐이었다.

"그래서 어쩌라고 하는 얼굴이시네요."

이번엔 형사가 수정의 마음속에 들어갔다 온 사람처럼 말했다.

"일단 증거부터 준비해 오셔야 접수가 돼요."

형사가 설명을 했고,

"메시지 있잖아요!"

수정이 고함을 쳤으며,

"정수정 아내분! 형사님 말씀 끝까지 들어 보자고!"

어울리지 않게 진호가 소리를 높였다. 아수라장이 되기 직전에 가장 빨리 귀가하는 길은 역시 둘을 이해시키는 일이라고, 형사는 판단했다.

"이런저런 사업을 하자. 어디로 얼마를 입금하겠다. 그런 계약서가 있을 거 아니에요? 거기에 입금이 안 되었다는 내용을 증명할 통장이 있을 거고요. 그런데 차 명의는 아내분으로 되어 있고, 입금을 받기로 한 통장은 남편분으로 되어 있다고 하시니까……."

형사는 잠시 뜸을 들였다. 그리고 수정을 보고 말을 이었다.

"만약에 남편분이 돈을 빼돌렸다는 증거를 얻으시면 이제 조사할 대상이 바뀌는 거니까. 그것도 좀 참고를 하셔서 형사로 갈지, 민사로 갈지. 먼저 사실관계를 두 분끼리 정리를 좀 하시고요, 근데 또 이혼한다고 하셨으니까 변호사하고도 이야기 좀 나눠 보시고 다음 주 월요일에 오시면 그땐 제가 제일 먼저 처리해 드릴게요. 어때요?"

잡초처럼 자란 수염을 쓰다듬으며 형사가 말했다. 수정은 형사의 말에 일리가 있다고 여기고 수긍했다. 월요일에 형사가 캠핑에서 돌아오는 대로 신고 절차를 마무리하려면 그녀는 일단 증거를 모아야 했다.

3

6개월 전이었다. 차 사장의 사무실에서 수정이 되도 않는 고집을 부린 날이었다. 진호는 그날을 똑똑히 기억한다. 그 자리에는 차 사장, 그리고 차 사장과 진호를 렌터카 사업으로 이어 준 상덕이 있었다.

차 사장이 간단히 사업 소개를 했다. 이른바 '슈퍼카 렌트' 사업. 예를 들어 1억짜리 차를 진호나 수정의 명의로 리스해서 차 사장에게 전달하면, 차 사장이 그 차의 권한 일체를 위임받아 렌터카 사업을 진행한다. 그러면 매달 차 가격의 1%에 해당하는 100만 원 정도의 이익금을 보장한다. 차 가격이 올라갈수록 배당되는 이익금은 커진다. 간단한 논리였다.

"그럼 리스비는요?"

의문이 가득한 얼굴로 수정이 묻자, 차 사장이 사람 좋은 얼굴로 대답했다.

"당연히 리스비도 매달 지급해 드리죠."

수정이 동의를 구하듯 주위의 사람들을 둘러보며 물었다.

"아니, 이거 나만 이해가 안 되나?"

그러자 상덕이 퉁명스럽게 되물었다.

"뭐가요?"

"아니, 이렇게 좋은 사업을 왜 직접 안 하시고?"

분명 이 사무실로 오기 전에 상덕이 수정에게 누차 설명했다. 차 사장이 함께 사업을 했던 파트너 때문에 사기 사건에 휘말렸다. 그는 결백을 주장했지만, 재판부는 차 사장에게 파트너를 도와 사기에 가담했다는 판결을 내렸다. 차 사장은 결백을 입증하겠노라 변호사를 고용하고 법적 투쟁을 이어 갔지만 연이은 재판에서 결국 졌다. 그에게는 자신의 결백을 입증할 한 번의 기회가 더 있었으나, 항소를 포기하고 복역을 선택했다. 사기로 인한 형량이 생각보다 가벼웠기 때문이었고, 돈은 돈대로 쓰고, 시간은 시간대로 쓴 탓에 차 사장의 일상이 망가졌기 때문이라고 했다. 그러니까 첫 만남부터 굳이 차 사장의 심기를 건드리는 질문은 하지 말아 달라, 그러다가 계약을 못 하는 상황이 발생할 수도 있다. 상덕은 이 자리에 오기 전 진호와 수정에게 몇 번이고 강조했다.

수정이 해맑은 얼굴로 의문을 제기하자, 차 사장의 사무실은 도서관처럼 조용해졌다. 차 사장이 난처한 표정을 지었다. 그러자 전염이라도 됐는지 상덕과 진호가 난감한 미소를 지었다. 하지만 대답을 들어야겠다는 수정의 표정에 차 사장이 난처함을 뒤로하고 입을 열었다. 그리고 상덕이 말한 내용과 토시 하나 다르지 않은 내용을 읊었다. 파트너 때문에 누명을 썼고, 재판을 포기하고 복역을 하고 나왔다는.

"그런데 복역을 마치고 돌아오니, 제 이름을 가지고는 사업을 할 수 없더라구요."

'이름'이란 단어에 수정의 의심은 갑작스레 동정으로 변했다. 자신도 이름을 빼앗겨 봤기 때문에 차 사장의 상실감을 충분히 이해한다. 이름을 빼앗긴다는 건 존재를 부정당하는 것이다. 심지어 이름을 빼앗은 것이 남편이라면 그 배신감은 이루 말할 수 없다.

"사람을 너무 믿은 제가 잘못이죠. 그래도 다행이죠. 교도소에서 주님을 만났으니까요."

차 사장은 벽에 걸린 예수님 사진을 향해 따뜻한 미소를 지었다. 걸걸한 목소리와는 전혀 어울리지 않는 선량한 얼굴이었다.

"그럼 오늘 계약할 수 있는 건가요?"

갑자기 돌변한 수정의 태도에도 불구하고, 차 사장은 베테랑 사업가의 여유를 보여 주었다. 그는 신속하지만 서두르지 않는 움직임으로 책상 서랍에서 계약서를 꺼낸 후, 수정과 진호의 정확히 중간에 툭 하고 내려놓았다. 이제 가장 중요한 사안에 대해 논의해야 한다.

"공동 명의로 하실 거죠?"

말이 끝나기가 무섭게 수정과 진호는 서로를 쳐다봤다.

"아뇨."

수정이 단호하게 대답했고, 수정을 제외한 모두가 그녀를 바라봤다.

"정수정. 제 이름으로 할게요."

"왜 그래."

진호가 따지듯 물었다.

"뭐가 왜 그래야."

"공동 명의로 하면 되잖아."

"싫어."

"갑자기 왜 그래. 사람들도 다 보는 데서."

"왜 뭐가. 내 명의로 계약한다는데. 그게 여기 있는 분들이 보는 거랑 무슨 상관이야."

　수정은 손님들 앞에서 100원만을 외치는 어린아이처럼 떼를 썼다. 상덕이 진호의 오랜 친구임에도 불구하고 진호는 상덕에게 이혼한다는 사실을 말하지 않았다. 이혼을 하기 위해 아파트를 팔아야 하는데, 아파트 대출금을 빨리 갚아야만 매수자가 제값을 쳐준다고 했으므로 이 사업에 뛰어들었다는 사실을 어찌 말할 수 있으랴. 아니면, 차 사장에게 빨리 집을 팔고 이 친구와 갈라설까 하는데요, 아파트 값을 한 푼이라도 더 받자고 합의를 봤는데, 아파트 가격이 충분해질 때까지 이혼을 미루고 따로 살고 있었거든요, 그런데 얼마 전 좋은 가격에 집을 사겠다는 사람이 나타났는데, 자신도 대출을 받아야 하니 대출금을 좀 갚아서 그 비율을 줄여 달라고 합니다! 이렇게 말할 수도 없는 노릇이다. 수정이 막무가내로 떼를 쓰던 그 순간, 진호는 그녀와 이혼을 결정한 자신의 선택이 완전히 옳았다고 확신했다. 그래서 진호는 이날을 똑똑히 기억했다. 자신이 옳았다는 확신은 그의 인생에서 손꼽을 만큼 드문 일이었다. 천연기념물이나 멸종된 새를 우연히 뒷마당에서 마주친 것과 비슷하다고 해야 할까. 문제는 수정과 결혼을 결심한 순간에도 이러한 확신이 지대한 영향을 미쳤다는 점이다.

"그럼 차 보러 갈까?"

상덕이 불쑥 말을 꺼냈다.

"하하하. 그러면 되겠네. 차부터 보시면서 명의 어떻게 하실지 상의하시면 되겠네."

차 사장이 냉랭해진 분위기를 돋우려 얼굴에 웃음꽃을 띄우고 화응했다. 곧이어 그는 어딘가로 전화를 걸었다.

"어, 양 실장. 우리 고객님 차 보러 가실 거니까 차 좀 준비해라."

허름한 창고였다. 슈퍼카가 이렇게 낡은 창고에 보관되어 있다고? 진호는 께름칙했다. 진호의 의심을 눈치라도 챈 듯 차 사장은 이 창고가 CF나 드라마 촬영장으로 쓰이는 곳이라고 했다. 건너 다른 스튜디오에서 드라마 촬영이 진행되고 있어서 편의상 이곳에 보관하고 있다고 했다. 진호는 수정을 상대하느라 이미 지친 상태였으므로 순순히 의심의 칼끝을 거둬들였다. 그래, 좋은 게 좋은 거다. 원래도 말수가 많은 편은 아니지만, 상덕은 오늘따라 말이 없었다. 수정의 행동 때문에 짜증이 났을 수도 있다. 상덕이 어렵사리 차 사장과 끈을 이어 줬는데, 차 사장의 사무실에서 진절머리 나는 행동을 한 수정을 생각하면 진호는 그의 침묵을 이해하고도 남았다.

멀리서 빨간 슈퍼카 한 대가 다가왔다. 우렁찬 성량을 과시하던 빨간 슈퍼카는 창고 앞에 멈췄다. 차가 기우뚱거리더니 얼굴이 넙데데하고 덩치 큰 사내가 차에서 내렸다. 덩치는 고작 차에서 내렸을 뿐인데, 마라톤이라도 뛰고 온 사람처럼 쌕쌕 숨을 몰아쉬었다. 덩치가 차 사장을 발견하고는 말없이 꾸벅 인사했다.

"어, 양 실장. 여기는 우리 투자자님들. 인사해."

"안녕하세요. 양마닙니다."

양마니. 덩치에 어울리는 이름이었다. 양마니는 크록스를 질질 끌며 창고 앞으로 가더니 드르륵 문을 열었다. 수정은 소풍이라도 나온 학생처럼 활기찬 발걸음으로 창고 안으로 들어갔다. 창고 안은 어두워서 아무것도 보이지 않았다. 양마니가 전원을 올리자 텅텅거리는 소리와 함께 창고 안이 점점 밝아졌고, 슈퍼카들이 서서히 그 매끈한 자태를 드러냈다. 모든 인테리어를 장인의 수작업으로 완성한다는 영국제 한정판 빈티지 세단. 제임스 본드가 영화에서 탔다는 '그' 슈퍼카. 미국의 래퍼들이 타고 싶어 줄을 선다는 블링블링한 리무진과 거대한 바퀴를 가진 SUV들. 제조 회사에 통장 잔고를 증명해야만 대기 순번에 들 수 있다는 방탄 기능을 갖춘 독일제 세단. 멈춘 상태에서 단 4초만에 100킬로미터의 속도를 낼 수 있다는 이탈리아제 슈퍼카 등이 저마다의 아름다움을 뽐내고 있었다. 양마니는 슈퍼카 주변을 돌아다니며 범퍼 앞에 무릎 높이 정도 되는 시옷 자 모양의 입간판을 세웠다. '영업 중'임을 알리는 식당의 입간판과 비슷했지만, 김포 아파트 한 채와 맞먹는 금액이 적혀 있다는 것이 다르다면 다른 점이었다.

"여기 2억짜리 있네."

상덕이 마트에 장을 보러 왔다가 할인 상품이라도 찾았다는 말투로 입간판을 가리키며 말했다. 2억이라는 가격표가 붙은 하얗고 커다란 SUV였다. 2억짜리 차를 계약하면 매달 200만 원 이익금이 들어오고…… 아파트 이자가 100만 원 정도 되니까…… 이자를 내고도 원금을 100만 원씩 갚을 수 있다. 필요하다면 여윳돈으로 써도 되고. 진호가 행복한 상상을 머릿속에 그렸다. 수정은 진호와 몇 발자국 떨어진 곳에서 투박하게 각이 진 까만색 SUV를 보고 있었다. 최근에 유명인들이 타고 다니면서 인기가 생긴 모델인데, 고출력 사양이라 흔치 않은 모델이라고 양마니가 수정에게 설명하고 있었다. 견물생심이라고 했던가. 물건을 직접 보니 수정의 의심은 욕심으로 옷을 갈아입었다. 진호와 치열한 합의

끝에 1억짜리 차를 알아보기로 했다. 하지만 오늘 매물 중에 가장 저렴한 것이 2억이고, 눈앞의 까만 SUV는 3억이다. 온라인 고스톱 게임에서나 다루던 금액을 셈하며 희망 회로를 돌리던 수정에게 진호가 다가가 말했다.

"너무 비싸지 않아?"

분명 흔치 않은 매물이 나왔다고 상덕이 부채질을 했지만, 가격이 비싼 만큼 위험도 커진다. 진호가 우려 섞인 말투로 수정에게 물었다. 그러자 수정이 뚱한 말투로 대답했다.

"3억이 뭐가 비싸. 빨리 이혼해야지?"

"나도 마음 같아서는 5억짜리 하고 싶지."

지금 와서 생각해 보면 다행인 셈이다. 고작 2억짜리 하얀 사모예드를 닮은 SUV를 계약했으니까. 그날 기분으로 5억짜리 모델을 계약했다면. 진호는 생각만 해도 소름이 끼쳤다. 명의만 빌려 준 것이었고, 차량을 실제로 다루는 것은 차 사장이었으므로 이후의 모든 절차는 차 사장에게 맡겼다. 수정과 진호가 이혼 때문에 이 사업에 참여했다는 사실을 까맣게 모르는 차 사장은 양 실장이 절차를 마무리하는 동안 그들에게 드라이브를 다녀오라고 선심까지 썼다. 그래서 진호와 수정은 억지로 드라이브를 하고 남는 시간을 때

우느라 남산에 있는 자동차 극장까지 다녀왔다. 그리고 야심차게 시작한 사업은 6개월 만에 공기 중에 노출된 사과의 표면처럼 누렇게 변질된 사기가 되었다.

\\\\\\

경찰서에서 나온 수정과 진호는 텅 빈 민원인 주차장에 세워 둔 진호의 차에 올랐다. 그사이 소나기라도 내렸는지 진호의 차는 비를 흠뻑 맞은 생쥐 꼴이었다.

"천안으로 갑시다."

택시 기사에게 행선지를 말하듯 수정이 말했다. 진호가 수정을 바라볼 뿐 대꾸가 없자 수정이 부연했다.

"계약서부터 확보해야지. 그래야 사기당했다는 걸 증명할 거 아니야."

이번에도 진호는 별 대꾸 없이 시동을 걸었다. 누적 거리가 20만 킬로미터에 달하는 진호의 쥐색 아반떼는 깨어날 줄을 몰랐다. 진호가 시동 버튼을 연신 눌러댔다. 부르르르르. 그러나 고물차는 잠꼬대를 몇 번 할 뿐 다시 깊은 잠에 빠져들었다. 부르르르르. 진호가 고문이라도 하는 듯 시동 버튼을 누른 채 손을 떼지 않고 버텼다. 부르르르르르르르

르르르르르. 그러자 5분만을 외치던 2010년식 아반떼는 드디어 잠에서 깨어났다. 부릉! 시동이 걸리고 내비게이션이 켜졌다. 진호는 천안이 아니라 수원으로 시작하는 주소를 내비게이션에 입력했다.

"왜 수원을 적지?"

수정이 당최 이해가 안 된다는 얼굴과 말투로 물었다.

"계약서에 발이 달렸어, 날개가 달렸어?"

"월요일에 계약서 들고 다시 올라올 거야?"

"등기우편으로 보내도 되고. 내가 알아서 해."

마저 주소를 입력한 진호가 안내 버튼을 누르자 내비게이션에서 "수원 중고차 매매 단지로 안내를 시작합니다"라는 사근사근한 목소리가 흘러나왔다.

"지금 어디 가는 건데?"

"차 사장 사무실."

"거길 왜? 가면 뭐가 나와?"

진호가 수정에게 자신의 핸드폰을 들이밀었다. 그리고 손가락으로 화면을 가리켰다. 차 사장과 주고받은 대화 내용이 보였다. "내가 지금 사무실인데"라고 적힌 메시지였다.

"이게 뭐. 어쩌라고?"

"가서 직접 물어보면 되잖아. 사기를 쳤는지, 안 쳤는지.

안 그래?"

 토요일 새벽의 고속도로는 한산했다. 물기를 머금은 바닥에 가로등 불빛이 반사되어 하늘과 땅이 데칼코마니처럼 한 쌍을 이루었다. 경찰서에서와는 달리 단둘이 남게 되자 수정과 진호는 입을 꾹 닫았다. 입을 열면 필연적으로 갈등과 충돌이 따라온다는 걸 학습한 걸까. 차 안은 열심히 돌아가는 엔진 소리 외에는 정적으로 가득했다.
 중고차 단지가 점점 가까워졌다. 낮과 밤의 풍경은 많은 것을 바꿔 놓는다. 분명 낮에는 평범해 보이던 중고차 단지의 모습이 위압적으로 보였다. 바닥에서 반사되는 불빛과 드문드문 켜진 가로등, 교도소를 연상케 하는 철조망의 모습 때문일 것이다. 진호는 중고차 단지 입구를 찾아 주위를 빙빙 돌았지만, 좀처럼 찾을 수 없었다. 같은 장소를 몇 번이나 돌고 나서야 진호는 입구가 모두 막혔다는 사실을 깨달았다. 중고차 단지는 요새처럼 온통 철조망을 두르고 있었는데, "출입 금지"와 "Danger / No trespassing"이라는 팻말이 반복적으로 나타났다. 입구를 찾지 못한 진호가 결국 길 한편에 차를 세웠다. 철조망 너머로 마치 비밀 실험을 하고 있는 군사시설 같은 얼굴을 한 중고차 단지가 보였다.

"원래 이렇게 삭막했나? 이제 어떡하지?"

"어떡하긴."

수정이 지체 없이 차에서 내렸다.

"뭐 하는 거야?!"

"전기는 안 흐르겠지?"

수정이 권투 선수가 붕대를 감듯 목에 두르고 있던 스카프를 양손에 두르더니 폴짝 뛰어올라 철조망에 매달렸다. 안간힘을 썼지만, 그녀는 계속 미끄러져 바닥으로 떨어졌다. 진호는 한심한 행동을 반복하는 그녀를 잠시 동안 내버려뒀다. 그녀의 몸뚱이가 납덩이처럼 철조망에서 떨어질 때마다 수정은 바닥에 엉덩방아를 찧었다. 진호가 한심하다는 얼굴을 하고서 차에서 내렸다.

"좀 밀어 봐!"

수정이 괜히 진호에게 짜증을 냈다. 그러나 진호는 멀뚱멀뚱 수정을 바라볼 뿐이었다.

"뭐 해? 안 밀고!"

수정의 표정이 너무나도 진지했기에 진호는 바보 같은 수정의 계획에 얼떨결에 동참했다. 수정의 엉덩이가 눈앞에서 왔다 갔다 했다. 수정의 엉덩이를 본 것이 얼마 만이더라. 만져도 되나? 어쩐지 불순한 행동을 하는 기분이 들어 진호는 그녀의 엉덩이에 손을 가져가지 못했다. 진호는 둔부를 피해 허벅지와 무릎의 중간쯤을 잡고 밀어 올렸다. 당연히 힘이 들어갈 리 없었다. 수정의 무릎이 구부러지며 진호의 위로 떨어졌고, 둘은 함께 바닥을 굴렀다.

"어딜 미는 거야! 엉덩이를 밀어야 힘을 받고 올라가지."

"이 방법밖에 없을까? 약간 죄 짓는 기분인데?"

"딴 방법 있어? 문이 다 잠겼는데 열어 달라고 할 거야? 누구한테? 사기 친 차 사장한테 전화할까? 문 좀 열어 달라고?! 사기꾼이 얼씨구나 열어 주겠네?! 사기 치는 건지 알고 싶다며! 사기꾼이라면 전화해서 여기 있다고 하면 도망가겠네?! 도망가면?! 어떡할 건데?!"

수정이 쉴 새 없이 쏘아붙였다. 그러자 진호는 아무 대꾸도 않고 양손에 깍지를 껴서 자신의 무릎 위에 올렸다. 그 두 손에 수정이 발을 올렸다. 진호가 온 힘을 다해 수정을 밀어 올렸다. 수정이 전보다 더 높은 곳에 매달렸다. 그녀가 떨어지기 전에 진호는 잽싸게 수정의 엉덩이에 양손을 갖다 댔다. 민망한 기분은 잠시 잊자. 혼성 피겨스케이팅을 하는 중이다. 남자 선수가 여자 선수를 번쩍 드는 것과 다를 것이 없다. 이미지 트레이닝으로 각성한 진호가 오래전 유행했던 격투 게임에 등장하는 스모 선수처럼 혼신의 힘을 다해 수정의 엉덩이를 사정없이 밀어 올렸다. 철조망 상단에 다리를 걸친 수정이 있는 힘을 다해 철조망 너머로 몸을 넘겼다. 그러나 과도하게 힘을 쓴 탓에 중심을 잃고 철조망 반대편 바닥으로 쿵 하고 떨어졌다. 수정은 아프지도 않은지 벌떡 일어나 흙이 묻은 자신의 엉덩이를 툭툭 털었다.

"혼자 올 수 있지?"

수정은 진호에게 묻고, 대답을 듣기도 전에 어둠 속으로 사라졌다.

"아오. 저 ESTJ."

진호가 깊은 한숨을 내쉬고 철조망에 매달렸다.

수정은 중앙에 위치한 건물 앞에서 진호를 기다렸지만 진호는 좀처럼 나타나지 않았다. 그에게 연락을 해 볼까 싶었으나 잔소리만 할 것이 분명하다. 그래도 한때 남편이었는데 자신을 두고 먼저 떠나지는 않으리라. 이 건물에서 차 사장의 사무실을 찾는 건 어렵지 않다. 그가 있다면 문이 열려 있거나 불이 켜진 곳일 것이다. 그가 없다면. 아. 그건 생각하고 싶지도 않다. 수정은 건물 주위를 돌며 입구를 찾았다. 건물 한쪽에 밝은 불빛이 커져 있는 경비실이 있었다. 경비실 문에는 "순찰 중"이라는 팻말이 붙어 있었는데 경비원은 자리를 비우고 없었다. 커다란 창문 너머로 보이는 경비실 안에 건물 여러 곳을 비추고 있는 CCTV 화면이 커다란 모니터 위로 동시에 송출되고 있었다. 출입구를 비추는 1번 화면에 수정의 모습이 떡하니 보였다. 흔적을 남길까 걱정이 된 수정은 슬쩍 몸을 움직였다. 그러자 수정 등 뒤에 있는 엘리베이터 쪽을 비추고 있는 4번 화면에서 수정이 나타났다. 수정이 복도 쪽으로 상체를 움직이자 1층과 2층 계단을 비추고 있는 3번 화면에 자신의 모습이 나타났다. 반면 수정의 하반신은 여전히 2번 화면에 머물렀다. 수정은 화면에 잡히지 않을 곳으로 몸을 이리저리 움직이며 경비실 안의 모니터를 확인했지만, 1번 화면에 있던 수정이 4번 화면으로, 다시 3번 화면으로 순간 이동을 하거나, 상반신과 하반신이 분리되어 5번 화면과 7번 화면에 동시에 등장할 뿐 정교하게 자리를 잡은 감시카메라를 피할 사각은 결국 찾지 못했다. 존재가 발각된 이상 몰래 들어가는 것은 불가능하다. 아니, 몰래 들어갈 필요도 없다. 뭘 훔치러 온 게 아니니까. 그렇다면 오히려 CCTV에 찍히는 것이 낫다. 나중에 경비원과 마주치더라도 할 말이 있도록 말이다. 수정은 경비원을 찾는 것처럼 경비실 안을 두리번거리는 모습을 CCTV에 일부러 찍힌 후에 '순찰 중' 팻말에 적힌 번호로 전화를 걸었다. 그리고 경비원이 전화를 받기 전에 서둘러 전화를 끊었다. 경비원이 혹여라도 들어갈 수 없다고 말한다면 수정은 침입자가 된다. 이제 자신이 경비원에게 도움을 요청한 정황은 마련됐다. 차 사장의 사무실에 방문했지만 경비원이 부재중이었으므로, '어쩔 수 없이' 건물 안으로 들어갈 수밖에.

"저기요. 안 계세요. 어디 가셨나. 아. 순찰 중이시구나. 그럼 전화를 걸어서. 아. 안 받으시네. 할 수 없지. 잠시 일만 보고 나올게요."

CCTV에는 소리가 들어가지 않지만, 수정은 가짜 연기에 생생함을 살리기 위해 실제로 소리를 내며 경비원을 찾았다. 비록 과몰입한 발연기에 불과했지만 수정은 연기를 마치고 자연스럽게 경비실 안으로 발걸음을 옮겼다. 그리고 그녀는 내부로 연결되는 문을 통해 어두운 건물 안으로 들어갔다. 진호가 차 사장에게 문을 열어 달라고 전화를 걸어, 도주할 시간을 벌어 주는 바보 같은 짓만 하지 않기를 바라면서.

진호는 철조망을 넘으려고 안간힘을 썼지만 한 끗이 모자랐다. 수정의 엉덩이를 밀어 올리느라 힘이 모두 빠진 탓일까. 포기할까 싶은 마음이 들었다. 굳이 이래야 하나. 차 사장에게 전화를 걸어서 문 좀 열어 달라고 하면 안 되나? 그가 이곳에 없다고 하면 수정의 말처럼 사기의 냄새는 짙어지겠지만. 이렇게 범죄를 저지르는 기분을 굳이 느껴 가면서 밝힐 필요가 있을까. 결국 진호는 핸드폰에서 차 사장의 번호를 찾았다. 그리고 통화 버튼을 누르려는 순간, 환한 불빛이 진호의 얼굴을 밝게 비췄다.

"거기, 누구요?!"

불빛이 너무 밝아 손전등을 든 상대는 실루엣만 살짝 보일 뿐이었다. 그 팔 언저리에 "경비"라고 적힌 노란 완장이 진호의 눈에 들어왔다.

불이 모두 꺼진 아무도 없는 학교 건물을 돌아다녀 본 사람은 안다. 평소엔 듣지 못했던 기괴한 소리가 건물 안을 희미하게 울렸다. 구천을 돌아다니는 귀신이 말을 걸듯 수정이 걸음을 옮길 때마다 발소리가 복도를 기어다녔다. 공포영화는 전혀 보지 못하는 수정이었지만, 지금은 귀신이 떼거지로 나타나 내 다리를 내놓으라고 해도 차 사장부터 만나고 따로 얘기하자고 돌려보낼 기세였다. 계단을 올라가자 사무실 상호명이 적혀 있는 층별 안내도가 보였다. 수정은 어렵지 않게 '실로암모터스'라는 상호와 사무실 위치를 파악할 수 있었다.

수정이 실로암모터스 앞에 멈춰 섰다. 이 문을 열면 사기인지 아닌지가 판명된다. 사기라면 아파트가 사라지고, 아니라면 진호가 돈을 빼돌리고 있는 것이다. 수정이 실로암모터스의 철제문을 밀었다. 철제문은 삐그덕 소리를 내며 입장을 허락하는 클럽의 기도처럼 뒤로 물러섰다. 사무실 안은 어두웠다. 수정이 스위치를 올렸지만 불은 들어오지 않았다. 그렇지만 어둠 속에서도 진호의 무능은 훤히 보였다. 사무실은 도둑이라도 든 것처럼 바닥엔 잡동사니가 굴러다녔고, 책상의 서랍이며 캐비닛이며 열 수 있는 모든 것이 열려 있었다. 또한 당연하게도 텅 비어 있었다. 바닥의 잡동사니들은 캐비닛에서 쏟아져 나온 것들로 보였다. 통장 관리를 제대로 하지 못한 진호의 태만과 무능의 증거물이 사무실 바닥에 깔려 있었다. 자신들처럼 사기를 당한 사람이 사무실에 찾아와 분풀이를 한 것이 분명했다. 하지만 수정은 현실을 받아들일 준비가 안 됐다. 수정은 무릎을 꿇고, 진주알을 품고 있는 조개라도 찾는 것처럼 널브러진 쓰레기를 뒤졌다. 밀물이 몰려와 무릎을 적시고, 턱 밑까지 차오른다고 해도 진주를 찾기 전에는 갯벌을 떠나지 않겠다는 다짐을 한 아낙네처럼 수정은 집요하게 사기를 밝힐 증거물을 찾고 또 찾았다. 그러나 십자가와 예수님의 초상화 같은, 사기와는 무관한 것들만 눈에 띌 뿐이었다. 그때 수정의 눈에 사진 하나가 들어왔다. 차 사장의 모습이 어슴푸레 보이는 사진이었다. 수정은 사진에 묻은 먼지를 털어 내고는 바닥에 굴러다니는 손전등을 집어 들어 불을 켰다. 손전등의 불빛이 유명 배우와 환하게 웃고 있는 차 사장의 모습을 밝게 비췄다. 렌터카 사업으로 한몫 땡기겠다고 수정과 진호가 이 사무실을 방문했을 때, 차 사장은 사진 속의 유명 배우도 자신의 사업 파트너라고 소개했었다. 그러나 수정은 자신의 손에 들린 이 사진이 합성사진이라는 것을 대번에 알 수 있었다. 누끼도 제대로 따지 않았고, 차 사장과 유명 배우의 얼굴에 묻은 빛의 방향이 달랐다. 아주 조잡한 실력으로 합성한 사진이었다. 왜 그때는 발견하지 못했을까. 욕심에 눈이 멀었던 것이리라. 깔깔깔깔깔. 크크크크크. 키키키키키. 하하하하하. 수정이 실성한 듯 웃기 시작했다. <u>으흐흐흐흐</u>. 푸푸푸푸풉. 히히히히히. 킁킁킁킁킁. 웃음소리만큼 다양한 감정이 수정의 내면에서 쏟아져 나왔다. 순간 수정은 자신이 어떤 사람이었는지 분명히 깨달았다. 절망에서 무력해질 것 같았던 자신은 오히려 고난에 빠지면 전투력이 상승했다. 수정은 뜨거워졌다.

진호는 차분한 자세로 경비실에 앉아 있었다.

"그렇다고 사람이 담장을 넘으면 쓰나."

노란 완장을 찬 경비가 구부정한 자세로 열쇠 박스를 뒤적이며 말했다.

"죄송합니다."

경비는 실로암모터스의 열쇠를 꺼냈다.

"건질 게 남아 있는지는 모르겠지만. 자, 여기 열쇠."

진호는 경비가 건넨 열쇠를 받아 들었다.

"차 사장 잡겠다고 쳐들어온 사람이 한둘이어야지. 멱살 안 잡은 사람은 거기가 처음이라서 주는 거니까, 후딱 보고 나와."

실로암 문 앞에 도착한 진호가 야구공만 한 동그란 문손잡이에 열쇠를 꽂은 후 천천히 돌렸다. 그러나 잠금이 풀리는 탁 하는 타격감이 전혀 느껴지지 않았다. 안에 누가 있나? 진호가 문을 열자 기괴한 웃음소리가 들리기 시작했다. 깔깔깔깔깔. 크크크크크. 키키키키키. 하하하하하. 으흐흐흐흐. 푸푸푸푸풉. 히히히히히. 킁킁킁킁킁. 우는 건지 웃는 건지 긴머리 여자가 어깨를 들썩거리는 뒷모습이 보였다. 전형적인 처녀귀신의 뒷모습이었다. 호러 웹툰을 그린다면

이 뒷모습을 반드시 기억하자. 뒷모습의 귀신이 진호를 향해 고개를 돌리자 수정의 웃는 얼굴이 드러났다.

"왜 그렇게 웃어? 왜, 증거라도 찾았어?"

진호의 물음에 대답하는 대신 수정은 웃었다. 깔깔깔깔깔. 크크크크크. 불쾌한 웃음소리를 내던 수정은 넋이 나간 얼굴로 손에 든 사진을 진호에게 들어 보였다. 그리고 그녀는 계속 웃어댔다. 키키키키키. 하하하하하. 으흐흐흐흐. 푸푸푸푸픕. 히히히히히. 킁킁킁킁킁. 분명 웃음소리인데 분노와 절망이 뒤섞여 있어 진호는 섬뜩했다. 잔뜩 경계를 하며 그녀에게 다가간 진호가 사진을 낚아챘다. 수정이 사진에 손전등을 비췄다. 유명 배우와 차 사장의 사진을 물끄러미 바라보던 진호가 무거운 얼굴로 입을 열었다.

"합성이네."

"합성이야."

"우리 사기당한 거 맞네."

"우리 사기당한 거 맞아."

감정에 따른 어미 처리는 달랐으나 수정은 앵무새처럼 진호의 혼잣말을 따라 했다. 차 사장이 사라졌고 그가 거짓말을 계속하고 있다는 점, 어지럽혀진 사무실의 모습으로 보건대 사기를 당한 것이 분명했다. 그리고 수정이 실성했다.

차 사장의 사무실만큼이나 진호의 머릿속은 어지러웠다.

"일단 나가자."

진호는 수정을 억지로 일으켰다. 그러자 수정은 도움 따위 필요 없다고 고래고래 소리치는 취객처럼 진호의 손을 뿌리치며 홀로 일어섰다. 그러더니 갑작스럽게 괴성을 질렀다.

"교회 다닌다는 사람이! 사기를 치면 돼?!"

버럭 소리를 지른 수정이 차 사장의 사무실 벽에 간신히 매달려 있는 액자 속 예수님 앞으로 달려갔다.

"그리고! 예수님 책임도 좀 있는 거 아시죠?!"

확실히 수정은 미쳤다. 그래도 수정은 예수님을 향해서는 존댓말을 썼다. 무신론자인 그녀이지만 수정은 몇 분 동안 예수님과 대화를 나눴다. 그 모습을 뒤에서 지켜보던 진호는 교회에 다니는 것과 예수님을 믿는 것에는 큰 차이가 있다는 말이 목구멍까지 올라왔다. 권사인 어머니로부터 누누이 들었던 말이었다. 진호의 어머니는 처치맨$^{Church\ man}$이 있고, 크리스천^{Christian}이 있다고 했다. 하지만 예수님과 독대하는 수정의 모습을 보니 그녀와 이성적인 대화를 나누는 것은 불가능해 보였다. 감정을 쌓아 놓으면 엉뚱한 곳으로 튀기 마련이다. 사기를 당한 것이 분명해진 순간, 통장 관리를 제대로 하지 못했다고 수정에게 비난을 받을 수도 있으니 진호는 수정이 예수님과의 대화를 마치고, 그녀가 이성을 차릴 때까지 잠자코 기다려야겠다고 판단했다. 그때 진호의 눈에 실로암모터스 상호명 밑으로 교회 스티커 하나가 보였다.

"수정아."

진호가 수정을 '정수정 아내분'이 아니라 이름으로 불렀다. 수정이 예수님과 나누던 대화를 멈추고 진호를 쳐다봤다. 진호는 좀처럼 그에게서 볼 수 없는 단호한 얼굴을 하고 있었다.

"차 사장 어딨는지 알 거 같다. 잡으러 가자."

4

교인들은 자신이 출석하는 교회 스티커를 집이나 본인이 운영하는 사업체의 문에 붙여 놓는다. 차 사장이 진정한 크리스천이 아니고, 사기나 치고 다니는 처치맨이라고 하더라도 일요일이라면 예배에 참석하지 않을까. 십일조 헌금, 감사 헌금, 건축 헌금, 북한 어린이 돕기 헌금 등등. 진호는 차 사장의 이름이 적힌 수많은 종류의 봉투를 그의 사무실에서 발견하고는 차 사장이 교회를 열심히 다니고 있으며, 그 이유가 새로운 타깃을 찾고 있는 것일지도 모른다는 나름의 가설을 세웠다. 현재 시각 토요일 새벽 4시 반. 진호와 수정은 서둘러 교회가 위치한 세종시로 내려갔다.

그러나 잠자리가 문제였다. 천안에서 세종시까지는 차로

30분 정도면 갈 수 있다. 그래서 진호는 원룸이 있는 천안에서 하룻밤을 묵고 이동하기로 결정했고, 수정은 천안 시내에 있는 모텔에서 잠시나마 눈을 붙이기로 했다. 그렇지만 계획은 보기 좋게 빗나갔다. 주말이라는 사실을 까맣게 잊고 있었던 것이다. 더구나 지방의 숙소는 어플로는 예약이 되지 않는 곳이 많았으며, 설사 예약이 된다고 하더라도 일방적으로 취소당하는 경우가 허다했다. 결국 진호와 수정은 모텔촌을 어슬렁거렸다. 하지만 모두 만실이었다. 대한민국이 사랑으로 가득하다는 것을 목격한 둘은 일곱 번째 모텔의 "만실" 푯말 앞에서 발걸음을 멈췄다. 밤을 꼬박 새우고, 천안까지 줄곧 운전을 한 터라 한숨도 자지 못한 진호는 졸음이 몰려왔다. 수정 역시 피곤하긴 마찬가지였다. 진호는 휴게소에서 커피를 마셨고, 수정은 에너지음료를 마시면서 졸음을 버텨 냈지만 여기까지였다. 이제는 한계였.

"일단 집으로 가자. 아니, 애들 가르치는 선생이 모텔촌 돌아다니는 것도 좀 그렇잖아."

"아내랑 다니는데 뭐가 문제야?"

"그 말이 아니잖아."

왜 또 심통이 났을까. 수정을 이해해 보려 그녀의 눈동자를 애잔하게 바라보던 진호는 그녀가 어색해하고 있다는 것을 깨달았다. 그 어색함은 창피함이 아니라, 불편함에 가까웠다. 그렇다. 그녀는 나와 같은 공간에 있는 것을 원치 않는다!

"나랑 같이 자는 게 불편하면 수정이 니가 내 원룸에서 자. 나는 친구 집에서 자고 올게. 됐지?"

뭘 또 그렇게까지. 하지만 피로에 찌든 진호의 얼굴을 보자, 수정은 고집을 꺾었다. 둘은 녹초가 된 몸을 이끌고 진호의 원룸에 들어섰다. 좁디좁은 방은 진호의 그림으로 빼곡했다. 진호는 3년째 일을 따내지 못했다. 그의 원룸은 3년간의 좌절, 그리고 그 좌절을 이겨 내려는 희망에서 태어난 그림으로 발 디딜 틈이 없었다.

"냉장고에 먹을 것 좀 있고. 변기 내릴 때 큰 걸로 내리면 물이 계속 새니까 꼭 작은 걸로 내리고. 아, 그리고 와이파이 비번은 여기 있고."

진호가 벽으로 손을 뻗어 와이파이 비번이 적힌 종이를 가리켰다. "jinho_soojung_0402?" 흔히 볼 수 있는 조합이다. 진호. 언더바. 수정. 언더바. 결혼기념일 아니겠는가. 그런데 물음표는 뭘까. 보통 특수문자를 넣어야 하면 느낌표를 적지 않나. 아무리 양보해도 @, #, $까지는 이해할 수 있다. 그런데 물음표라고?

"비번 여러 개 외우는 게 싫어서 안 바꿨어."

진호가 변명하듯 말을 이으며 바닥에 이부자리를 깔았다. 그리고 머리 둘 방향을 정해 주듯 베개를 이부자리 위로 툭 던지며 말했다.

"바닥 괜찮지?"

"내가 바닥에서는 잠을 못 자는데."

불평하기는 싫지만 바닥에서 잠을 못 자는 허리를 가졌는데 어떡하겠나.

"나도 허리 때문에 안 되는데. 아님 침대에서 같이 자든가. 슈퍼싱글이긴 한데. 붙어서 자면…… 조금 좁더라도……."

주방의 음식 냄새와 침구류의 섬유유연제 냄새마저 섞여 있는 이 좁은 공간에서 들숨과 날숨을 공유하는 것만으로도 불편하다. 그런데 살을 맞대고 자자고? 영악한 인간. 자신이 느끼고 있는 어색함과 불편함을 진호는 분명 알고 있다. 그런데도 저렇게 뻔뻔한 얼굴로 살을 맞대고…… 자자고?

"그냥 바닥에서 잘게."

수정의 대답을 기다렸다는 듯 진호는 침대에 몸을 던졌다. 어지간히 피곤했는지 진호는 바로 코를 골기 시작했다. 샤워를 할 힘도 남아 있지 않은 수정이 이불 속에 몸을 묻었다. 발가락을 꼼지락거려 양말을 벗자, 발에 피가 돌았다. 너무 피곤하면 잠이 오지 않을 때가 있다. 지금의 수정이 딱 그랬다. 수정은 벽에 붙은 진호의 그림들을 둘러봤다. 스토리를 쓰라고, 이 사람아. 그림부터 그리면 스토리를 억지로 짜게 된다고! 수정이 이런 충고를 하면 진호는 발작을 일으키며 방어적으로 나왔다. 그래서 지금 드는 이 생각도 진호 모르게 꽁꽁 숨겨야 한다. 벽에 붙은 그림을 보던 수정이 고개를 돌려 천장을 바라봤다. 천장에는 파란 하늘을 그린 그림이 붙어 있었다. 작은 창문 밖으로는 옆 건물의 외벽이 보였다. 마치 감옥 같았다. 진호는 이곳에서 탈출하고 싶었는지도 모르겠다. 진호는 자신과의 결혼을 감옥이라고 여겼을까. 그래서 느낌표가 아니라 물음표로 와이파이 비번을 설정했을까. 내가 지나치게 예민한 걸까. 충분히 합리적인 추론일까. 이런저런 생각들이 수정의 머릿속에서 밀물과 썰물처럼 몇 번쯤 오가자 수정의 눈꺼풀이 무거워졌다. 눈앞이 캄캄해졌다. 지금 수정의 상황에 딱 맞는 색깔이다. 이 모든 것이 꿈이었으면. 내일 눈을 뜨면 김포에 있는 포근한 킹사이즈 침대 위이기를. 감고 있는 이 눈을 뜨면 변호사로부터 이혼 절차를 얼른 마무리하자며 법원에 출석하라는 전화가 오기를. 수정은 모든 것이 꿈이길 간절히 바라며 눈을 감았다.

\\\\\\

수정이 눈을 떴다. 어제와 다름없이 천장에 진호가 그린 하늘 그림이 보인다. 그래, 이게 정수정의 현실이다. 짹짹. 새가 지저귀는 소리가 났다. 기름이 지글거리는 소리가 났다. 커피 냄새가 작은 방 안을 가득 채웠다. 구운 토스트와 잘 익힌 계란프라이의 고소한 냄새가 코를 찔렀다. 수정은 바로 일어나고 싶었지만 바닥에서 자느라 몸이 뻣뻣하게 굳은 탓에 몸을 일으킬 수 없었다. 아파트를 잃으면 매일 길바닥에서 아침을 맞게 될지도 모른다. 끔찍한 상상이 수정의 내면 어딘가에 위치한 두꺼비집을 올렸다. 몸에 피가 돌았다. 수정이 갓 잡은 활어처럼 파닥거리며 이부자리에서 일어났다. 갑작스러운 그녀의 기상에 진호는 난처한 표정을 지었다.

"원래 아침 안 먹잖아? 그치?"

갓 준비된, 딱 1인분의 따뜻한 아침을, 막 먹으려던 진호였다. 배가 고프다. 하지만 비굴해지기는 싫었다. 수정은 센 척했다.

"커피는 있지?"

진호가 자리에서 일어나 커피 메이커가 있는 곳으로 가더니 머그잔에 커피를 따랐다.

"한 잔에 얼마야."

정말로 값을 치르겠다는 말투로 수정이 말했다.

"체크아웃할 때 한꺼번에 결제해 주면 돼."

때때로 수정의 농담은 독일인들처럼 너무 진지해서, 그녀의 농담을 알아차리지 못한 사람들은 종종 당황했다. 하지만 진호는 그런 수정의 농담을 구분할 줄 알았다. 그래서 그도 진지한 농담으로 받아쳤다. 진호가 식탁에 갓 내린 커피가 담긴 머그잔을 올려놓았다. 진호의 반대편에 앉은 수정은 이 공간과 상황이 아직 낯설어 진호가 식사를 하는 동안 괜히 벽에 붙은 그림들을 바라본다든가, 별 관심도 없는 책장의 책들을 뒤적거리든가 하며 어떻게든 어색함을 이겨 내려 애썼다. 진호가 그런 수정의 불편함을 알아챘는지 둘의 공통된 주제로 대화를 이끌었다.

"교회 팻말 있잖아. 그게 교회에서 등록한 교인들에게만 나눠 주는 거란 말이야."

"그래서 차 사장이 교회에 나타날 거라고?"

"차 사장이 그 교회에 출석을 하지 않았다면 그게 거기 붙어 있을 리가 없지 않겠어?"

진호가 교회 앞의 '그'를 강조하며 대답했다.

"차 사장이 아니라 그전의 사람이 붙여 놓은 거라면?"

수정이 또 다른 의문을 제기하자 진호가 전단지 비슷한 것을 건넸다. 전단지를 받은 수정은 이내 그것이 '그' 교회의 주보임을 알게 됐다. 주보를 펼치자 차 사장의 이름이 적힌 하얀 봉투가 우수수 떨어졌다. 예배 순서가 적혀 있는 주보에는 헌금을 낸 사람들의 이름이 죽 늘어서 있었다.

"차상배라는 이름 보이지?"

십일조. 감사 헌금. 건축 헌금, 북한 어린이 돕기 헌금, 선교 헌금 등에 차상배라는 이름이 반복적으로 보였다. 제법이네, 김진호. 수정의 의심이 확신으로 몇 걸음 옮겨 갔다.

"보통 11시 예배가 메인 이벤트이긴 한데. 언제 나타날지 모르니까 얼른 움직이자."

\\\\\\

교회는 시내에서 조금 떨어진 곳에 있었다. 개발이 아직 마무리되지 않은 탓에 주변은 커다란 방주 모양을 한 교회 외에 건물이라고 부를 만한 것이 없었다. 마치 서부 개척 시대의 황무지에 뚝 떨어진 교회처럼 보였다. 건물을 급히 올리고 예배를 시작하느라 부대시설, 즉 주차장 시설은 아직 갖춰지지 않았는데, 그래서 교인들은 근처 공터에 차를 대고 교회로 발걸음을 옮기고 있었다. 진호는 능선 위에서 카우보이들의 움직임을 관찰하는 인디언처럼 망원경을 꺼내 교인들을 하나씩 살피고 있었다. 실제로는 능선이 아니라 차 안이었지만.

"여기서 차 사장이 나타나는지 확인하면 될 거 같아."

진호가 망원경에서 눈을 떼지 않은 채로 수정에게 말했다.

"입구가 여기만 있는 게 아닌 거 같은데?"

"차 사장처럼 헌금을 많이 내는 사람은 반드시 정문으로 들어가게 되어 있어."

"아, 그렇구만. 근데 망원경이 왜 있어?"

"아, 이거. 서부 시대에 떨어진 조선인이 인디언과 힘을 합쳐 외부인을 몰아내는 이야기를 써 보면 어떨까 싶어서 샀어."

못 들은 걸로 하자. 흥미가 전혀 일지 않는 진호의 이야기를 끝까지 들을 자신이 없었다. 괜히 의견이라도 물어 오면 거짓말을 못 하는 자신의 성격으로 보아 험한 말을 하게 될 것이 분명했다. 서부 시대에 조선인이 왜, 어떤 방법으로 떨어졌으며, 둘은 영어로 소통을 하는지, 인디언이라면 외부인은 백인 지주인지, 그런데 서부 시대는 지나치게 백인 기준의 명명은 아닌지, 그렇다면 인디언에게 서부 개척 시대를 칭하는 단어는 있는지 등등. 수정은 지적하고 싶은 마음을 억누르며 말했다.

"그럼 나는 건물 안에서 찾아볼게."

수정이 차에서 내려 교회 방향으로 걸어가는 것을 진호는 짜증이 섞인 얼굴로 물끄러미 바라봤다. 내 계획이 탐탁치 않다 이거지? 그래, 나도 너랑 따로 있는 게 편하다고. 하지만 진호는 수정의 뒤통수에 그녀의 계획에 동조하는 척 한결 부드러운 말투로 외쳤다.

"그래. 그럼 수정이 너는 안을 좀 맡아 줘."

그나저나 어제부터 왜 계속 내 이름을 부르는 걸까? 어색하게. 진호와 너무 오랜 시간 같이 있었다. 어차피 이제 진호는 남이다. 웹툰을 다시 그리게 되면 오히려 그는 경쟁자(대기실에 함께 있었던 요크셔테리어와 프렌치불도그과 마찬가지로)일 뿐이다. 그러니 물리적으로도 감정적으로도 충분히 거리를 둬야 한다.

나이가 지긋한 어르신들이 대부분인 1부 예배가 끝나도록 차 사장의 모습은 보이지 않았다. 하지만 오늘의 주보 여기저기에서 차상배라는 이름만은 또렷이 보였다. 감사 헌금 차상배. 십일조 헌금 차상배. 건축 헌금 차상배. 북한 어린이 돕기 헌금 차상배. 나타날 것이다. 나타날 것이다. 수정은 속으로 주문을 외웠다. 그러나 2부 예배가 끝날 때까지도 차 사장의 모습은 보이지 않았다. 진호는 분명 3부 예배가 메인 이벤트라고 했다. 3부에는 나타나게 해 주세요. 제발 나타나게 해 주세요. 두 번째 성가대의 찬송. 두 번째 같은 설교를 들은 수정은 어느새 속으로 기도를 하는 지경에 이르렀다. 3부 예배가 시작되고 새로운 교인들이 예배당으로 들어와 빈자리를 채웠다. 하지만 수정의 기도는 하늘에 닿지 않았고, 3부 예배가 시작되도록 차 사장은 나타나지 않았다. 같은 설교를 세 번 들을 수는 없었기에 수정은 기도 시간이 되자 몰래 예배당을 빠져나왔다.

진호는 차에서 쿨쿨 잠을 자고 있었다. 그 모습을 목격한 수정의 심장박동이 빨라지고 심박수가 급격히 높아졌다. 심박수가 너무 높아졌다며 스마트워치가 수정에게 진정하라는 경고음을 울렸다. 요란한 경고음에 진호가 잠에서 깼다. 자신을 한심하다는 표정으로 내려보고 있는 수정의 눈초리에 진호는 최대한 안 잔 척하며 창문을 내렸다.

"눈만 감고 있었어, 눈만. 왜, 뭐 좀 얻었어?"

산더미처럼 쌓인 불만을 꽁꽁 매립하고(눈을 감고 있으

면, 차 사장이 나타났을 때는 귀로 보게? 같은), 수정은 말없이 고개를 저었다. 대신 그녀는 문을 쾅 하고 닫는 것으로 진호에게 '잘 좀 하자'와 비슷한 메시지를 던졌다. 진호는 냉랭한 분위기를 알아채고 교회 입구 방향으로 고개를 돌렸다. 차 안은 먼지 떨어지는 소리가 들릴 정도로 고요해졌다. 그때 수정의 배에서 꼬르륵하는 소리가 났다. 아침을 먹을걸. 그런데 진호의 뱃속에서도 꼬르륵 소리가 났다. 너는 아침 먹었잖아.

"하품처럼 배고픔도 전염이 되나 보다."

진호가 시덥지 않은 말을 내뱉었다. 수정은 대꾸하고 싶지 않았으므로, 대시보드에 있던 망원경을 들어 주차장 쪽을 살폈다. 예배에 늦은 차들이 계속해서 주차장으로 들어오고 있었고, 주차 봉사를 하는 남전도회 소속 교인들(주차 요원이라고 적힌 조끼 같은 것을 입고 있었다.) 외에 특별한 움직임은 없었다. 불현듯 좋은 생각이라도 난 듯 수정이 망원경을 잽싸게 내리며 말했다.

"차 사장 명함 있어?"

"있는데 왜?"

"차 사장 차라도 있는지 찾아보게."

"차 사장 차 번호 모르는데?"

수정이 답답한 얼굴로 진호에게 소리쳤다.

"그러니까 명함을 달라고 한 거 아냐!"

"아!"

수정의 격노에 주눅이 들 법도 한데, 진호는 수정의 계획을 알아차린 자신이 대견한지 환한 미소를 지었다. 웃지 마. 정들어.

수정은 명함에 있는 차 사장의 번호와 주차된 차에 놓인 전화번호판을 하나씩 비교했다. 진호의 말대로 역시 3부 예배가 메인 이벤트인가. 아침에는 여유가 있었는데 지금은 교인들이 타고 온 차로 주차장이 가득 찼다. 그래 봐야 공터에 빨랫줄로 구획을 나눈 것에 불과하지만. 그나저나 차가 이렇게 많아서야 어느 세월에 다 확인할까. 초조해진 수정이 발걸음을 빠르게 옮겼다. 진호는 건너편 주차장을 살펴보고 있었다. 명함을 수정에게 주었으므로, 차 사장의 전화번호 끝자리를 중얼거리며 주차장을 돌아다녔다. 둘은 예배 시간이 끝나기 전까지 모두 확인하기 어렵다는 판단이 들자, 걷기와 뛰기를 반복하며 주차장을 뒤졌다. 그러나 차 사장의 번호와 일치하는 전화번호판을 가진 차는 보이지 않았다. 땀으로 범벅이 된 둘의 이마에 먼지가 달라붙어 그들을 괴롭히고 있을 때였다. 건너편 주차장에서 우렁찬 시동 소리가 들렸다. 교회와는 어울리지 않는 커다란 음악 소리가 잇따랐다. 클럽에서나 틀 법한 EDM 유의 음악이었다. 미어캣처럼 고개를 치켜든 수정이 소리가 난 건너편 주차장으로 망원경을 뻗쳤다. 커다랗고 각진 검정 SUV 한 대가 주차 구역을 천천히 빠져나오는 게 보였다. 그런데 무슨 문제가 생겼는지 검정 SUV는 주차 구역에서 머리만 빼꼼 내밀고는 이내 멈췄다. 그리고 운전자가 내렸다. 운전자는 공기압을 확인하는지 크록스를 신은 발로 앞바퀴를 두드렸다. 앞뒤 좌우 할 것 없이 커다란 차들이 시야를 가로막고 있었으므로 운전자의 얼굴을 확인하는 것은 어려웠다. 잠시 후 운전자는 반대편인 조수석 앞바퀴 쪽에서 나타났다. 이번에도 크록스를 신은 발로 타이어를 연신 눌러댔다. 힘이 어지간히 좋은지 운전자가 타이어를 크록스로 누를 때마다 힘이 실려 커다란 차가 꿀렁거렸다. 공기압 확인을 마친 크록스가 조수석에서 운전석으로 이동하느라 차량 앞쪽에 나타났고, 드디어 얼굴이 드러났다. 양마니였다! 그가 숨을 헐떡거리며 차에 올랐다.

수정은 진호의 차가 주차되어 있는 건너편 주차장으로 달리기 시작했다. 양마니가 도주하지 못하도록 진호의 차로 주차장의 입구를 막을 심산이었다. 아직 아무것도 모르는 양마니는 유유히 주차장을 빠져나오고 있었다. 수정이 있는 힘을 다해 뛰었다. 진호와 연애를 시작하기 전 함께 스토커를 잡은 적이 있었다. 그때 이후로 이렇게 빠르게 뛸 일이 있었던가. 제발. 누가 30초만이라도 막아 줘. 하나님! 제발요! 세 번이나 예배를 본 수정이 자연스럽게 하나님을 찾았다.

  진호의 귀에도 커다란 EDM 음악 소리가 들렸다. 그 소리는 점점 커졌고, 점점 가까워지고 있었다. 누가 클럽 음악을 교회에서 틀고 있나. 진호의 어머니인 이 권사님이 보셨다면 혀를 끌끌 찼을 노릇이다. 어머니의 감정에 빙의라도 한 것마냥 인상을 쓰던 진호는 점점 가까워지는 차를 바라봤다. 차의 운전석 쪽이 약간 기울어져 있었다. 내 눈이 잘못됐나? 원래 균형이 안 맞는 걸까? 아니면 운전자가 어지간히 무거운가? 진호가 쓰잘머리 없는 짐작을 이어 갔지만, 차량의 내부가 어두워서 진호는 자신의 짐작을 눈으로 확인하지는 못했다. 꿀렁. 진호와 마주한 차가 갑자기 멈춰 섰다. 어딘가 익숙한 차종이었다. 고출력으로 튜닝된 까맣고 각진 대형 SUV. 차 사장의 슈퍼카 창고에서 수정이 관심 있게 보던 3억 원짜리 자동차다. 저 차를 계약했으면 큰일 날 뻔했지. 진호가 또다시 쓰잘머리 없는 과거를 회상했다. 앗! 진호가 깨달았다. 하지만 상대도 진호와 같은 깨달음을 얻었는지 멧돼지 같은 까만 SUV는 굉음을 내더니 갑자기 진호에게 달려들었다. 차가 점점 가까워지며 운전자의 모습이 드러났다. 양마니였다! 양마니는 진호를 죽일 것처럼 달려들었다. 하지만 진호는 차를 피하지 않았다. 양마니를 잡아야 차를 찾을 수 있다는 본능 때문일까. 나를 싸뿐히 즈려밟고 가시옵소서. 진호는 두 발을 땅에 붙인 채로 꿈쩍도 하지 않았다. 결국 양마니가 주차장 출구 쪽으로 방향을 틀었다. 진호가 뿌리처럼 내렸던 두 다리를 거둬들이고 무작정 양마니의 뒤를 쫓았다. 그러나 일개 인간이 고출력으로 튜닝된 차를 따라잡을 리가 있겠는가. 양마니는 진호를 따돌리고 주차장을 빠져나갔다. 진호가 망연자실 주차장 입구에 멈춰 숨을 헐떡거렸다. 양마니가 점점 멀어지고 있었다. 그때 진호의 2010년식 아반떼가 진호의 앞에 나타났다. 운전석의 창문을 내리며 수정이 외쳤다.

"타!!"

진호가 미끄러지듯 보닛 위를 넘어 조수석에 올라타자 수정은 액셀을 최대치로 밟았다. 그러자 진호의 차가 초라한 배기음을 내며 출발했다.

"맞지?"

"맞아."

확신에 찬 목소리로 수정이 물었고, 확신에 찬 얼굴로 진호가 대답했다.

"양마니가 차 사장 있는 곳 알지도 몰라."

"맞아. 잡아서 족치자."

족치자? 진호가 저런 말을 썼던가? 떠오르는 궁금증을 뒤로하고 수정이 진호에게 되물었다.

"어떻게 족칠까?"

"몰라. 그냥 해 본 말이야. 왠지 그래야 할 거 같아서."

까만 SUV는 쌩쌩 달렸다. 추격전이 이어졌다. 아니, 이걸 추격전이라고 말할 수 있을까. 노란불을 무시하고 사거리를 지나가는 것 정도를 제외하면 양마니는 꼬박꼬박 신호를 지켰다. 신호가 바뀌면 고출력인 자동차와 거리가 벌어졌다가, 양마니가 신호에 걸리면 거리가 좁혀지는 시시한 추격전이었다. 그러나 배기량 차이에서 오는 차이가 의외로 컸다. 다가오는 교차로의 신호등에서 양마니의 차는 좌회전 신호를 받고 사라졌고, 진호의 차는 좌회진을 일리는 화살표가 사라지고, 노란불이 사라지고, 빨간불이 켜지고 나서야 가까스로 교차로 앞에 도착했다.

"좌회전 신호는 왜 맨날 짧고!! 지랄!!!"

수정이 버럭 소리를 질렀다. 멀어지는 양마니를 부러운 듯 바라보던 진호가 입을 열었다.

"돈이 좋긴 좋다. 3억짜리라 다르긴 다르네."

진호가 실없는 소리를 했다. 이렇게 중차대한 순간에 맥이 쪽 빠지는 소리를 하는 진호가 수정은 무척이나 원망스러웠다. 그녀의 내면에서 분노를 생산하는 라인이 가동됐다. 하지만 그녀는 즉시 중지 버튼을 눌렀다. 그리고 이미 생산된 분노를 폐기물 봉투에 담아 꾹꾹 눌러 담은 후 밀봉했다. 그 모습이 보시기에 참 좋았는지 하나님이 수정의 기도에 응답하기로 하셨나 보다. 갑자기 뒤에서 나타난 쥐색 픽업트럭 한 대가 신호 위반 따위 개의치 않는다는 듯 빨간불에서 좌회전을 했다. 마치 양마니를 쫓기라도 하는 것처럼.

도베르만이 연상되는 쥐색의 픽업트럭은 피 냄새를 맡은 사냥개처럼 양마니의 차를 쫓았다. 덕분에 수정은 추격전에 다시 합류할 수 있었다. 양마니를 추격하던 픽업트럭이 속도를 줄여 옆 차선으로 벌어져 수정과 나란히 달리는 형국이 됐다. 픽업트럭의 운전석 쪽 창문이 내려갔다. 미군들이 쓸 만한 선글라스를 낀 중년의 남자가 나타났고, 그가 뭐라 수신호를 보냈다. 뭐라는 거야. 수정은 그 의미를 전혀 알 수 없었다. 하지만 선글라스는 상대가 당연히 이해를 했다고 간주한 양 수신호를 마치자마자 속도를 올려 양마니의 뒤꽁무니에 바짝 붙었다.

"뭐라는 거야."

"양마니를 지치게 할 거래. 자기가 이리저리 몰아세울 테니까 포기하지 말고 끝까지 붙어 있으래."

그 짧은 수신호에 이렇게 긴 뜻이 담겨 있다고?

"어떻게 알아?"

"해병대 수신호야. 아까 차 엉덩이에 해병대 마크 있더라고."

"해병대 안 나왔잖아?"

"해병대 나온 주인공이 타임슬립을 하면서 재입대하는 웹툰을 구상한 적이 있었거든."

아…… 어찌 됐건 간에. 픽업트럭이 현란한 움직임으로 양마니를 몰아세워서 지치게 할 때까지 포기하지 말라는 거지? (그런데 재입대하는 웹툰을 누가 보려고 할까. 꿈에서라도 질색이지 않으려나.)

신호를 적당히 지키는 추격전이 지리하게 이어졌다. 해가 점점 낮아졌고, 선글라스남의 공언대로 결국 양마니가 지쳤다. 재개발 단지로 들어선 양마니의 대형 SUV는 결국 막다른 골목길에서 멈춰 섰다. 쥐색의 픽업트럭은 의기양양한 모습으로 양마니의 퇴로를 막아섰다. 진호의 2010년식 아반떼가 퇴로의 빈틈을 막음으로써 바리케이드를 완성했다. 픽업트럭 지붕에 달린 스피커에서 중년 남자의 음성이 들렸다.

"양마니! 나 왕삼촌이다! 투항해라! 그러면 안전은 보장하마!"

인질범을 설득하는 협상가의 말투였다. 그러나 양마니는 끝까지 저항했다. 주인처럼 숨을 몰아쉬던 SUV의 후진등에 불빛이 들어왔다. 액셀과 브레이크를 동시에 밟고 있는지 머플러에서 분노의 콧김이 새어 나왔다. 저 각진 짐승이 이대로 후진이라도 하면 크게 다칠 수도 있다는 생각에 이르자 진호는 몹시 걱정이 됐다.

"양마니! 서로 피 보지 말고 대화로 해결하자고! 너는 그냥 월급 받는 배달부잖아! 차 사장이나 마 사장한테 뭣 하러 목숨을 걸고 그래?! 대답하라! 차 사장한테 가던 길이냐, 아니면 마 사장한테 가던 길이냐?!"

효과가 있었는지 양마니가 차에서 내려 모습을 드러냈다.

과연 선글라스를 쓴 중년의 남자는 베테랑이었다. 그러나 투항할 것처럼 이쪽을 한참이나 바라보던 양마니는 지리산이라도 오르는지 헐떡거리며 보닛 위로 느릿느릿 올라갔다. 그러고는 길을 막고 있는 담을 넘어 사라졌다.

왕삼촌은 선글라스를 벗으며, 자신이 전직 경찰이었고 현재는 탐정으로 일하고 있다며 스스로를 소개했다.

"근데 자기도 해병대 나왔나 봐?"

진호를 흐뭇하게 바라보며 왕삼촌이 물었다.

"뭘요. 그냥 보병 나왔습니다."

진호가 수줍게 대답했다.

"근데 수신호는 어떻게 알았을까?"

"아. 제가 웹툰 작가인데 해병대 나온 주인공이 한국전쟁 시대로 타임 슬립 하는 이야기를 구상했었거든요."

재입대하는 이야기 아니었어? 자랑스럽게 말하는 진호를 왕삼촌은 별 미친놈 다 보겠다는 얼굴로 바라봤다. 그는 대화 주제를 본론으로 몰아갔다.

"근데. 자기들도 차 사장 찾고 있는가 보네? 근데 내가 전직 경찰로서 조언을 하자면 사람을 쫓으면 안 돼. 차를 쫓아야지."

뜻밖의 조언에 기회를 포착한 수정이 대화에 끼어들었다.

"왜요?"

대답을 해 줄까 말까, 장난스러운 미소를 짓던 왕삼촌이 입을 여는 순간 빵 하고 경적 소리가 울렸다. 왕삼촌과 양마니를 함께 쫓던 젊은 부부 중 남편이 양마니가 버리고 간 차의 경적을 누르고 있었다. 왕삼촌은 잡담을 멈추고 경적 소리가 나는 방향을 바라봤다. 왕삼촌의 말에 따르면 동행한 젊은 부부 역시 차 사장에게 사기를 당한 피해자인데, 왕삼촌을 고용해서 전국을 돌아다니며 잃어버린 차를 찾고 있다고 했다. 아내가 조수석의 대시보드에서 꺼낸 하얀 종이를 들고 있었다.

"자기들 차? 맞아요?"

픽업트럭 지붕에 달린 스피커에서 왕삼촌의 목소리가 울렸다. 종이를 확인하던 아내가 고개를 떨궜다. 그녀는 종이를 남편에게 건넸고, 받은 종이를 확인한 남편은 실망스러운 얼굴로 양팔을 크게 뻗어 왕삼촌을 향해 엑스 자 표시를 했다. 왕삼촌이 마이크를 내려놓으며 혀를 끌끌 찼다.

"아이고 어쩌나. 꽝이네, 꽝이야."

남편과 아내가 터덜터덜 이쪽으로 돌아왔다. 남편이 안주머니에서 흰 봉투를 꺼내 왕삼촌에게 건넸다.

"고생 많았심더."

"아이고 뭘. 차도 못 찾았는데. 이렇게 손수 봉투를 챙겨 주시고."

왕삼촌은 멋쩍은 얼굴로 봉투를 받아 들었다.

"죄송합니다만 열차 시간이 얼마 남지 않아서예. 역까지 좀 데려다줄 수 있겠습니꺼."

"하모, 하모."

차를 찾아 달라고 고용을 했는데, 차는 못 찾고 돈봉투만 챙긴 것이 미안했는지 왕삼촌이 괜히 어색한 경상도 사투리를 썼다. 아내가 먼저 차에 올랐고, 남편은 왕삼촌에게 양마니의 차에서 가져온 비닐에 싸인 종이를 건네고는 아내 옆자리에 앉았다. 난감한 표정을 짓던 왕삼촌이 진호와 수정을 번갈아 보더니 어렵사리 입을 열었다.

"어이, 해병대 친구. 내가 부탁 하나만 해도 될까."

"네? 무슨."

"저 차 좀 주인한테 돌려다 줄 수 있을까?"

양마니가 버리고 간 까만 SUV를 가리키며 왕삼촌이 말했다. 그러더니 남편에게 건네받은 비닐에 싸인 종이를 진호에게 건넸다. 차량 등록증이었다.

"그 주소로 차 좀 갖다줄 수 있을까?"

차량 등록증에는 수원으로 시작하는 주소가 적혀 있었다. 진호는 갑자기 떠맡게 된 임무에 뭐라 대답을 해야 할지 난감했다.

"근데 저희를 뭘 믿고."

"자기들도 사기당한 사람들이라며."

진호가 주저하는 눈빛으로 수정을 바라봤다. 수정은 마치 임무를 맡겠다는 듯 진호의 손에서 차량 등록증을 낚아채고서는 왕삼촌에게 물었다.

"근데 아까 차를 쫓으라고 하신 거요. 그게 무슨 말씀이세요?"

며느리도 모르는 비법을 수정에게 알려 준다는 듯 왕삼촌이 말했다.

"차 사장을 찾았다고 치자. 아니면 그 사람이 경찰에 잡혔다고 치자. 자기들 차는 어딨을까? 어차피 차 사장은 리스비니 이익금이니 줄 생각이 없다고. 차를 찾아야 리스 회사에 돌려줄 수 있고, 그래야 리스비를 그만 낼 거 아니야. 차 사장이랑 짬짜미 한 마 사장이라는 대포차 업자가 해외에 밀수라도 하면 어떡할라고? 그러니까 그전에 차를 찾아야 하지 않겠어?"

왕삼촌의 예리한 지적은 수정과 진호에게 공포심을 심어

줬다. 왕삼촌은 둘의 표정을 읽었는지 진호에게 명함을 건넸다.

"추적. 필요하면 연락해."

\\\\\\

수정은 3억짜리 남의 차를 몰고 오는 내내 영원히 리스비를 갚는 굴레에 빠지거나, 아니면 리스비를 내지 못해 아파트를 빼앗기거나, 빈털털이 이혼녀가 될지도 모른다는 악순환의 시나리오에서 벗어나지 못했다. 이혼을 하지 말까? 그러면 지옥 같은 결혼 생활을 하는 빈털털이 아내가 된다. 빈털털이 이혼녀보다 끔찍한 결말이다. 그러므로 반드시 차를 찾아야 했다.

주소지인 어느 '왕갈비 통닭집' 앞에 도착한 수정은 건너편 주차장에 차를 세웠다. 수정의 뒤에 진호가 자기 차를 세웠다. 진호는 굳이 천안에서 수원까지 수정을 쫓아왔다.

"왜? 내가 차 꿀꺽할까 봐? 감시하러 왔어?"

"말 참 예쁘게 한다."

"그러니까 왜 왔냐고."

"계약서!"

진호가 차 사장과 맺은 '슈퍼카 렌트 사업 계약서'를 건넸다. 수정은 계약서를 바라볼 뿐 받지는 않았다. 과연 이 계약서가 차를 찾는 데 도움이 될까. 왕삼촌의 말대로 사람이 아니라 차를 찾아야 한다. 이 상황을 타개하려면 행방이 묘연해진, 하얗고 듬직한 사모예드를 닮은 우리의 2억짜리 차를 찾아야 한다.

"다음 주말에 뭐 해."

한참 동안 계약서를 바라보던 수정이 고개를 들며 물었다.

"왜?"

"다음 주말에 뭐 하냐고."

"바빠. 그림 그려야 돼."

"그림 그리는 게 차 찾는 거보다 중요해?"

"다음 주말에는 진짜 안 돼."

"그니까 왜에?!"

"엄마 생신이 있어."

아……. 까맣게 잊고 있었다. 황 변호사가 분명히 알려 줬는데. 좋은 아내가 되어야만 재산분할에 유리한 고지를 선점할 수 있다고. 시어머니의 생신을 잊은 며느리는 나쁜 며느리가 분명하다. 나쁜 며느리는 좋은 아내보다는 분명 나쁜 아내와 비슷한 뜻을 가진 단어일 것이다.

"가족끼리 밥 먹을 거지? 그럼 밥 먹고 나서 차 찾으러 가."

"안 돼."

"또 왜에!"

진호가 애꿎은 바닥을 발끝으로 툭툭 내리쳤다.

"말하기 싫어? 말 안 할 거야?"

"그게. 우리 엄마. 마지막 생일일지도 몰라."

"그게 무슨 말이야?"

"말기래. 폐암."

진호의 입에서 전혀 예상치 못한 말이 튀어나왔다. 수정은 깜짝 놀란 동시에 진호에게 화가 치밀었다.

"그걸 왜 이제 말해?!"

진호는 조금 억울했다. 우리가 말할 시간이 있었나? 곧 이혼을 할 아내한테 시어머니가 아프다는 사실을 말해야 할까? 진호는 통닭거리를 오가는 사람들을 붙잡고 묻고 싶었다. 좋은 며느리, 나쁜 며느리를 떠나서 수정은 시어머니가 폐암 말기라는 사실도 모르고 있는 자신이 원망스러워졌다.

"그래서 어디서 하는데."

"뭘."

"생신!"

수정이 다그쳤다. 진호가 난처한 표정을 짓더니 어렵게 입을 열었다.

"그게. 음, 안 왔으면 좋겠는데."

"뭐라고?!"

"우리 이혼하는 거 아직 모르시는데. 가실 때까지는 모르셨으면 좋겠고."

좋은 아내라면 어떻게 행동할까. 잠깐의 고민을 마치고 수정이 말했다.

"그럼 모르시게 하면 되잖아. 이혼하는 거 모르시게 사이 좋은 척하면 되잖아."

수정은 진호가 대답하기도 전에 길을 건너 왕갈비 통닭집 문을 열고 들어갔다. 진호는 알고 있다. 수정은 거절을 두려워한다. 그래서 대답을 듣기도 전에 자기 할 말만 하고 갈 길을 간다. 프러포즈를 할 때도 그랬다. 수정이 느닷없이 자신과 결혼을 하자고 했다. 그리고 그녀는 진호의 대답을 듣지 않고, 저렇게 혼자 갈 길을 가 버렸다. 내가 먼저 프러포즈하려고 했는데. 또 쓰잘머리 없는 생각의 연속. 진호는 바깥에 선 채로 가게 안의 수정을 지켜봤다. 안으로 들어간 수정이 앞치마를 한 여사님과 뭐라 대화를 나누더니 손가락으로 주차장 방향을 가리켰다. 여사님은 믿지 못하겠다는 얼굴로 주차장의 까만 SUV를 한참이나 바라보다가 주르륵 눈물을 흘렸다. 그러자 수정은 여사님을 안아 주며 등을 토닥였다. 주방에서 여사님의 남편으로 보이는 어르신이 느린 걸음으로 나왔다. 수정이 어르신에게 열쇠를 건넸다. 열쇠를 받아 든 어르신이 문 열림 버튼을 꾸욱 눌렀다. 그러자 건너편 주차장의 까만 SUV가 눈을 깜빡거렸다. 엄마! 아빠! 나 집에 왔어요! 죽은 줄만 알았던 아들이 전쟁터에서 돌아온 것처럼 어르신과 여사님이 눈물을 쏟았다. 이미 그렁그렁했던 수정도 덩달아 눈물을 흘렸다. 진호의 눈에 예전의 수정이 보였다. 언젠가부터 화그릇이 걷잡을 수 없이 커진 수정이었지만, 원래 그 감정 그릇에는 다정함이 가득했던 그녀였다. 그러니까 룸메이트를 위해 스토커를 잡으러 다녔을 것이다. 둘이 스토커를 잡으러 다녔을 시절, 진호는 수정에게 스토커가 무섭지 않냐고 물었다. 수정은 당연히 무섭다고 답했다. 그럼에도 불구하고 그녀는 룸메이트를 위해 용기를 냈던 사람이다. 그녀가 다정함과 용기를 동시에 보여 준 그 순간에 진호는 자신이 수정을 사랑하게 되었다는 사실을 기억해 냈다.

5

진호는 어머니가 실제로 태어난 해가 주민등록번호에 기재된 것보다 1년이 빠르다는 점을 이유로 이번 모임을 회갑연으로 치르기로 했다. 어쩌면 마지막이 될 수도 있었으니까. 수정은 시어머니의 회갑연이 차분하게 진행될지 보통의 회갑연처럼 만수무강을 외치는 흥겨운 잔치가 될지 전혀 감이 잡히지 않았다. 침대에 나란히 펼쳐 놓은 옷가지들이 그런 수정의 마음을 여실히 드러냈다. 면접에나 어울릴 법한 차콜 색상의 차분한 바지 정장. 깃이 커다란 블라우스에 코발트블루 색상에 가까운 투피스 정장. 무난하게 검정색 셋업으로 할까. 검정색은 피하자. 자칫 상갓집 분위기를 풍길 수 있다. 내추럴하게 가자. 베이지. 카키. 올리브. 크림.

옷장에 있는 것을 다 꺼내 조합해 봤지만 계절에 어울리지 않거나, 사이즈가 맞지 않거나, 유행이 한참 지나 촌스럽게 보이거나, 회갑연에 어울리는 옷은 없었다. 도로 면접용 차콜 색상과 카메라 테스트에 어울릴 만한 볼드한 투피스 정장이다. 그나저나 아나운서가 방송용으로 입으면 그럴듯하게 보이지만 일상에서 입기엔 부담되는 코발트블루 투피스 정장을 왜 산 것인지 수정은 몇 년 전의 자신이 도통 이해되지 않았다. 이해가 되지 않는 타인은 떠나 버리면 그만이지만, 이해가 되지 않는다고 나 자신을 포기할 수는 없지 않나. 수정은 몇 년 전의 자신을 이해하고 받아들이는 의미로 코발트블루 정장을 챙겨 집을 나섰다.

회갑연 장소는 입구에 별이 세 개 붙어 있는 호텔의 연회장이었다. 진호와 그의 동생들이 미리 준비하고 있기로 했다. 아무래도 오랫동안 연회장에 있으면 분명 엄마에게 들킬 위험이 있다며 진호는 수정에게 시간에 '딱' 맞춰 오라고 했다. 수정은 회갑연 45분쯤 전에 도착해서 근처 커피숍에서 시간을 때웠다. 최대한 자연스럽게 행동하자. 배우들이 캐릭터에 접근할 때 어떻게 하는지 유튜브를 찾아봤고, 러시아 출신의 연극연출가가 쓴 책도 읽었다. 세 시간이다. 세 시간 동안 진호와 행복했던 때를 떠올리며 나 자신을 속여 보자. 진호와 가장 행복했었을 때가 언제였더라. 그런데 행복감을 느꼈던 때와 행복한 사건이 있었던 때는 조금 다르다. 진호와 사귀고 결혼을 하고 자신이 임신을 하기 전까지는 행복감을 느꼈다. 특별히 좋은 일도 나쁜 일도 없었던 때다. 구체적으로 행복했던 기억은 없지만, 그 시절은 꾸준하게 행복감을 느꼈다. 의외로 진호와 사귀기 전에 있었던 일이 행복한 기억으로 떠올랐다. 함께 스토커를 잡았을 때다.

갓 대학을 졸업한 수정이 청부 월급 사냥꾼처럼 돈이 되는 일이라면 닥치는 대로 하며 지낼 때였다. 그때 수정은 영상 콘텐츠를 만드는 작은 스타트업에서 일을 하고 있었다. 회사를 프로덕션이라고 불러도 하등 문제가 없는데도, 회사를 세운 사람들은 자신들을 반드시 크리에이터로 정의하길 원했다. 박봉에 작아지는 자존감을 크리에이터라는 거대한 이름으로 만회하고 싶었던 것이라고, 퇴사 직전의 수정은 나름의 결론을 내렸다. 어쨌든 수정은 그 시절 사당에 있는 투룸에서 살았다. 방값을 아끼기 위해서 룸메이트와 함께 살고 있었을 때였다. 룸메이트는 배우가 되겠다고 대구에서 서울로 올라온 오류경이라는 친구였다. 류경은 너무 예뻤다. 수정은 침대에서 자고 있던 류경의 얼굴을 물끄러미 바라보다 티아라처럼 뻗은 속눈썹, 투명한 피부, 생기 넘치는 도톰한 입술, 섬세한 목선에 매료됐다. 수정이 술에 취하면 종종 자신이 남자로 다시 태어나서 류경과 사귈 거라는 주사를 부리기도 했으니. 취중 고백에 부담을 느낀 류경이 방을 빼면 어쩌나 싶었지만, 류경은 그런 고백에 너무 익숙했다. 외모가 워낙 출중한 탓에 지나가던 남자들은 발정기의 노루들처럼 그녀를 뒤돌아봤고, 남사친들은 그녀에게 친구 이상의 감정을 고백한 후(당연히 거절을 당하고) 입대를 하곤 했다. 하지만 류경은 배우가 되기 전에는 누군가를 만날 생각이 없었고, 그 사실을 받아들이고 싶지 않은 남자들은 잔뜩 술에 취해 그녀에게 연락을 해댔다. 연락은 집착이 되었고, 협박으로 변했다. 그녀가 여러 남사친들에게 연쇄적으로 고백 공격을 받은 후 그들의 전화번호를 지우고 있을 때였다. 그 무렵 갑자기 집 앞에 갓 구운 빵이 배달되기 시작했다. 그게 하루가 되고, 이틀이 되고, 일주일이 되더니, 한 달이 됐다. 류경은 배달된 빵에서 방사능이라도 검출된 것처럼 방독면을 쓰고, 집게로 빵을 집어 쓰레기통으로 옮겼다. 반면에 수정은 생활비도 아낄 겸 아침 식사로 그 빵을 먹기 시작했고, 얼마 지나지 않아 황홀한 빵 맛에 중독되었다.

"안 먹는 게 좋을 거야."

류경이 경고했다.

"왜?"

빵에 코를 묻고 킁킁거리던 수정이 류경을 돌아보며 물었다.

"갑자기 독을 넣을 수도 있거든."

"설마?"

"요새 누군가 계속 따라다녀."

"그래? 생각해 보면 항상 누군가가 널 따라다니긴 했잖아?"

수정이 빵을 한입 크게 베어 물며 대답했다.

"이번엔 달라. 어두운 기운이 나를 막 옥죄는 느낌이랄까. 나 염산 테러당하면 어떡하지? 그럼 배우는 못 되는 거잖아."

"설마!"

설마, 라고 받아치긴 했지만 비뚤어진 마음을 가진 자들이 그런 일을 벌였다는 뉴스가 심심치 않게 TV에 등장했다. 류경의 보디가드를 자처한 수정은 지하철역 앞에서 류경과 만나 손을 꼭 붙잡고 함께 귀가하곤 했다. 그럼에도 불구하고 류경은 서울역 플랫폼에서 수정을 부둥켜안고서는 남자로 다시 태어나면 그때는 꼭 사귀자는 말을 남기고 고향인 대구로 떠났다. 그녀는 나쁜 의도를 가진 마음을 느낄 수 있다고 했다. 검은 모자를 쓴 사람이 근처라도 지나가면 륜경은 수정의 팔을 꼭 붙잡았다. 뻣뻣하게 굳어 있던 그 촉감이 아직도 느껴진다.

  크루아상 같은 질감에 초콜릿칩이 박힌 '빵 오 쇼콜라'라는 이름의 빵이었다. 빵의 온기로 볼 때 멀지 않은 빵집에서 오는 것임이 분명했다. 전자레인지로 데웠을까. 크루아상을 전자레인지에 데우면 겉이 눅눅하게 변한다. 이 빵과 초콜릿의 식감은 바삭하다. 그러므로 가까운 곳에서 빵을 구입해 배달하고 있는 것이다. 야근을 마치고, 보복 심리로 야식을 먹던 중에 무심코 튼 영화 채널에서 수정은 사건 해결의 실마리를 찾을 수 있었다. 사설 감옥에 갇혀 있던 주인공이 자신을 가둔 사람을 찾으려고, 전국의 중국집을 돌아다니며 군만두의 맛을 비교하는 내용의 영화가 방영되고 있었다. 근처 빵집 중에 빵 오 쇼콜라를 취급하는 빵집의 리스트를 추린다. 그리고 모양과 맛을 구별하면 범인이 어디서 빵을 구하는지 알 수 있으리라. 집 앞에서 잠복하다가 그를 잡는다고 치자. 그 혹은 그녀가 누군가의 부탁을 받고 놓아둔 것이라고 한다면 뭐라고 할 것인가. 그러므로 범인이 빵을 사는 곳에서 직접 구입하는 현장을 잡은 뒤, 배달까지 하는 모습을 포착해야 사건을 깨끗이 해결할 수 있을 터였다. 그러나 빵 오 쇼콜라를 취급하는 근처의 빵집에서 판매되는 것과 배달된 것에 큰 차이가 있었다. 그러던 중 카페 한 군데가 용의선상에 올랐다. 빵의 맛과 모양 모두 일치했다. 24시간 카페였으므로, 수정은 주로 퇴근과 동시에 그곳을 찾았다. 멀뚱멀뚱 앉아서 주변을 두리번거리면 의심을 사거나 주목을 받을 것이 분명했다. 그래서 수정은 동영상 편집을 하거나, 그림을 그림으로써 잠복과 웹툰 작가가 되겠다는 자기계발의 균형을 기막히게 유지해 냈다. 얼마 지나지 않아 수정은 야간 근무하는 직원 하나를 용의선상에 올렸다. 모든 행동이 의심스러웠다. 그는 힐끗 수정을 훔쳐봤으며, 수정이 주문을 할 때면 괜히 식은 땀을 흘렸고, 어느새 단골이 된 수정에게 따로 빼놓은 빵 오 쇼콜라를 슬그머니 내미는 등 원치 않는 친절을 베풀었다. 수정은 빵에 접근할 수 있는 권한이 있었던 그를 유력한 용의자로 특정하기에는 아직 모자라다고 여겼는데, 어느 날 그가 수정의 얼굴을 몰래 그리고 있는 종이를 수정이 발견하고 말았다.

"지금 뭐 하시는 거예요!"

"네?"

남자가 손에 들고 있던 4B 연필을 떨어뜨렸다.

"왜 내 얼굴을 몰래 그리냐구요!!"

"그게…… 아니라요……. 제가, 미술을 전공하는데요……."

"미술 전공하면 사람 훔쳐보고, 맘대로 그림 그려도 돼요?!"

"그건 아닌데요……."

남자가 떨어뜨린 4B 연필을 주우려는 순간, 수정이 발로 그의 손등을 밟았다.

"동작 그만! 당신 스토커지?!"

"저…… 스토커 아닌데요."

남자가 죄라도 지은 사람처럼 떨리는 목소리로 대답했고, 수정은 조서를 작성하는 형사처럼 그를 몰아세웠다.

"이름!"

"네?"

"이름! 이름이 뭐냐고요?! 민증 까 보라고!"

그의 이름은 김진호였다. 그는 근처 대학에서 미술을 전공하고 있고, 수정이 매번 빵 오 쇼콜라를 시키기에 품절되기 전에 챙겨 줬을 뿐이며, 훔쳐본 것은 미안하지만 데생에 적합한 얼굴(수정이 데생에 적합한 얼굴이 뭐냐고 반문하자 진호는 옆모습의 콧날이 매우 근사하다고 했고, 수정은 그럼 앞모습은 별로냐고 되물었다.)을 가지고 있어서 몰래 그랬다, 미안하다, 자신이 스토커가 아니라는 증거로 빵 오 쇼콜라를 사 가는 모든 사람(용의자들)의 몽타주를 그려서 주겠다고 했다.

"한 달 치 정도면 믿겠어요?"

진호는 수정에게 수십 장의 몽타주를 그리는 정성을 보여줬고, 진호의 근무시간에 빵이 배달된 것으로 보아 그의 혐의는 점점 옅어졌다. 하지만 수정은 진호에게 더 많은 것을 요구했다.

"잡을 때까지 그려서 주세요. 몽타주요."

분명 플러팅이었다. 진호는 제안(혹은 요구)을 기꺼이 받아들였고, 그 후로 두 사람은 범인을 잡으러 돌아다니는 그들만의 놀이를 즐겼다. 그 순간이 수정이 떠올린 가장 행복했던 기억이었다. 이 정도의 추억이라면 세 시간 정도는 행복한 척 연기를 할 수 있지 않을까. 그때 헐레벌떡 호텔 밖으로 뛰쳐나오는 진호의 모습이 카페 창 밖으로 보였다. 진호가 호텔 주변을 서성이며 핸드폰을 붙들고 있었다.

"나 왔오~."

수정이 최대한 다정한 인사를 건넸다.

"어, 왔어?"

하지만 진호는 건성으로 대답했다. 행복했던 기억으로 마음을 단단히 다잡았는데도 진호의 무성의한 대답에 감정이 싹 사라졌다. 그때의 진호는 분명 아니다. 물론 나도 그때의 수정은 아니다. 핸드폰으로 누군가의 이야기를 듣고 있던 진호가 다급한 목소리로 소리쳤다.

"여보세요! 아니, 그게 말이 됩니까! 사고가 났는데 왜 병원으로 안 가고 다음 스케줄로 넘어가느냐구요! 돈 때문에 그래요? 다음 스케줄에서는 얼마 준다는데!! 그건 말이 안 되지! 아, 몰라! 오든가 말든가! 맘대로 해!! 안 오면 내가 당신들 고소할 거야!!"

진호가 씩씩 화를 내며 전화를 끊었다. 남극에서 북극곰을 발견할 만큼 보기 어려운 모습이었다. 평소의 진호는 화가 나면 입을 닫는다. 진호의 화는 뜨거운 불이라기보다 높은 습도나 압력에 가까웠다. 그래서 진호가 화가 나면 한증막에 있는 것처럼 숨이 턱 하고 막히거나 높은 산에 있는 것처럼 두통이 몰려왔다.

"왜, 무슨 일 있어?"

"초대 가수가 빵꾸를 냈어."

빠른 걸음으로 연회장으로 향해 걸어가는 동안 진호는 쉴

새 없이 자책했다. 그 모습이 얼마나 못나 보이는지. 왜 이런 사람을 좋아해가지고.

"우리 엄마 마지막 생일일지도 모르는데, 장남이 돼가지고 일처리 하나 못······."

갑자기 멈춰 선 수정이 몸을 휙 돌려 진호의 입술 위아래를 엄지와 검지손가락으로 꾹 막아 버렸다.

"쉿! 그만! 제발 좀! 그만!"

금붕어처럼 뽀뽀 입술을 한 진호가 놀란 얼굴로 수정을 바라봤다.

"보기 흉하니까. 그만 좀 자책해."

수정은 오늘따라 진호가 보기 싫었다. 왜 그랬을까. 내가 좋아했던 과거의 진호를 떠올렸던 탓일까. 그때의 진호가 그리워졌나. 그래서 어떤 기대라도 생긴 걸까. 기대는 위험하다.

이미 도착한 친지들이 오손도손 동그란 테이블에 모여 있었지만, 연회장은 장례식장에 풍선과 플래카드를 달아 놓은 양 썰렁했다. 그때 진호의 여동생이 다가왔다. 땀으로 얼굴이 번들거리는 것을 보니 필시 큰 문제가 생겼나 보다.

"오빠. 삼촌 지금 도착했다는데?"

"뭐? 벌써?"

"초대 가수 오는 거 맞냐고, 친구들 싹 데려왔다는데 어떡해?"

"일단 연회장 실장님한테 말해서 술부터 깔아 드려."

"엄마가 내일 주일이라고 술 취하면 안 된다고 술 다 뺐다는데?"

"그럼 밖에 나가서 사 와."

"그건 계약 위반 아니야?"

"계약 위반은 무슨. 내가 알아서 할게. 요 앞에 편의점 있더라. 가서 위스키 좀 사 와서 어르신들 콜라에 타 드려. 엄마는 당뇨 있으니까 제로콜라 사다 드리고. 초대 가수는 내가 어떻게든 해 볼게."

여동생이 막중한 임무를 맡은 군인처럼 고개를 끄덕이고는 연회장 밖으로 뛰어나갔다. 내가 알아서. 내가 어떻게든. 진호답다. 그래서 '내가 알아서 사기도' 당했지.

"어쩌려고?"

"초대 가수 새로 섭외해야지."

"벌써 토요일 오후인데 올 사람이 있을까?"

"장 피디 아내의 후배의 동생 친구가 뮤지컬 가수라는데. 요새 일이 없는 거 같더라고."

아내의. 후배의. 동생의 친구. 옷깃을 스친 인연보다도 못한 사이 아닌가. 차라리 길거리로 뛰쳐나가서 노래 불러 주시면 사례하겠습니다! 라고 외치는 편이 낫지 않을까. 하지만 좋은 아내 콘셉트를 확실히 잡은 수정은 남편이 알아서 일처리를 하도록 뒤로 물러나 잠자코 있었다.

"아. 그래? 공연 들어갔구나. 잘됐네. 그러니까. 그럼 언제 공연이나 같이 한번 보러 가요. 그러니까. 그때 보니까 노래 참 잘하더라고."

사람 좋은 진호. 용건을 말하려면 빙빙 둘러 말해야 하고, 목적을 달성하지 못했어도 사람 좋은 멘트로 인사치레를 하고, 좋아하지도 않는 뮤지컬 공연에 가서 호구처럼 돈을 쓰고 돌아올 사람.

"초대 가수 개런티 얼만데."

"한 시간에 150만 원. 두 시간에 200만 원."

"나한테 150만 원 주면 내가 두 시간 놀아 줄게. 어때?"

"야, 진호야! 근데 왜 콜라가 쓰냐?!"

콜라가 써서 만족한다는 건지, 불만스럽다는 건지 진호

의 삼촌이 인상을 쓰며 말했다.

"그나저나 초대 가수는 언제 오는데?"

그때 수정이 코발트블루 색상의 투피스 정장을 입고 마이크 앞에 섰다. 좋은 며느리, 좋은 아내라는 임무 때문…… 어쩌면 돈 때문에…… 사람들 앞에 서긴 했지만 긴장이 됐다. 학생회장이나 반장을 밥 먹듯이 한 탓에 사람들 앞에 서는 것은 익숙했지만, 술도 안 마시고 노래를 부르는 것은 난이도가 달랐다. 에라 모르겠다. 행복했던 기억을 떠올리며 잠시 다른 존재가 되는 사치를 부려 보자.

"어머뉘이! 만수무강하세요오오~!!"

만수무강은 좀 아닌가. 수정이 연회장의 실장으로 보이는 사람에게 고개를 끄덕였다. 실장이 버튼을 누르자 노래방 기계에서 음악이 흘러나왔다. 위스키가 든 콜라 때문에 취기가 오른 진호의 삼촌과 지인들이 음악에 맞춰 몸을 살랑살랑 흔들었다. 좋은 신호다. 그래, 놀아 보자. 반면 시어머니는 얼굴만큼이나 삐쩍 마른 미소를 짓고 있었다. 잭콕과 음악에 취한 진호의 삼촌이 "누이! 누이!"를 외치며 진호의 어머니를 붙잡고 자리에서 일어났다. 수정은 흔히 뽕짝이라고 하는 노래를 부르기 시작했다. 권사님인데다가, 죽어 가는 중에도 교회에 가야 한다고 자신의 생일잔치에 술을 뺀

깐깐한 시어머니. 돌아가신 시아버지 뒷바라지를 하느라 평생 일만 하고, 자식을 키우느라 고생했던 딱 그 시대의 어머니였다. 한국인의 한恨이라고 해야 하나. 아리랑과 트로트에는 유전적으로 반응할 수밖에 없는 민족성이라고 해야 하나. 그녀가 후천적으로 획득한 엄근진한 태도는 DNA와 한에 무너졌다. 시어머니가 남동생의 권유에 못 이긴 척 자리에서 일어나 수수깡 같은 팔다리로 춤을 췄다. 자리에 있는 모두가 황홀경에 도취된 두 시간을 보냈다. 수정은 장윤정이 되었다가, 송가인이 되었다가, 두 시간이 지나고 마법이 풀리자 다시 정수정으로 돌아왔다.

연회장의 실장은 직원들과 플래카드를 다음 고객의 이름으로 바꿔 달고 있었다. 수정은 연극을 마친 배우들의 마음을 조금은 알 것 같았다. 후련함. 성취감. 그리고 허탈함. 나는 누구인가와 같은 존재에 대한 의구심. 달콤하고도 씁쓸한, 서로 어울리지 않는 감정들이 수정의 마음속에서 위스키와 콜라처럼 뒤섞였다. 텅 빈 연회장 구석에 녹초가 된 수정에게 시어머니가 다가왔다. 그녀는 기름칠이 안 된 경첩처럼 삐걱거리는 소리를 내며 수정의 옆에 앉았다.

"고맙다. 며느라."

"어머니, 별말씀을요."

"내가 죽어."

자신이 이 세상에서 소멸된다는 말을 이리도 쉽게 할 수 있을까. 손님들의 다양한 기분들을 상대하느라 스스로의 감정에는 무심한 시어머니였다. 수정은 아는 척을 해야 하나 모르는 척을 해야 하나 잠시 갈등했다. 결국 작은 감탄사를 내뱉었다.

"어머, 그게 무슨……."

시어머니가 바로 말을 이어 갔다.

"닭을 너무 튀겼나. 폐암 말기랜다."

수정이 시어머니의 다음 말을 잠자코 기다렸다.

"니가 고생이 많겠지만, 나 가더라도 우리 진호 좀 잘 부탁한다."

시어머니는 말을 마치고서 두툼한 봉투를 하나를 내밀었다. 이혼을 한다는 걸 알고 계신 걸까. 그래서 내 마음을 돌리라는 것일까. 받으면 안 될 것 같지만, 그렇다고 안 받을 수도 없는 노릇이다. 수정은 최대한 감사하는 마음으로 봉투를 받았다.

"감사합니다, 어머니. 잘 쓸게요."

시어머니는 수정의 어깨를 툭 치고는 의자에서 일어났다.

"가시게요?"

"가게 문 열어야지."

시어머니는 삐걱대는 몸을 끌고 연회장 밖으로 나갔다. 수정은 죄인이 된 것만 같았다. 좋은 며느리가 되겠다는 비인간적인 전략을 짜 온 자신이 한심하게 느껴졌다. 하지만 누구나 자신의 삶이 있다. 적어도 장윤정과 송가인의 흉내를 내었을 때, 그녀의 마음만은 진심이었다.

수정이 호텔 밖으로 나오자 진호가 기다리고 있었다.

"어머니는 동생이 모셔다 드린다고."

"오늘은 너무 늦었고. 내일은 시간 어때?"

"근데 수정아."

진호의 눈동자가 촉촉해졌다. 그가 나에게 사귀자는 고백을 하지 못해서 끙끙거리던 때와 비슷한 눈동자다. 진호의 촉촉한 눈망울에서 수정은 불길함이 느껴졌다. 제발 다시 합치자는 헛소리는 하지 마라.

"왜."

수정이 경계하며 대답했다. 진호는 큰 결심이라도 한 듯 말을 이었다.

"우리…… 김포 집 있잖아……. 내 이름으로 명의 바꿀까?"

그래. 잔치는 끝났다. 마법은 풀렸다. 마차는 호박이 되었다. 행복했던 기억은 잊자. 그는 경쟁자다. 진호에게 두 번 다시 이름을 빼앗기는 멍청한 짓은 하지 않을 것이다.

"좋은 날이었으니까, 방금 말은 못 들은 걸로 하자."

수정이 지하철역으로 발걸음을 서둘렀다. 차를 찾고, 이혼을 하고, 이름 세 글자를 되찾는 것이 앞으로의 목표라는 걸 잊지 말도록! 지하철을 기다리는 일상적인 옷차림의 사람들 사이에서 코발트블루 투피스 정장을 입은 수정의 모습은 빨간 세모들 사이에 있는 파란 네모 같았다.

\\\\\\

한강이 보이는 유수지 주차장에 도착한 수정은 곧바로 무인 정산소로 향했다. 두 사람이 차를 마지막으로 목격한 곳이다. '슈퍼카 렌트 사업 계약'이 완료되는 사이 시승도 할 겸 드라이브를 다녀오라는 원치 않는 차 사장의 호의 탓에 억지로 근교를 다녀왔었다. 한 달 치 리스비와 이익금을 선불로 받은 덕분에 괜히 기분이 들떴던 날이었다. 둘은 남산의 자동차극장에서 영화를 보고 이곳에 차를 주차했다. 양 실장이 차를 수거해 갈 테니 열쇠는 오른쪽 바퀴에 올려 두라고 했었다. 그게 7개월 전의 일이었다. 그 이후로는 차를 본 적이 없다.

"그러니까. 안 된다니까요."

"왜요?"

"아까 다 말씀드렸잖아요!"

"아니, 그러니까 왜요?"

이 대화만 몇 번째인지. 수정은 주차 정산기에 달린 스피커에 소리를 높이고 있었다. 스피커 속 목소리도 어지간히 짜증이 났는지 수정을 향해 소리를 높였다.

"영장을 가져오시든가! 그래야 CCTV를 보여 드리죠."

"경찰이 증거를 가져와야 사기 접수를 받아 준다고 했다니까요?"

"그럼 경찰하고 동행을 하시든가요."

"CCTV 안 보여 주실 거면 저랑 같이 경찰서 가시든가요!"

"근무 중에 어떻게 자리를 비워요! 그러니까, 안 된다니까요."

무한 반복 대화. 지나가는 사람들의 눈엔 혼자서 소리를 지르고 열을 내는 수정이 필시 미친 사람처럼 보였을 것이다. 귀에 무선 이어폰을 끼고 통화를 하는 사람들이 길거리에 처음 나타났을 때의 그림과 얼추 비슷하다고, 그 모습을 지켜보던 진호는 생각했다.

"뭐래?"

편의점에 다녀온 진호가 비닐봉다리에서 시원한 캔 음료 하나를 수정에게 건넸다.

"여기는 저리 가라! 저기는 이리 가라!"

수정은 꽥 소리를 지르고는 바닥에 주저앉아, 진호가 건넨 캔 음료를 꿀꺽꿀꺽 넘겼다. 경찰은 증거를 가져오라고 하고, 주차장은 경찰과 함께 오라고 하니 수정이 열을 내는 것도 무리는 아니다. 진호가 스피커의 통화 버튼을 눌렀다.

"네, 무슨 일이시죠?"

"방금 소리 지른 여자 남편인데요."

"그런데요?"

직원의 목소리가 서비스 모드에서 전투 모드로 변했다.

"저희가 사기도 당하고 이혼도 앞두고 있고 여러가지로 예민한 시기에 있는지라 죄송하게 됐습니다. 본의 아니게 소리 질러서 죄송합니다."

"……이혼은 잘 정리하시고요."

"네, 좋은 하루 되십시오."

미쳤구나, 김진호. 뭐? 좋은 하루 되십시오? 정산소 직원과 대화를 마친 진호가 수정의 옆에 앉았다. 친근한 관계에서나 가능한 46센티미터 이내의 구역으로 진호가 들어왔다. 수정이 엉덩이를 옮겨 타인의 구역으로 멀어지며 말했다.

"위조라도 해야겠다."

"뭐를?"

"CCTV 화면. 15초 분량이면, 1초당 30프레임 잡고······ 450장 정도만 포토샵으로. 하루이틀이면 할 수 있을 거 같은데. 우리 고프로 있지?"

"너 그러다 니가 감옥 가."

"지옥보다는 감옥이 낫지?"

수정이 벌떡 몸을 일으켰다. 그녀는 다 마신 캔 음료를 쓰레기통에 휙 던져 넣고서는 주차장 2층으로 총총 뛰어 올라갔다. 또 시작됐다. 수정아, 아무리 그래도 위조는 안 된다. 그런데 나랑 사는 게 그렇게 지옥 같았나?

"사는 게 지옥 같다는 말이야?!"

진호가 수정의 뒤에 대고 외쳤지만, 수정은 이미 주차장 2층으로 올라간 뒤였다. 다행히 수정은 이성적으로 행동했다. 적어도 위조는 하지 않았다.

수정은 항상 궁금했다. 경찰서의 일요일은 어떨까. 범죄자들이라고 주말에 쉬는 건 아니니까. 병원 응급실과 비슷하지 않을까. 경찰서에서 해결을 하지 못한다면 경찰청에라도 뛰어들 기세로 수정이 경찰서 건물 안으로 들어섰다. 진호가 서둘러 수정의 뒤를 쫓았다. 그녀의 폭주가 걱정이 됐다. 그가 경찰서 안으로 들어섰을 때, 이미 수정의 모습은 온데간데없었다. 주위를 두리번거리던 진호가 이미 구면인 형사와 마주쳤다.

"어! 캠핑은 잘 다녀오셨어요?"

진호가 형사에게 알은체를 했다.

"퇴직하면 캠핑장이나 차릴까 봐요."

형사가 너스레를 떨었다.

"그런데 사기 접수 안 하셨던데요?"

"그게, 잃어버린 차를 찾는 데 집중하기로 해서요. 어차피 차 사장 잡힌다고 차가 돌아오는 것도 아니고."

"그런데요. 차가 오랫동안 방치되어 있으면 잔존 가치가 없어지는 경우도 있고, 해외에 밀수출 되는 경우도 있고 그래요. 운 좋게 찾았다고 해도, 다른 사람이 대가를 지불하고 점유하고 있는 경우에는 재판까지 가는 경우도 있어서 돌려받는 게 쉽지 않을 수도 있어요. 그러니까 접수하시고 저희한테 맡기는 게 어떠실까 싶은데. 괜히 그러다 사고라도 당하시면 어떡하시려고."

이 사람은 항상 최악의 경우만 생각하나? 사고라도 나라는 건가? 전혀 도움이 안 됐다. 진호는 차를 직접 찾는 수밖에 없다고 직감했다. 하지만 그 마음을 경찰에게 들키지 않으려 애써 웃으며 대답했다.

"와이프하고 상의해 볼게요."

그때 2층에서 고성이 들렸다. 아주 익숙한 목소리였다.

"여기는 저리 가라! 저기는 이리 가라!"

잠시 후 수정이 씩씩거리며 계단을 내려왔다. 진호와 대화를 나누던 형사는 수정의 모습을 보더니 사색이 되었다. 수정이 한달음에 형사에게 달려왔다.

"아니, 경찰은 증거를 가져와라. 주차장에 가면 경찰이랑 같이 와라. 어쩌라는 거예요!"

"오셨어요?"

한가한 경찰서의 오후를 만끽하던 형사의 얼굴에 먹구름이 드리워졌다.

"지난주에 접수 안 하셨던데. 일단 접수하시면……."

"접수를 어떻게 하라는 거예요?! 아! 그리고! 위에서 어느 분이 차 사장 조사는 이미 시작했다고 하던데. 그게 무슨 소리예요?"

그걸 당신이 어떻게 알고 있느냐는 의문이 형사의 얼굴에 고스란히 드러났다. 나이가 더 젊어 보이는 형사 하나가 다급하게 계단을 내려왔다. 젊은 형사는 셋이 모여 있는 모습을 보더니 모든 것을 포기한 듯한 얼굴로 다가왔다. 마치 현행범으로 잡힌 범죄자의 체념한 얼굴 같았다.

"구 형사님, 그게 아니라요. 아내분이 너무 흥분을 하셔서 진정을 시키려고……. 제가 일부러 수사 상황을 흘리려던 건 아니었고요……."

묻지도 않았는데 젊은 형사는 술술 입을 열었다. 자백이라도 하듯.

"민 형사. 너는 나랑 이따 면담 좀 하는 걸로 하고."

"그래서 구 형사님, 어떻게 된 거예요? 조사 시작하신 거예요? 여기 민 형사님은 첩보를 받았니 어쩌니 하시던데."

캠핑을 하고 돌아와 혈색이 좋아진 구 형사에게 수정이 따지듯 물었다.

"아직 내사 단계고요. 이 내사가 뭐냐면……."

"조사를 시작하기 전에 범죄 혐의점이 있는지. 조사를 할지 말지 사실관계 파악하는 거잖아요."

"아내분은 누르기도 아시더니…… 남편분도…… 잘 아시네요."

구 형사가 수정의 눈치를 보며 대답했다.

"형사가 주인공인 웹툰을 그리려고 조사를 좀 했어가지구요."

진호가 당당하게 대답했다.

"내사라는 게 아직 외부로 밝힐 수는 없는 단계라 이해를 좀 해 주십사……."

그는 진호에게 대답하는 사이에도 젊은 형사, 그러니까 민 형사를 향해 자신을 보고 배우라는 의미로 자신감 넘치는 미소를 던졌다. '신입아, 봐라. 이게 형사다.'

"아까는 사기 접수를 하라면서요? 그럼 차 사장이 사기를 쳤다는 건 인지를 하신 거잖아요, 그죠?"

진호가 구 형사를 취조하듯 물었다.

"아니라고는 안 하겠습니다."

구 형사는 능구렁이처럼 긍정이 아니라 부정의 부정으로 받아쳤다. 하지만 진호는 평소의 어설픈 모습과는 다르게 구 형사를 몰아쳤다. 오히려 진호가 형사처럼 보일 정도였다. 진호가 구 형사에게 추가 질문을 했다.

"그럼 다른 사기 피해자도 있는 거네요?"

"사기 접수가 추가적으로 있었던 것은 사실입니다."

구 형사는 단어를 신중하게 골라 대답했다. 하지만 컴퓨터에 과부하가 걸리면 팬이 돌아가듯 진호의 귀에 구 형사가 머리를 굴리는 소리가 들리기 시작했다.

'내가 알아서 할 테니 잠깐만 지켜봐 달라.'

진호는 구 형사가 머리 굴리는 소리를 듣고는 수정에게 눈동자로 신호를 보냈다.

'뭐라는 거야.'

진호의 신호를 무시하고 수정이 말을 하려는 순간, 진호가 수정의 손을 꽉 잡았다. 따뜻했다. 그의 체온이 느껴졌다. 연애를 막 시작했을 때 느꼈던 진호의 따뜻한 손이었다. 불쑥 찾아온 온기에 놀라서였을까. 수정의 스마트워치에서 갑자기 경보음이 울렸다. 자연스레 세 남자의 시선은 수정의 손목으로 향했다. 속마음을 들킨 것만 같아 당황한 수정이 진호에게 잡힌 손을 빼냈다.

"이게 왜 이래. 고장이 났나."

수정이 시계를 연신 만져대며 중얼거리자, 민 형사가 입을 열었다.

"그 모델이 버그가 좀 있는 거 같더라구요. 제 것도 자주 그래가지고 애먹었거든요. 제가 한번 봐 드릴까요?"

민 형사는 수정의 스마트워치를 진단하고 싶은 마음이 굴뚝같았으나 구 형사의 정색한 표정을 보고 그제야 상황을 파악했다.

"그럼 첩보라는 게 있었다는 건, 누군가 이미 차 사장의 사기 행각을 알고 있다는 뜻이네요?"

진호가 다시 질문을 이어 갔다.

"아직은 드릴 말씀이 없습니다."

"그런데 굳이 첩보라는 단어를 쓰신 것을 보면…… 제보자가 피해자가 아니라 공범이었을 수도 있는 거겠고요?"

구 형사가 묵비권을 행사했다. 옳거니! 구 형사의 머리 굴리는 소리가 커지더니 눈알 굴리는 소리까지 더해졌다. 그렇다면 공범인가? 양마니인가? 그가 마음을 바꿔 먹었나? 진호가 수정을 바라보자 수정이 고개를 끄덕였다.

"그럼 공범이 있다는 뜻으로 알겠습니다."

"아직 조사 중에 있습니다. 그렇지, 민 형사?"

지금까지 자신의 퍼포먼스를 잘 봤느냐는 자부심이 묻어 있는 질문이었다. 그러나 민 형사는 구 형사의 기대를 무참히 박살 냈다.

"최상덕 씨 조사 중인 거 그거 말씀하시는 거죠?"

구 형사의 얼굴이 빈 맥주 캔마냥 크게 찌그러졌다. 그러나 찌그러진 것은 구 형사의 얼굴만이 아니었다. 구 형사를 바라보던 진호의 얼굴도 구 형사만큼이나 찌그러졌다.

\\\\\\

상덕이 이 사기극에 관련이 있다는 민 형사의 말을 듣고 난 후 진호는 말을 아꼈다. 수정은 그가 입을 꾹 닫은 것을 보아 화가 났다는 것을 알 수 있었다. 귀에 압력이 느껴졌고, 한증 막에서 숨을 쉬는 기분이 들었기 때문이다. 진호가 왜 화가 났는지 조금은 알 것도 같았다. 하지만 섣불리 그의 마음속으로 풍덩 들어가 화를 풀어라, 다 이해한다는 식의 어르고 달래려는 노력은 하지 않기로 했다. 차라리 그에게 시간을 조금 주는 것이 낫다. 수정과 진호는 카페 구석에서 대화 없이 두어 시간을 보냈다. 마음이 정리됐는지 진호가 입을 열었다.

"밥 먹으러 가자. 뭘 좀 먹어야겠어."

둘은 근처 패스트푸드점으로 자리를 옮겼다. 진호는 평소답지 않게 폭식을 했다. 더블치즈버거 두 개에 큰 사이즈의 프렌치프라이에, 밀크셰이크까지. 진호가 음식으로 스트레스를 푸는 동안 해가 졌다. 일요일 저녁이라 거리에는 인적이 드물었다. 절친이라고 믿은 사람에게 사기를 당했을 수도 있다니. 수정은 저 배신감을 안다. 가장 믿었던 사람이 나를 속이고 있었다는 사실을 쉽게 받아들일 수 있는 사람은 없다. 웹툰의 아이디어는 수정의 머릿속에서 태어났다. 그

너가 캐릭터를 매력적으로 키워 냈고, 스토리를 탄탄하게 확장했다. 그래서 연재할 기회를 얻었던 것이 아닌가. 그런데 임신과, 임신으로 발생한 육체적인 불편함, 그리고 정신적인 부작용의 결과로 진호가 웹툰의 연재를 가져가게 됐다. 그리고 수정의 이름은 지워졌다. 웹툰의 단행본에는 진호의 이름만 새겨졌고, 수정은 임신이라는 시험에서 유산이라는 처참한 성적표를 받은 낙제생이 되었다. 낙제생이 된 벌로 일도 뚝 끊겼다. 아이러니하게도. 그래서 지금 진호의 마음을 조금은 이해할 수는 있다. 그렇지만 이제 다음 주 계획을 세워야 한다.

"어떡할 거야."

"뭐가."

진호가 햄버거와 프렌치프라이를 입안 가득 넣고 우물거리며 대답했다.

"계속 그렇게 햄버거한테 복수할 거냐고. 차 안 찾을 거야?"

"찾아야지."

또 나왔다. 부정적인 상황을 애써 긍정으로 포장해서 자신과는 상관없다고 치부하며 일시적으로 현재를 모면하려는 게으른 태도. 진호가 밀크셰이크를 입에 가져갔다. 빈 컵에서 바람을 들이마시는 요란한 소리가 났지만 진호는 빈 젖꼭지를 문 아이처럼 빨대를 계속 빨았다.

"혹시 배신감 느껴?"

수정의 도발적인 질문에 진호가 빨대에서 입을 뗐다.

"무슨 배신감?"

"베프한테 뒤통수 맞았잖아."

"아직 조사 중이라잖아. 상덕이 걔 우리 아버지 장례식에서 이틀 밤 새우고 운구하고 장지까지 같이 간 애야. 꼭 우리 엄마 가게까지 찾아가서 치킨 주문했던 애고."

그래. 김진호 작가 팬카페 운영자이기도 하지. 진호는 분이 안 풀렸는지 괜히 민 형사에게 화살을 돌렸다.

"민 형사 그 자식은 다른 직업을 찾는 게 좋겠어. 형사가 확실하지도 않은 정보를 여기저기 흘리기나 하고. 수사에 혼란이나 주고."

배신감은 크게 보자면 슬픔에 속한다. 슬픔의 다섯 단계 중 처음 세 단계는 부정하기, 분노, 타협이다. 타협 다음 단계는 우울. 그리고 마지막으로 수용이다. 그러나 수정은 진호가 이 슬픔을 수용할 때까지 기다릴 시간이 없다. 만약에 상덕이 공범이라면 경찰이 그를 잡아갈 수도 있다. 그가 어떤 정보를 가지고 있으니 경찰에 알린 것이고, 그래서 경찰도 진지하게 조사에 임하는 것이 아닐까. 사기 접수를 받을 때와 확연히 다른, 신중해진 구 형사의 태도를 보라. 그렇다면 수정과 진호가 차 사장과 잃어버린 차에 접근하기 위해서 상덕은 아주 중요한 인물이었다.

"진짜 차 안 찾을 거야?!"

"찾는다니까?!"

당연한 걸 묻는다는 식으로 진호가 대답했다. 차를 찾고 싶은 얼굴은 전혀 아닌데 말이다.

"듣다 보면 화날 수도 있겠지만, 내 말 끝까지 들어 줄래?"

소리를 지르고, 흥분하고, 시도 때도 없이 오르는 심박수 때문에 스마트워치를 괴롭히는 수정이지만, 이번만큼은 부드러운 목소리로 말했다. 수정이 잔잔한 호수에 맺힌 윤슬 같은 눈동자로 진호를 빤히 보자, 진호는 음식물을 삼키고서 냅킨으로 입을 닦았다. 경청하겠다는 제스처였다.

"구 형사 태도 봤지? 사기 접수하러 갔을 때는 귀찮아했었어."

"그건 피곤했을 때였잖아."

"그런데 오늘은 어땠어? 머리 굴리는 소리 들렸지?"

수정이 '머리 굴리는 소리'를 언급하자, 진호가 '네가 그걸 어떻게'라는 표정을 지어 보였다.

"눈알 굴리는 소리도 들리더라. 그러니까. 만약에, 만약에야. 최상덕 씨가 첩보를 제공한 사람이라 치자."

수정이 진호의 표정을 세심하게 관찰했다. 말을 더 이어도 괜찮겠다 싶었다.

"그럼 상덕이한테 무슨 정보가 있겠지? 차를 어디에서 찾을 수 있을까, 그런 거. 우린 그것만 알면 되잖아."

"정보가 없으면?"

"정보가 없으면 우리는 상덕이를 귀찮게 안 해도 된다고. 그런데 정보가 있고, 상덕이가 경찰에 잡히면?"

수정이 투정을 부리는 아이를 달래듯 진호를 설득했다. 진호가 빈 컵의 빨대를 다시 빨았다. 수정이 자기 콜라를 진호에게 건넸다.

"우리는 정보도 못 얻고, 차도 못 찾을 거야. 그렇지?"

절친이 배신했을지도 모른다는 가능성에 상처를 입은 진호의 마음을 수정이 살살 문질렀다. 그러자 진호의 마음을 꽁꽁 걸어 잠갔던 자물쇠가 툭 하고 열리는 소리가 얼굴에 드러났다. 진호가 갑자기 핸드폰을 꺼냈다. 그리고 상덕에게 전화를 걸었다. 스피커폰으로 모드를 바꿨다. 전화기가 꺼져 있다는 안내음이 들려왔다.

"핸드폰이 꺼져 있는데?"

"집 주소는?"

"이사를 몇 번 갔다고 듣긴 들었는데⋯⋯ 어딘지는 몰라."

"베프라며. 집 주소도 몰라? 그러면 이렇게 배신감 느끼는 거 오버 아니야?!"

아뿔싸. 지금까지 감정을 억누르며 진호와 건설적인 대화를 나눈 스스로를 대견하다고 여겼는데. 수정이 실수를 해 버렸다.

"집에 가자."

"집 주소 모른다며."

"아니. 우리 집에 가자고. 김포 우리 집."

진호는 신발을 벗는 둥 마는 둥 서둘러 자기 방으로 들어갔다. 진호가 여느 아저씨들처럼 "그게 어디 있더라" 하고 콧노래를 부르며 마구잡이로 서랍을 뒤졌다. 그가 미지의 물건을 찾는 동안 수정은 복도에서 그 모습을 가만히 지켜봤다. 탐지견의 집중력을 방해하고 싶지 않은 수사관의 마음으로. 그녀는 진호의 탐지가 이어지는 동안 지루함을 달래고자 진호의 책상 여기저기를 둘러봤다. 책상 위에는 20대의 자신과 진호가 스토커를 잡아서 경찰서장의 표창을 받는 사진이 있었고, 자신과 진호의 결혼 사진이 놓여 있었다. 그리고 그 옆의 액자 속에는 "신인 웹툰 작가 10인과의 인터뷰 : 김진호"라는 타이틀이 달린 잡지의 내용이 보였다. '우리'가 '수정과 진호'로 나뉜 시점을 알려 주는 듯했다.

"여깄다!"

진호가 보험약관을 꺼냈다. 인조가죽으로 된 주홍색 보험약관의 표지를 넘기자 보험을 판매한 설계사의 이름이 보였다. 김영미 팀장. 김영미 팀장은 최상덕의 아내였다. 아래에는 그녀의 핸드폰 번호가 있다. 진호가 바로 전화를 걸었다. 그리고 스피커폰 모드로 변경했다. 왜 계속 스피커폰 모드로 바꾸는 걸까. 한 점 부끄럼 없다는 걸 알려 주고 싶은 것일까. 신호음이 멈추더니 상대의 목소리가 들렸다. 기계음이 아니라 사람의 목소리였다.

"응, 진호야. 오랜만이다."

"응, 영미야. 오랜만이다."

"어머, 설마. 상덕이한테 무슨 일 생겼니?"

"무슨 일? 그런 거 없는데."

진호가 수정을 뚫어져라 바라보며 영미에게 대답했다. 상덕이 자기를 속이지 않았다는 것을 변론하는 정의감에 불타는 변호사 같았다. 검사처럼 최상덕을 몰아붙여도 모자랄 판에.

"그럼 다행이고. 근데 이 인간 연락 안 되는 거 그러려니 하고 살았는데. 이번엔 좀 쎄하네."

6

진호는 어미를 쫓는 새끼 오리처럼 마을버스의 꽁무니를 쫓았다. 경사가 워낙 가파른 탓에 액셀에서 발을 떼면 차가 뒤로 밀렸다. 진호가 있는 힘껏 액셀을 밟자 차가 안간힘을 쓰며 언덕을 올라갔다. 창밖으로 빨간 벽돌로 지은 연립주택이 지나갔다. 연립주택을 지나 계속해서 언덕을 오르자 체온을 유지하려고 살을 맞댄 조난자들처럼 다닥다닥 붙어 있는 후줄근한 빌라들이 나타났다. 마을버스가 반환점 역할을 하는 커다란 나무를 크게 돌더니 종점에 멈춰 섰다. 마을버스에서 형형색색의 옷차림을 한 등산객들이 무더기로 내렸다. 저 멀리 등산로로 진입하는 언덕길과, 그 옆으로 비스듬한 지면 위로 지어진 건물이 보였다. 무지개빌라. 상덕의 집이었다. 상덕의 집 맞은편에는 시市에서 지은 4층짜리 주차 건물이 있었는데, 입구에 "거주자 우선"이라는 글씨가 적힌 플래카드가 걸려 있었다. 단호한 글씨체 때문인지 '외부인 사절'로 읽어 달라는 뉘앙스가 풍겼다. 하지만 진호는 아랑곳하지 않고 서둘러 주차장으로 들어섰다.

1층과 2층이 거주자 전용 주차 구역이었다. 1층을 어슬렁 돌았지만 무지개빌라 전용 주차 구역은 보이지 않았다. 2층으로 올라간 진호는 어렵지 않게 무지개빌라 전용 주차 구역을 발견할 수 있었다. 하지만 402호, 상덕의 집에 할당된 전용 주차 구역은 비어 있었다. 상덕이 집에 없음을 확인한 진호는 3층으로 올라가 상덕의 집이 훤히 보이는 자리에 차를 세웠다. 차 안의 공기가 텁텁하게 느껴져 진호는 창문을 살짝 내렸다. 산에서 뿜어져 나오는 공기로 차 안은 금세 상쾌해졌고, 이따금 새소리가 들려와 청량감이 배가됐다. 따뜻한 라떼만 있었다면 완벽한 토요일 아침이었을 것이다.

"아이고. 내가 그만 실수를 했지 뭐야. 영미 니네 집 주소를 적는다는 게 우리 집 주소를 적어서 그만 택배가 우리 집으로 왔지 뭐야. 다행히 수정이랑 등산을 하고 내려오는 길에 동선이 맞아서······."

외운 대사를 곱씹는 배우처럼 진호가 중얼거렸다. 진호는 뒷자리에 놓인 백화점 로고 박스 하나를 자기 무릎 위로 가져왔다. 박스에 택배 송장은 붙어 있지 않았다. 진호가 다시 대사를 읊었다.

"아이고. 내가 그만 실수를 했지 뭐야. 영미 니네 집 주소를 적는다는 게 우리 집 주소를 적어서 그만 택배가 우리 집으로 왔지 뭐야. 이거? 둘째라며? 이거 베이비 모니터인데······."

진호가 약간의 애드립을 쳐 봤다. 박스를 소품처럼 사용하니 한결 자연스러웠다. 그때 끙끙거리면서 언덕을 올라오는 수정이 보였다. 분명 등산복을 입고 오라고 일러두었는데도 수정은 일상복 차림이었다. 자신의 계획을 또다시 무시하는 건가. 이제는 그녀의 무시에 익숙해질 법도 한데 사람 마음이라는 게 뜻대로 안 된다. 자신이 웹툰 시나리오를 보여 줄 때마다 수정은 그를 대놓고 무시했다. 기본이 안 되었네, 너무 유치하고, 앞뒤가 안 맞고, 감정선이 어쩌고, 캐릭터 붕괴에, 올드하네. 수정은 그림으로는 까지 않았다. 그림은 진호가 수정보다 더 잘 그리긴 했으니까. 갑작스럽게 하차한 수정의 웹툰을 자기가 대신해서 마무리를 했는데도 수정은 고마워하기는커녕 못되게 굴었다. 그럴 때마다 마음이 와르르 무너졌다. 사랑하는 사람에게 존재를 부정당할 정도로 비난을 받아 본 적이 있는가. 그 기분을 누가 알까. 하지만 이혼을 결심한 이후로는 자신을 향한 수정의 가혹한 비난이 더이상 중요하지 않게 되었다. 그러나 진호는 지난주 수정의 미소에서 작은 희망을 보았다. 다시 결합할 수 있을지도 모른다. 그래서 혹시 재결합을 하게 된다면 이 문제, 즉 자신을 무시하는 수정의 태도는 반드시 짚고 넘어갈 문제였다.

수정의 이마에는 송골송골 땀이 맺혀 있었다. 수정이 조수석의 문을 열더니 다짜고짜 커피가 담긴 캐리어를 진호에게 들이밀었다. 그가 좋아하는 브랜드의 커피였다. 진호는 캐리어를 받아 컵홀더에 커피 두 잔을 끼워 넣었다. 수정이 다른 손에 든 까만 비닐봉지를 앞좌석에 툭 던지고는 뒷좌석에 올라탔다. 그러고는 배낭을 열어 주섬주섬 옷가지를 꺼냈다. 등산복이었다.

"옷 좀 갈아입을게."

수정이 입고 있던 니트를 훌러덩 벗었다. 안에 입은 반팔 티셔츠가 딸려 올라가는 바람에 수정의 맨살이 드러났다. 진호는 그녀의 맨살을 빤히 바라봤다. 봐도 되나? 안 될 거 있나? 피하는 것도 이상하지 않나? 근데 왜 갑자기 동공이 커지고 식은땀이 나는 걸까? 나 아직 수정이 좋아하나? 진호가 얼빠진 표정으로 수정의 배꼽을 보고 있었다. 니트를 벗은 수정과 진호가 눈을 마주쳤다.

"그게 아니라."

진호가 변명하듯 말했다.

"뭐가 아닌데."

"보려고 본 게 아니라."

수정이 드러난 자신의 복부를 잠시 바라보다가 말려 올라간 티셔츠를 내렸다.

"커피 뭐 마실 거냐고 물어보려다가……."

"사시사철 따뜻한 라떼 드시는 분이. 딱 봐도 하나는 아아고, 하나는 따뜻하잖아."

수정이 뚱한 얼굴로 대답하고서 배낭에서 꺼낸 등산복을 펼쳤다. 그러고는 요가를 하듯 두 다리를 번쩍 들어 바지를 단숨에 벗었다. 진호는 홍당무 같은 얼굴로 몸을 돌렸다. 수정은 진호의 질척거리는 눈빛을 어떻게 받아들일지 판단이 서지 않았다. 기분이 나쁜데, 또 기분이 나쁘지만은 않았다. 수정이 환복을 마치고 조수석의 택배 상자를 가져와 자신의 무릎 위에 올렸다.

"거기 비닐봉지에 부탁한 송장 있어. 좀 꺼내 줄래."

진호가 비닐봉지 안을 뒤졌다. 진짜라고 해도 믿을 만큼

정교하게 위조된 송장이 보였다.

"그러게 미리미리 월요일에 주문을 했으면 옥천에서 택배가 사라지는 일은 없었을 거 아니야."

"일시 품절이었다고. 그래서 목요일 밤에 겨우 주문한 거라고."

"아무거나 사면 됐잖아."

이리저리 살피던 송장을 수정에게 건네며 진호가 말했다.

"연극이라도 선물은 제대로 해야지."

또 나만 나쁜 년이지. 수정은 받은 송장을 백화점 박스 위에 조심스럽게 붙이고는 박스를 흔들었다. 덜그덕. 박스 안에서 또 다른 박스가 움직이는 소리가 났다.

"그래서 등산하다가 동선이 맞아서 갑작스럽게 등장하는 설정이라고?"

수정은 별 뜻 없이 물었지만 진호는 갑자기 식은땀을 흘리기 시작했다. 전사全社가 보는 앞에서 프리젠테이션을 하는 신입사원이 된 기분이었다. 무슨 지적을 할까. 뭐가 잘못됐다고 할까. 왜 갑자기 순순히 자신의 의견에 따라 주는 것일까. 아니면 수정을 향한 자신의 감정이 부드럽게 변한 탓에 그렇게 느끼는 것일까.

"왜. 뭐 문제 있어?"

진호가 퉁명스럽게 대답했다. 너무 방어적이었나.

"아니. 등산을 다녀왔다는 설정이면 신발이랑 옷에 뭐라도 좀 묻혀야 하나 해서."

분명 수정이 자신의 계획에 순순히 따르고 있는데 왜 낯설고 불편한 거지? 떽떽거리는 수정이 잠시 그리워졌다. 나 가스라이팅을 당한 걸까. 어느새 길들여진 걸까.

"하여튼 필요하면 말해. 영미 언니한테만 피해 안 가게 하고."

택배 상자를 옆으로 두고, 수정이 몸을 앞으로 기울여 앞좌석 쪽으로 고개를 쭈욱 빼며 물었다.

"그래서 최상덕 씨는?"

"없어. 402호 주차 구역에 차가 없더라고."

"차종이 뭐였지?"

"부가티였나 람보르기니였나. 아무튼 이탈리아어였고 보라색이었어."

상덕은 보라색 차를 뽑았다고 했다. 할로윈이 아닐 때도 보라색 정장을 입고 다닐 수 있는 사람이 있다면 최상덕이다. 상덕은 그 정도로 보라색을 좋아했다. 고등학교를 다닐 때 어디서 보라색이 귀족의 색깔이라는 걸 주워들은 후였던 것 같다. 진호가 그건 자주색이고, 보라색은 정신이 불안한 사람들이나 좋아하는 거라고 누구이 말했지만 상덕은 이미 보라색과 사랑에 빠진 뒤였다. 반대하면 할수록 보라색을 향한 상덕의 사랑은 오히려 특별해졌다. 그렇지 않은가. 수정이 자신과 결혼을 한다고 했을 때도 다르지 않았다. 수정의 부모님은 진호를 마음에 들어 하지 않았다. 애지중지 키운 딸을 비전도 없는 가난한 그림쟁이와 결혼시킬 부모가 어디 있겠나. 늦은 나이에 얻은 자식이라 수정을 더 특별하게 키웠던 장인어른과 장모님이다. 그런데 수정은 집안의 반대를 무릅쓰고 자신을 선택했다. 최상덕이 보라색을 사랑하기로 결정한 것처럼 말이다.

"근데 선물 뭐 샀어?"

"베이비 모니터. 애가 둘이니까 둘째를 일일이 쫓아다닐 수 없을 거 같아서."

수정은 진호의 저런 다정함에 끌렸다. 그래서 집안의 반대를 이겨 내고 결혼까지 완주했다. 그런데 그런 그와 이혼을 하고 있다. 과연 옳은 선택이었을까. 부모님과 대립할 가치가 있었던가. 이혼을 결심하기까지 너무 힘들었다. 자신의 선택이 틀렸음을 인정하는 것이었으니까. 그래서 상덕이 나타난다면 진호는 적지 않은 충격을 받을지도 모른다. 자신이 선택한 사람에게 사기를 당했다는 것. 그를 믿은 것은 잘못된 선택이었음을 인정해야 하니까. 그래서 오늘은 고분고분 진호의 말에 따르기로 했다. 그리고 변수가 너무 많았다. 상덕이 나타난다고 해도 임신한 영미의 상태를 정확하게 알 수 없다. 또한 진호의 감정 상태가 갑자기 어떻게 변할지도 모른다. 지금은 평소대로 차분함을 유지하고 있지만, 진호는 평소의 다정함 때문에 화가 나면 더 독해지곤 한다. 진호는 그간 다정함을 유지하느라 쌓아 왔던 불만들을 분노에 섞어 눈앞의 보이는 모든 것에 던질 때가 있다. 변수가 너무 많은 날이었으므로 자신처럼 정교한 시나리오를 짜는 것보다 진호의 방식대로 느슨한 설정만 가지고 그때그때 대처하는 게 낫다고 수정은 판단했다.

"최상덕 씨가 나타날까."

"안 나타나면 별수 없지."

상덕이 나타나지 않길 바라는 사람처럼 진호가 대답했다. 역시. 지금 진호는 누군가에게 배신을 당했을지도 모른다는 두려움에 빠져 있다.

"그런데 최상덕 씨는 왜 경찰에 신고를 했을까."

"글쎄. 근데 상덕이가 차의 행방을 알고 있다면……."

진호가 잠시 뜸을 들이더니, 입에 담기 어려운 말을 꺼내는 것이 분명한 얼굴로 말을 이었다.

"우리한테 사기를 친 게 맞겠지? 그렇겠지?"

아니라는 대답을 듣고 싶은 걸까. 의도적이든 우연이든 상덕이 차의 행방을 알고 있는데 전화를 안 받는 것을 보면 사기를 친 일당과 관계가 밀접한 것만은 분명했다. 수정은 진호의 질문에 또 다른 질문으로 우회했다.

"만약에 최상덕 씨가 안 나타나면 어쩌지?"

"영미한테라도 사실대로 말해야 할까?"

"영미 언니한테 말한다고 차가 어딨는지 알 수 있을까? 그리고 영미 언니는 최상덕 씨가 무슨 짓을 하는지 전혀 모르겠다는 말투였는데? 설마…… 둘이 짜고 사기 치는 건 아닐 거잖아?"

진호는 대답하지 않았다. 수정은 진호가 거짓말을 하는 것보다 침묵하는 쪽을 선호하는 것을 잘 알고 있다. 입을 꾹 닫은 진호는 필시 상덕의 사기 행각에 영미까지 연루됐다는 것을 부정하고 싶을 것이다. 자신이 원하는 바를 수정에게 그대로 말했다가는 말다툼으로 이어질 것이 분명하고, 그렇다고 거짓으로 수정이 듣고 싶은 말을 하자니 영 내키지 않을 것이다. 거기까지 생각이 미치자 수정은 질문하기를 멈추고 시원한 아메리카노를 마시며 자연스레 말문을 닫았다. 진호가 거짓 연기를 잘할 수 있을지 걱정이 됐다. 시어머니의 회갑연에는 진호가 워낙 당황했던 터라 자신과 굳이 행복한 척을 할 여유조차 없었다. 하지만 오늘은 다르다. 오늘은 연기력이 필요한 날이다.

"영미가 상덕이를 설득할 수도 있고. 뭐 방법이야 얼마든지 있을 것도 같고?"

생각에 잠겨 있던 진호가 뒤늦게 대답했다. 진호는 상덕이 나타나지 않더라도, 차를 찾지 못하더라도 집을 지킬 수 있는 방법을 하나 생각해 뒀다. 애초에 차를 찾는 것의 가장 큰 이유는 아파트를 지키는 것 아닌가. 잃어버린 차의 명의는 수정의 것이다. 아파트의 명의를 공동 명의에서 자신의 이름으로 바꾸고 이혼을 서두르면 아파트는 지킬 수 있다. 진호가 상덕의 사업 제안을 수정에게 전달한 도의적인 책임이 있는 것은 사실이나 법적으로 그 차는 수정의 것이다. 결과적으로 진호는 그 차의 리스비를 변제할 책임이 없다. 그러므로 아파트를 자기 이름으로 바꾼다면, 서류상으로는 수정과 이혼을 하게 되겠지만 아파트를 지켜 낼 수 있고, 어쩌면 수정과의 관계가 개선될 수도 있다. 최악의 경우라고 해 봤자 차의 리스비를 조금씩 같이 지불하는 것뿐이다. 진호는 얼른 일상으로 돌아가 새로운 웹툰을 그리고 싶었다. 차를 찾느라 일상(특히 주말들)을 낭비하는 바보 같은 짓을 그만둘 수 있다. 어떤 면에서 진호는 상덕이 차라리 나타나지 않기를 바랐다. 그가 사기를 쳤다는 것도 감당하기 힘든데, 심지어 차의 행방마저 알 수 없다면? 후두부에 펀치를 맞아 흐느적거리며 호랑나비 춤을 추다가 고꾸라져 다시는 일어나지 못할 것만 같았다. 물론 수정이 제안에 응할지는 미지수였다. 진호는 수정에게 명의를 바꾸자는 이야기를 다시 한번 꺼내고 싶었지만 지금은 아니다. 일요일까지 전심을 다해 차를 찾아본다. 그렇게 자신의 진심이 수정에게 전달되고 난 후에 이야기를 꺼내는 것이 낫다. 급한 마음에 서둘러 말을 꺼낸다면 수정은 지난번처럼 벽을 칠 것이다. 진호가 뒷좌석의 수정에게 고개를 돌리고는 멋쩍게 웃으며 대답했다.

"뭐, 일단, 상황을 보면서. 어떻게든 방법을 찾아보자."

방법이 없다는 얘기를 참 길게도 말한다, 고 수정은 생각했다. 하지만 미소로 답했다. 오늘은 떽떽거리지 않을 거다. 그때 평화로운 새소리를 박살 내는 배기음 소리가 들렸다. 트럭의 와일드한 배기음도 아니었고, 마을버스의 고단한 신음 소리도 아니었다. 으르렁. 분명 짐승의 낮은 울음소리였는데, 자세히 들어 보면 (분명 기분 탓이겠지만) 어딘가 이탈리아어처럼 들렸다. 둘은 동시에 소리가 나는 곳으로 고개를 돌렸다. 빠른 속도로 언덕을 올라오는 보라색 짐승이 보였다. 보라색 짐승은 몸을 숨기는 야생동물처럼 잽싸게 주차 타워로 들어섰다. 시야에서 사라진 보라색 짐승은 덜컹거리며 2층으로 올라갔고, 미끄러지듯 앞뒤로 움직이는 바퀴에서 나는 파열음이 주차장을 요란스럽게 울렸다. 잠시 후 으르렁거리는 소리가 사라지고, 텅 하고 문을 여닫는 소리가 났다. 그리고 차에서 내린 사람의 발소리가 무지개빌라 방향으로 점점 멀어졌다. 주차 타워에서 빠져나오는 후드를 쓴 사람의 뒷모습이 보였다.

"저거 최상덕 씨 아니야?! 보라색 차 맞았잖아. 그치?"

수정이 채근하듯 진호에게 물었다. 진호가 대답하지 않자, 수정이 다급하게 차의 문을 열었다. 진호가 수정의 손목을 붙잡았다. 수정이 놀란 얼굴로 진호를 뒤돌아 봤다.

"왜. 뭐. 손목을 잡고 그래."

"진정하고. 확인부터 하자."

오늘은 진호의 뜻대로. 수정이 문을 닫았다. 진호는 비장한 얼굴로 핸드폰을 꺼내 상덕의 전화번호를 눌렀다. 차 안이 조용했으므로 통화 연결음이 수정의 귀에도 전해졌다. 후드를 쓴 뒷모습이 무지개빌라 앞에서 걸음을 멈췄다. 그는 핸드폰을 꺼내 화면을 한참이나 바라보고 있었다. 연결음이 계속 이어졌다. 후드가 몸을 주차장 방향으로 돌리더니 천천히 후드를 벗었다. 상덕이었다. 감시를 당하는 사람처럼 주위를 둘러보던 상덕은 핸드폰의 거절 버튼을 눌렀다. 진호의 핸드폰에서 "전화를 받을 수 없어 소리샘으로 연결됩니다"라는 음성 메시지가 흘러나왔다. 이 상황을 믿고 싶지 않았는지 진호가 다시 전화를 걸었다. 이번에도 상덕은 거절 버튼을 눌렀다. 상덕에게 마지막 기회를 주겠다는 듯 진호가 다시 전화를 걸었다. 전원이 꺼져 있다는 소리가 들렸다. 상덕은 전원을 끈 핸드폰을 주머니에 넣고는, 반대편 주머니에서 꺼낸 또 다른 핸드폰을 빌라 입구에 놓인 화분 밑에 숨기고 건물 안으로 유유히 사라졌다.

2층으로 내려간 진호와 수정은 402호 자리에 주차된 보라색 차를 바라보고 있었다. 흙길을 얼마나 달렸는지 매끈한 보라색의 차체는 보령 머드 축제에 다녀온 래브라도 같았다. 진호는 적잖이 충격을 받은 얼굴이었다. 평정심이 무너진 진호를 보자 걱정이 된 수정이 조심스럽게 물었다.

"괜찮겠어? 내일 다시 올까?"

"아니, 지금 가자. 난 또 부가틴 줄. 고작 마세라티였잖아."

진호가 오른쪽 입꼬리를 올리며 대답했다. 그의 목소리에서 높은 압력이 느껴졌다. 고산지대에 가면 느끼는 압력이 수정의 귀에 전달됐다. 진호는 지금 화가 났다. 웃고 있는 입술과 달리 눈은 부글부글 끓고 있다. 진호는 부정 단계를 지나 분노의 단계에 접어들었다. 유산을 하고 자신이 누릴 영광을 진호가 모조리 가져갔을 때 수정은 분노로 가득 찼었다. 모든 일에 화가 났고, 모든 사람에게 짜증이 났다. 자신이 왜 그러는지 이해할 길이 없어 도서관에서 분노와 관련된 책을 있는 대로 찾아봤다. 대부분은 기억이 나지 않지만 잊을 수 없는 것이 하나 있다. 불응기. 분노가 찾아오면 사람들은 자신의 분노에는 합리적인 이유가 있을 것이라고 정당성을 부여한다. 내 분노는 잘못되지 않았다. 그래서 분노를 전가할 대상에서 이유를 찾아낸다. 그게 합리적이지 않더라도 자신의 분노를 정당하게 만들기 위해서 상황을 왜곡해서 해석하게 된다. 감정이 지나치게 격해져서 벌어지고 있는 상황을 있는 그대로 판단하지 못하는 시기가 바로 불응기다. 그러면 판단력이 흐려지고, 예측할 수 없는 폭력적인 행동을 저지르기도 한다.

"가서 택배 가져올게."

절친의 배신을 눈앞에서 목격한 진호가 콧노래를 부르며 3층으로 뛰어갔다. 만성이 된 자신과는 다르게 진호에게는 분노가 급성으로 찾아왔다. 진호가 무슨 일을 저지를지도 모른다는 생각에 수정은 불안해졌다. 빠지직. 계획에 금이 가는 소리가 수정의 귀에 실제로 들리는 것만 같았다.

\\\\\\

띵동. 띵동. 벨 소리가 집 안을 울렸다. 뚜벅. 뚜벅. 발소리가 문 쪽으로 가까워졌다. 찰칵. 띠디딕. 잠금장치를 푸는 경쾌한 소리에 이어 문이 열렸다. 그리고 상덕이 나타났다.

"아이고. 내가 그만 실수를 했지 뭐야. 주소를 적는다는 게 우리 집 주소를 적어서 그만 택배가 우리 집으로 왔지 뭐야. 다행히 수정이랑 등산을 하고 내려오는 길에 동선이 맞아서……."

사실 저 대사는 영미에게 쳐야 할 대사다. 상덕과는 통화를 한 적이 없으므로 상덕은 진호가 영미에게 임신 선물을 보내려고 했다는 사실을 일절 알 수 없다.

"아. 등산했구나. 여기 코스 좋은데."

상덕이 엉뚱한 대답을 했다. 순간 수정이 자신의 신발을 내려봤다. 등산을 했다기에는 지나치게 깨끗했다. 삐그덕. 삐그덕. 일이 틀어지는 소리가 들렸다. 균열이 생기고, 틈이 벌어져 곧 무너질 것만 같았다. 상덕은 끝까지 안으로 들어오라는 소리는 하지 않았다. 셋은 서로를 향해 감정이 결여된 가짜 미소를 주고받았다. 그때 영미가 현관에 나타났다.

"어머. 진호야. 어쩐 일이야?"

"아이고. 내가 그만 실수를 했지 뭐야. 주소를 적는다는 게 우리 집 주소를 적어서 그만 택배가 우리 집으로 왔지 뭐야. 다행히 수정이랑 등산을 하고 내려오는 길에 동선이 맞아서……"

진호는 토시 하나 틀리지 않고 준비한 대사를 읽어 냈다. 그리고 영미가 다음 대사를 칠 수 있도록 잠시 기다렸다.

"그래? 온 김에 밥 먹고 가."

영미가 대사를 쳤다. 분명 영미의 대사 다음에 '그녀가 들어오라고 하면 진호는 못 이긴 척 들어간다'라고 그의 대본에 적혀 있을 것이다.

"괜히 폐 끼치는 건 아닌가 모르겠네."

"폐는 무슨. 숟가락만 두 개 더 놓으면 되지."

진호는 상덕을 힐긋 바라보며 영미에게 대답하고는 못 이긴 척 안으로 들어섰다.

진호와 수정은 거실과 주방을 나누는 낡은 목제 미닫이

문 앞에 서서 거실을 둘러보고 있었다. 거실에는 아동용 침대와 커다란 책상이 자리 잡고 있어 안 그래도 좁은 거실이 더욱 비좁게 느껴졌다. 그마저도 헌책방처럼 여기저기 책이 쌓여 있어 바닥의 장판이 어떤 색인지 확인하려면 이삿짐을 싸야 할 정도였다. 수정이 진호를 툭 치고서 벽 한쪽을 가리켰다. "Kindergarten Diploma"라고 적힌 졸업장 옆으로 학사모를 쓴 예닐곱 살 정도 되는 여자아이의 사진이 보였다.

"하은이는? 어디 갔어? 안 보이네?"

주방에서 분주하게 식사를 준비하던 영미가 찬장 너머로 고개를 쭉 내밀며 대답했다.

"싱가포르 갔어. 영재교육 프로그램이 있어서."

수정이 책상 위의 멘사 인증서를 가리켰다. 뭐가 불만인지 진호가 입을 삐죽 내밀었다.

"샤부샤부 괜찮지?"

식탁 가운데 놓인 휴대용 버너 위에 영미가 커다란 냄비를 올려놓으며 말했다. 그녀가 뚜껑을 열자 모락모락 연기가 피어올랐다.

"어머. 내 정신 좀 봐. 의자가 없네. 원체 손님이 안 오니까."

영미가 급하게 방 안으로 들어가더니 화장대 의자를 하나 가져왔다.

"야. 일어나. 손님 왔는데 니가 거길 앉으면 어떡하냐."

4인용 식탁이었지만 성인이 앉을 수 있는 의자는 두 개뿐이었는데, 상덕이 이미 한 자리를 차지하고 있었다. 영미가 상덕의 엉덩이를 툭 쳐서 억지로 일으켰다. 어안이 벙벙해진 상덕이 자기 수저를 들고 자리에서 일어났다. 영미가 의자를 가져와 수정 앞에 놓으며 사람 좋은 미소를 지었다.

"앉아요, 앉아. 등산하느라 피곤할 텐데."

뜨끔했으나 수정은 태연하게 아픈 다리를 주무르며 자리에 앉았다. 진호가 식탁 위에 놓인 숟가락과 젓가락 세 쌍을 보며 의아한 표정을 지었다. 진호의 표정을 읽었는지 영미는 묻지도 않은 질문에 대답을 했다.

"나는 입덧 때문에. 고기 별로야. 등산하고 왔다며. 배고플 텐데 얼른 먹어."

눈짓을 주고받은 수정과 진호가 동시에 젓가락을 들었다. 상덕이 보글보글 끓는 육수에 고기 몇 점을 담갔다. 영미는 상덕이 담갔던 고기를 건져 내 수정과 진호의 앞접시에 올리기 바빴다.

"얼른 먹어요. 식으면 고기 질겨져서 맛없어."

수정이 입에 넣은 고기를 오물거리더니, 눈을 동그랗게 뜨며 호들갑을 떨었다.

"어머. 맛있어요!"

"그래요? 맥주도 드릴까?"

수정이 진호에게 허락을 구하듯 진호를 바라봤다.

"왜. 진호가 맥주 마시는 걸로 뭐라 그래요?"

수정은 작전 중에 맥주를 마셔도 되는지 묻기 위해 진호를 바라본 것이다. 그러나 영미의 눈에는 다소곳한 아내가 남편에게 맥주를 마셔도 되는지 허락을 구하는 것으로 보였으리라. '아니, 그게 아니라'로 시작하는 변명을 하려던 진호는 영미의 장단에 맞춰 즉흥적으로 대사를 쳤다.

"마시고 싶으면 마셔. 운전은 내가 할게."

"등산했다며? 차 가져왔어?"

"아니. 그게 아니라. 편하게 마시라는 소리야."

진호는 사력을 다해 둘러댔다. 진호의 애드립이 역할 놀이를 망칠까 걱정이 된 수정이 적당히 대답했다.

"차는 안 가져왔지만. 그럼, 한 캔만 마실까."

부부 사이의 일들은 부부끼리만 아는 법이다. 다른 사람들이 보기에는 그저 '관념적인 부부 사이'만 남는다. TV나 영화에서 종종 볼 수 있는 '부부처럼 보이는' 부부 관계 같은 것 말이다. 부부처럼 보이지 않으면 문제가 있는 것처럼 느껴져서, 종종 남들 앞에서는 아무런 문제가 없다는 것을 증명해 보이고자 '부부처럼 보이는' 보편적인 행동을 하게 된다. 수정은 '이혼을 앞둔 주말부부'에서 남들과 별반 다르지 않은 '부부처럼 보이는' 관계를 연기하는 쪽으로 전략을 강화했다. 영미가 가져온 맥주를 수정이 쭉 들이켰다.

"캬아. 역시 등산하고 마시는 맥주가 최고다!!"

설정에 어울리는 대사를 뱉은 후 수정은 진호를 보며 생긋 웃었다. 보편적인 아내 역할에 걸맞는 광고용 미소였다. 진호는 수정이 연기를 하고 있다는 것을 알고 있었음에도 불구하고, 순간 행복함을 느꼈다. 가슴이 두근거렸다. 상덕을 향한 분노는 잠시 사라지고, 수정이 웃을 때마다 생기는 반달 모양의 눈웃음 때문에 하마터면 진호는 여기에 온 목적을 까맣게 잊을 뻔했다. 정신을 차리고 상덕에게 차의 행방을 물어봐야 했다.

"상덕아."

진호가 목소리를 낮게 깔았다.

"왜."

"차 있잖아."

"뭔 차."

"니 차."

둘은 가능한 한 짧은 단어들로 대화를 주고받았다. 상덕이

익사라도 시키려는 듯 고기를 육수에 모두 빠뜨리며 말했다.

"내 차? 내가 차가 어딨어?"

상덕이 진호를 노려보며 동치미 국물을 단숨에 비웠다.

"여보. 나 동치미 국물 좀 더 주세요."

상덕이 공손한 두 손으로 영미에게 그릇을 건네자, 영미가 몇 발자국 떨어진 주방으로 갔다.

"너 차 있잖아."

"내가 차가 있어?"

계속 시치미를 떼는 상덕의 얼굴에 진호는 침이라도 퉤 뱉고 싶었다. 영미가 동치미 국물이 가득 담긴 그릇을 식탁 위에 올리며 말했다.

"보라색 차 말하는 거 아냐?"

"그래. 그거! 보라색 차! 너 보라색 좋아하잖아!"

고장 난 스피커처럼 진호의 목소리가 갑자기 커졌다. 수정이 진호의 손을 꼭 잡았다. 흥분하지 말라는 신호였다. 수정의 온도와 감촉을 느낀 진호가 수정을 바라봤다.

'흥분하지 마.'

그녀가 눈으로 말하고 있었다. 보라색 차에 할 말이 많은 모양인지 영미가 대화에 적극적으로 참여했다.

"우리 주차장 쓰는 그 차 말하는 거 아니야?"

"그래. 그거!"

"우리 차면 좋게? 그거 누구 차랬지? 아는 형님이랬나?"

영미가 상덕을 바라보자, 상덕이 대답했다.

"그거. 사업상 아는 형님이 잠깐만 맡아 달라고 한 찬데."

"아. 그래? 그게 누군데?"

진호가 회심의 질문을 던졌다. 상덕이 대답하길 바랐으나 이번에도 영미가 대화를 주도했다.

"너 그거 주차비는 받고 있는 거지?"

"그럼요. 받고 있죠."

"호구처럼 주차비도 안 받고 그래 봐. 너 죽고 나 죽는 거야."

상덕이 호구처럼 웃으며 대답했다.

"죽긴 누가 죽어요. 애 엄마가 못 하는 말이 없어요."

"여기 월 주차비가 비싸."

영미가 자신이 왜 격한 표현을 했는지 양해를 구했고, 진호와 상덕은 여전히 눈싸움 중이었다. 상덕이 아주 작게 고개를 가로저었다. 진호는 눈을 부라리며 거절을 뜻을 보냈다. 진호와 상덕이 주고받던 시선 사이로 영미의 불룩한 배가 들어왔다. 영미가 식탁 위에 모자란 반찬을 채워 넣으며 말했다.

"그런데 그 보라색 차가 왜?"

영미가 다시 진호에게 물었다. 뭐라고 대답하지? 진호는 무대 위에서 대사를 잊은 배우처럼 굳어 버렸다. 시간이 멈추고, 순간이 영원처럼 느껴졌다. 그때 수정이 진호의 손을 잡았고, 진호의 시간이 다시 흐르기 시작했다. 진호는 수정의 손에서 전해지는 촉감에서 그녀가 전하는 뜻을 분명히 알 수 있었다. 이 촉감은 '영미가 아무것도 모르고 있으니 대답 잘해라'였다.

"아니, 타이어 공기압이 낮은 것 같더라고."

진호가 적당히 둘러댔다.

"오랫동안 세워 둬서 그런가 보다."

상덕이 적당히 대답했다. 수정은 영미가 끼어들기 전에 대화에 치고 들어갔다.

"어쩐지 흙먼지가 쌓여 있더라고요. 한참 세워 뒀으면 배터리 나갔을지도 모르는데 시동 한번 걸어 보세요. 아는 형님이 괜히 배터리값 물어 달라고 하면 어떡해요."

수정이 구구절절 불순한 의도를 가지고 사업을 제안한 상덕을 탓했다. 사실 계약에 가장 적극적이었던 건 수정이었지만.

"하여튼 앞으로는 이상한 부탁 좀 받지 말고, 끊을 땐 확실히 좀 끊어. 알았어?"

영미의 단도리에 상덕이 실없는 얼굴로 웃으며 고개를 끄덕였다. 1막의 커튼이 닫혔다. 셋의 즉흥극이 일단락되었다. 아무것도 모르는(혹은 모르는 것 같은) 영미는 진호가 가져온 선물을 진심으로 기뻐했다. 하지만 영미와 달리 나머지 세 사람에게는 아직 2막이 남아 있다. 연극은 끝나지 않았다. 2막의 커튼이 열렸다. 영미가 베이비 모니터의 설명서를 읽는 동안 셋은 과묵한 식사 장면 속의 배우가 되어 역할에 충실했다. 대화가 끊긴 식탁에는 수저와 젓가락이 부딪치는 소리, 고기를 씹는 소리, 육수가 끓는 소리로 가득 찼다. 즉흥극의 2막. 과연 누가 첫 대사를 칠 것인가. 과묵한 식사 자리를 반으로 자르듯 수정이 말을 꺼냈다.

"영미 언니! 혹시 단 거 안 땡겨요?"

수정은 임신했을 때, 오르락내리락하는 기분 탓에 늘 단 음식을 입에 달고 살았다. 덕분에 지구의 중력과 15킬로그램 정도 더 끈끈한 사이가 됐지만. 입덧 때문에 고기를 못 먹을 정도로 예민한 상태라면. 그렇지만 허기를 느끼고 있다면. 혹시 단 음식이 땡기지 않을까. 영미를 데리고 나가려면 이 방법밖에 없었다. 수정은 주사위를 던졌다. 나와라 6!

"어우. 생각만 해도 구역질이……."

영미가 읽고 있던 설명서로 갑자기 입을 틀어막고는 허공에 연신 구역질을 해댔다.

"그럼 매운 거라도?"

"점심에 닭발 먹었는데······."

별을 보러 가자고 할까? 태교에 좋다고 할까? 아니면 억지로 끌고 나갈까? 과격한 방법은 안 되고. 갑자기 쓰러지면 놀랄 수도 있으니 안 되고. 태어나지 않은 아이의 인생을 망칠 수는 없지 않은가. 그렇지만 방법이 없다. 적당히 과격해지거나 적절히 놀라게 하는 수밖에.

"근데 갑자기 신 게 좀 땡기네."

수정은 영미에게 과격한 방법을 쓰지 않아도 된다는 생각에 마음이 한결 가벼워졌다.

수정은 영미를 데리고 현관을 나서며 진호를 향해 비장하게 고개를 끄덕였다. 뒤를 부탁한다는 수정의 고갯짓에 진호는 맡겨 달라는 고갯짓으로 화응했다. 이제 테이블에는 진호와 상덕만이 남았다. 승부가 판가름 나는 중요한 순간이었다. 진호는 중요한 순간을 맞이할 때마다 긴장을 풀고 기합을 넣기 위해 이미지 트레이닝을 하곤 했다. 진호는 컬링이라는 동계 스포츠 장면을 떠올렸다. 수정이 영미라는 스톤을 껴안고 라인 밖으로 넘어갔다. 이제 자신이 상덕이라는 스톤을 밀어내기 위해 열심히 빗자루질을 할 타이밍이었다.

"밥? 볶을까?"

상덕이 태평하게 말하고서 냉장고로 가서 찬밥을 꺼냈다. 샤부샤부 국물이 졸아들기 전에 찬밥에 계란을 넣어 볶음밥을 만드는 것은 현재의 상황에서 굳이 중요한 일의 순서를 매기자면 대여섯 번째쯤 되는 주제였다. 밥 몇 개를 볶을까, 김을 뿌릴까 말까 정도가 그 뒤를 따르는 하위 문제들일 것이고. 쓰잘머리 없는 생각으로 뇌가 활성화되기 전에 진호는 정신을 차려야 했다.

"빠샤!"

진호가 기합을 넣었다. 냉장실에서 꺼낸 밥의 비닐을 벗기던 상덕이 놀란 눈으로 진호를 돌아봤다. 영미가 없다면 굳이 변화구를 던질 필요가 없다. 칠 테면 쳐 봐라. 진호는 상덕에게 냅다 직구를 던졌다.

"야. 너 나한테 사기 쳤냐."

상덕이 진호가 던진 공에 배트를 휘둘렀다.

"응. 사기야."

"왜?"

상덕이 대답하지 않자 진호가 소리 질렀다.

"왜!"

그러나 상덕은 알쏭달쏭한 미소만 지을 뿐 묵묵부답이었다.

"왜?!"

진호는 뻔뻔한 상덕의 태도에 말문이 막혀 고장 난 축음기처럼 "왜"라는 말만 반복할 뿐이었다.

"상덕아. 나는 도무지 이해가 안 된다. 왜 나한테 사기를 친 거야? 내가 알아듣게 설명 좀 해 줄래?"

밥의 비닐을 다시 덮어 냉장실에 넣은 상덕이 드디어 대답했다.

"내가…… 둘째가 생겼잖아."

허탈한 대답. 하지만 고작 그 정도 이유 때문에? 라는 반문을 할 수 있을까, 하면 그건 또 아니었다. 출산, 육아, 가정이라는 가치를 중요하지 않다고 말할 수 있는 사람은 거의 없다.

"그리고 너는 애가 없잖아."

"둘째가 생겼다고 모두가 사기를 치지는 않잖아!"

"근데 나는 그러기로 했어. 어쩔 수 없지만 내가 사기를 쳐야겠다."

말문이 막혔다. 상덕에게 전송한 '책망'의 편지가 '자책'

이란 도장이 찍힌 채 반송되어 진호에게로 돌아왔다.

"너를 믿은 내가 병신이지."

"그렇게 생각하면 어쩔 수 없고."

"근데 너 왜 경찰한테 차 사장 정보 흘렸냐?"

"진호야. 너는 가끔 중요한 것보다 궁금한 걸 파고드는 경향이 있어. 너 차 찾으려고 여기 온 거 아니냐."

상덕의 날카로운 지적에 진호는 뺨을 맞은 듯 정신이 확 들었다. 자신이 비난해야 할 사람에게 오히려 비난을 당했다. 부끄러웠다. 진호는 혐오를 가득 담은 얼굴로 소리 없이 웃었다. 정신 차려라. 김진호. 상대는 보라색을 좋아하고, 절친에게 사기를 쳐도 당당한 괴물이다. 아니. 독성 물질로 가득한 해충이다.

"그래서, 차. 어딨냐."

"몰라. 그걸 내가 어떻게 아냐. 이러다 영미 오겠다. 빨리 끝내자. 자, 다음 질문."

상덕의 말문이 트였고, 진호의 말문은 막혔다.

"내가 좀 도와줘야겠네. 진호야, 내가 차가 어딨는지 모른다면? 니가 해야 할 질문이 뭘까?"

진호는 대화의 주도권을 상덕에게 완전히 빼앗겼다. 진호가 적절한 질문을 던지지 못하자 참지 못하고 상덕이 일장

연설을 했다.

"차 사장이 어딨는지 물어본다? 아니, 그건 의미 없어. 차 사장은 사기를 친 사람이지. 차를 가지고 있는 사람이 아니니까. 양마니? 걘 머리가 나빠서 점심에 먹은 메뉴도 기억 못 하는 애야. 걔가 7개월 전에 한남동에서 차를 어디로 배달했는지 기억이나 할까? 그럼 니가 지금 어떤 질문을 해야 차를 찾을 수 있을까?"

진호가 곧 죽이기라도 할 것처럼 상덕에게 달려들어 그의 목을 졸랐다. 순식간에 벌어진 일이었다. 진호가 목을 움켜쥐고 있는 양손에 힘을 줄 때마다 상덕의 목과 이마 위로 드러난 핏줄이 굵어졌다.

"아내 덕분에 데뷔한 놈이라는 소리 듣는다고 해서…… 팬카페 만들어 준 사람한테…… 이렇게 화풀이를 하면 안 되지."

유언을 남기는 사람처럼 힘겹게 말을 잇던 상덕은 거친 숨을 고르며 마지막 말을 꺼냈다.

"하나도 도움이 안 되잖아. 차를 찾는 데는."

상덕의 핏줄이 부풀어 올랐다. 바늘로 콕 하고 찌르면 톡 하고 터질 것만 같았다. 분하지만 그의 말이 맞다. 진호는 핏줄을 터뜨리고 싶은 분노를 거둬들이고, 상덕의 목을 조르던 손을 천천히 떼어 냈다. 헛기침 몇 번으로 호흡을 가다듬은 상덕이 당신의 폭력을 용서하고 자비를 베푼다는 얼굴로 말했다.

"이제부터 내 말 잘 들어. 어떻게 하면 차 찾을 수 있는지 알려 줄게. 나도 사기당해서 차 잃어버렸다가 오늘 되찾아 오는 길이야."

\\\\\\

영미가 들뜬 목소리로 둘째의 임신 사실을 알렸을 때, 상덕의 반응은 매우 과묵했다. 때문에 상덕은 자신이 영미의 임신을 전혀 기뻐하지 않는다는 것을 그녀에게 들키고 말았다. 다른 남편들은 아내의 임신 소식에 영화 속 주인공처럼 호들갑을 떨까. 거울을 보고 배우들의 표정을 따라 연습까지 해 봤지만, 상덕은 첫째의 임신 소식을 들었을 때도 기뻐하기는커녕 20년 동안 애를 키울 생각에 속이 메슥거렸다. 성인이 될 때까지 3억이 넘는 돈이 필요하다는데 그걸 어디서 구하나. 가끔은 자신이 소시오패스가 아닌가 하는 생각이 들 때도 있었지만, 어릴 적부터 지니고 있던 (내 자식은 반드시 평균 이상으로는 키우고 말리라!) 다짐에는 변함이 없었다. 둘째의 소식을 알리는 영미의 전화를 받은 것은 차 사장이 은신 중일 것으로 추정되는 오피스텔의 엘리베이터에 막 올라탔을 때였다. 상덕이 잠깐의 침묵을 깨고 영미에게 대답했다.

"엘리베이터라 전화가 끊겨요."

"알았다. 삼겹살이나 구워 먹게 집에 일찍 들어와라."

영미는 아무 문제 없다는 투로 전화를 끊었다. 둘째라니. 하필 사기를 당해서 영미 몰래 차를 찾으러 다니고 있는 이 시기에. 그녀에게 사실대로 말할 수는 없었다. 한 달에 200만 원 정도의 생활비를 책임질 수 있었던 아름다운 곡선을 뽐내던 보라색 차. 그 차라면 첫째를 대학까지 안전하게 보낼 수 있었을 텐데. 그만 그 차를 잃어버렸다. 차 사장이 약속했던 이익금은 없었던 걸로 치자. 그런데 리스비는 어쩌나. 거기에 둘째까지 태어난다니. 상덕의 발등에 불이 떨어졌다. 그러나 하늘이 도왔는지 다행히 상덕은 사기를 쳤던 차 사장을 찾을 수 있었다. 상덕이 엘리베이터에서 내렸다. 문마다 공실이라는 푯말이 붙어 있었다. 하지만 다른 곳과는 달리 복도 끝자락에 돌아가는 계량기가 하나 있었다. 여기 숨었구나. 그런데 문을 뜯을 수도 없고. 상덕은 복도 구석에 쭈그려 앉아 차 사장이 나오기만을 기다렸다. 옆에 굴러다니는 페트병을 간이 화장실로 사용하면 된다. 전체적으로 볼 때 상덕의 인생은 희극보다는 비극에 가까웠지만, 특정한 순간들을 돌이켜 보면 그는 행운이 따르는 편이었다. 그는 로또 3등에 두어 번 당첨된 적이 있었는데, 그렇다고 로또를 주기적으로 구입하는 편이냐. 그렇지도 않았다. 그저 전날 꿈이 괜찮다 싶으면 로또나 한번 사 볼까, 하는 정도여서 평생 로또를 산 횟수가 손가락으로 꼽을 수 있을 정도였다. 상덕은 전날 밤의 꿈을 떠올렸다. 하지만 기억이 나지 않았다. 그때 엘리베이터의 문이 열리고 중국집 배달원이 엘리베이터에서 내렸다. 배달원은 계량기가 돌아가는 유일한 집 문 앞에 음식을 내려놓고 초인종을 눌렀다. 문 옆에 쭈그려 앉은 심상치 않은 기운의 상덕과 눈이 마주쳤지만, 문이 닫힌다는 안내음이 들리자 배달원은 서둘러 엘리베이터로 돌아갔다. 째깍째깍. 30초나 지났을까. 차 사장이 주문한 음식을 가져가려고 문을 열었다. 상덕은 분명 좋은 꿈을 꾸었다고 확신했다.

"차는 양 실장이 관리해서 나는 아무것도 모르지!"

차 사장이 시치미를 뗐다. 망치라도 가져올걸 그랬나. 수박을 으깨듯이 차 사장의 정수리를 그대로 내려치자. 상덕이 주방 서랍을 뒤졌다. 과도가 나왔다. 작지만 치명적인 곳에 쓰면 꽤 효과가 있을 것이다.

"차 사장님. 나 그 차 없으면요. 차라리 죽는 게 나아요."

상덕이 자기 목에 과도를 들이댔다. 그리고 주머니를 뒤져 핸드폰을 꺼냈다.

"모가지 찌르고 경찰에 전화합니다. 사기꾼에 살인범까지 되고 싶으세요?"

"상덕 씨, 그러지 마. 애 아빠가 힘들어도 살아야지."

"아, 그렇네. 나 애 아빠네?"

상덕이 과도의 칼날을 세우며 차 사장에게 다가갔다.

"혼자 가기 억울한데. 차 사장님도 같이 가실래요?"

상덕의 섬뜩한 기운에 차 사장은 걸걸한 목소리와 어울리지 않는, 겁을 잔뜩 먹은 말투로 애원했다.

"상덕 씨, 이렇게 하자. 내가 양 실장하고 마 사장한테 연락해서 상덕 씨 차 수배해 놓을게. 알지? 마 사장. 대포차 한다는 친구 있잖아."

상덕은 땀을 뻘뻘 흘려 번들거리는 차 사장의 얼굴을 한참 동안 관찰했다. 거짓말은 아닌 것 같았다.

"계속 말씀하세요."

"차는 그렇게 찾는 걸로 하고. 대신 고객 하나만 데려오면 상덕 씨 리스비 빵구 난 거는 어떻게 해결할 수 있을 거 같은데?"

"그게 돼요?"

"안 돼도 해야지? 상덕 씨 일인데."

차 사장이 비굴한 미소를 지으며 말했다. 상덕은 잠시 고민에 빠졌다. 차 사장이 꼬리를 살랑살랑 흔들며 상덕의 대답을 기다렸다.

"내가 싫다면요?"

"에이. 상덕 씨 물건 처리하려면 신규 고객 하나는 물어다 줘야 내가 마 사장한테 환불해 달라고 떼라도 쓸 거 아냐."

"그럼 차 사장님이 데려오시죠? 그 고객."

"에이씨. 내가 고객 데려와서 빵꾸 메우면 마 사장이 나랑 계속 사업하겠어?! 장사 그렇게 하는 거 아니야. 알 만한 사람이 왜 그래?"

과도 앞에서 쪼그라든 차 사장은 자신을 사기꾼으로 만든 천부적인 재능, 언변을 뽐냈다. 거꾸로 상덕을 이상한 사람 취급하며 차 사장이 그를 설득했다.

"근데 갑자기 어디서 사람을 데려와요."

차 사장의 기술이 먹혔다. 차 사장은 능구렁이 같은 미소를 지으며 말했다.

"자기는 친구도 없어?"

"에이, 친구한테 사기를 치라고요?"

"상덕 씨가 아주 바보네, 바보. 자기를 의심하는 사람한테 사기를 칠 수 있을까, 아니면 자기를 믿는 사람한테 사기를 칠 수 있을까."

일리가 있는 말이었다. 상덕이 친구라고 정의할 수 있는 사람은 단 한 명뿐이었다. 그런데 진호는 애도 없고, 번듯한 직업도 있다. 그동안 자신이 보여 준 우정을 생각하면 이 정도는 괜찮지 않을까. 진호의 아버지가 항암 치료 받을 때도 자신은 곁에 있었고, 하늘로 가셨을 때도 자신이 운구도 하고, 장지까지 함께해 드렸다. 스토리가 산으로 가던 진호의 웹툰에 달린 악플과 입씨름을 하며 선플을 달았고, 조회 수가 안 나온다고 진호가 술에 취해 투덜거렸을 때는 팬카페를 만들어서 이게 왜 재밌는 웹툰인지 홍보를 하고 다녔다. 그뿐인가. 단행본이 나왔을 때는 없는 돈에 대량으로 구매해서 지인들한테도 나눠 줬다. 그래 진호야. 너 나한테 이 정도는 해 줄 수 있지 않겠냐. 자신이 진호한테 꾸준히 부었던 '자유 적립식 우정 적금'의 원금과 이자의 크기를 상덕이 가늠하고 있을 때, 그의 전화가 울렸다. 상덕이 과도를 뒷주머니에 꽂고 전화를 받았다.

"여보세요."

"상덕아. 나야, 진호."

"어? 진호. 왜?"

"니가 저번에 말했던 거 있잖아. 그, 너 한다는 거. 렌터카 사업? 혹시 그거 지금도 가능하냐?"

상덕은 어젯밤 그냥 좋은 꿈을 꾼 것이 아니라 상당히 좋은 꿈을 꾼 것이 분명했다. 상덕은 집에 들어가기 전에 로또나 한 장 사야겠다고 생각했다.

"새끼야. 결론만 말해."

진호는 볶음밥 위의 계란 노른자를 깨던 상덕을 재촉했다. 구구절절한 그의 변명도 변명이지만, 무엇보다 그와 더 이상 말을 섞기 싫었다. 이혼을 결심하기 직전에 수정에게 느꼈던 것과 아주 유사한 감정이었다. 이제 상덕과도 마지막이다. 그러므로 진호는 상덕에게 가장 중요한 정보를 캐내야만 했다. 진호는 그가 중도 해지한 자유 적립식 우정 적금에 만기 이자를 지급할 생각이 추호도 없었다.

"결론만 말하라고. 그래서 차를 어떻게 찾았는데."

상덕은 볶음밥을 한입 크게 넣고 우물거렸다. 진호는 영미와 수정이 돌아올까 초조했다. 뻔뻔함을 넘어 당당한 모습으로 밥을 먹는 상덕과는 달리, 자신은 영미가 이 사실을 알게 될까 전전긍긍하며 초라한 걱정을 하고 있다. 진호는 스스로가 보잘것없는 존재처럼 느껴졌다. 하지만 수정이 절대로 임산부인 영미에게 피해를 입히지 않는 시나리오에만 출연을 하겠다고 선언했기 때문에 이런 굴욕감, 초라함, 배신감, 부조리함 모두 참을 수 있었다. 진호는 상덕이 음식물을 모두 삼킬 때까지 기다렸다.

"마 사장하고 만나 봐."

상덕이 괜찮은 기회를 알려 주겠다는 듯 말했다.

"내가 마 사장을 왜."

"지금까지 뭘 들은 거야. 차가 사라졌다고 해도 어딘가는 있을 거 아냐?"

상덕이 다그치듯 진호에게 말했다.

"마 사장이 수배를 때리면 차가 어딨는지 아는 건 시간 문제라고 했냐 안 했냐. 응?"

상덕이 잠깐 뜸을 들였다.

"근데……. 너 대포차 배달할 수 있겠냐."

진호가 전혀 예상치 못했다는 눈으로 바라보자 그럴 줄 알았다는 듯 상덕이 말을 이었다.

"야, 진호야. 마 사장이 공짜로 차를 찾아 주겠냐? 그리고. 널 뭘 믿고 일을 주겠냐. 너도 손에 피를 묻혀야 할 거 아니야. 안 그래? 운 좋게도 양마니 그 자식이 경찰에 잡혀서

뉴비 하나가 필요하대. 그래서 내가 배달을 하게 된 거고. 그런데 그 귀한 자리를 내가 너한테 양도하겠다 이 말이야. 응? 이해됐지? 안 고맙냐?"

씨발, 눈물 나게 고맙다. 범죄자가 되라니. 너 원래 이렇게 미친놈이었냐. 내가 못 알아본 거냐. 정녕 내가 사람 보는 눈이 없는 건가. 지난 3년 동안 웹툰을 그리자며 함께했던 파트너들만 해도 그렇다. 진호는 언젠가 돌아올 커다란 보상을 기대하며 무보수로 일했지만, 연재라는 미끼로 진호에게 보수를 제공하지 않았던 파트너들은 시간이 흐르면서 그에게 그물을 던져 봤자 더 이상 건질 것이 없다고 판단하고는 홀연히 떠났다. 진호의 주변에는 누구도, 어떤 것도 남지 않았다. 상덕과 대화를 나눌수록 진호는 자신을 향한 깊은 의심을 마주하게 되었다. 내가 문제였다!

진호가 참혹한 깨달음을 얻은 그 순간 수정과 영미가 돌아왔다. 현관을 들어선 수정은 둘 사이에 흐르는 싸늘한 기운을 느낄 수 있었다. 영미는 디저트로 망고 빙수를 준비하러 주방으로 갔고, 수정은 정적이 흐르는 테이블에 합류했다. 상덕이 수정을 바라보며 의뭉스러운 미소를 지었다. 표정을 읽는 것에 나름 자부심을 가진 수정은 그 미소가 '스스로를 대견하게 여기는 미소'라고 여겼다. 수정은 상덕에게 중요한 정보를 얻어 냈는지 묻고 싶은 마음에 진호를 바라봤다. 그러나 진호는 그녀를 잠시 바라보더니 고개를 가로저었다. 잘못 본 것은 아닐까. 제발 차를 찾을 수 있다고 말해 줘! 수정이 재차 간절한 눈빛을 보냈지만 이번에도 진호는 고개를 가로저었다.

영미와 상덕이 집 앞까지 배웅을 했기에 수정과 진호는 주차장에 차를 놔둔 채 언덕을 내려왔다.
"그럼 최상덕 씨도 사기를 당한 거야?"
"그런데 경찰에서는 왜 조사를 하는 거래?"
"아무것도 얻은 게 없다고? 진짜?!"
언덕을 내려오는 내내 수정은 둘 사이에 어떤 대화가 오갔는지 추궁하듯 물었다.
"그렇다니까!"
진호가 짜증 섞인 목소리로 대답했다. 수정은 진호와 다투고 싶지 않았다. 다투지 않으려면 무신경해지면 된다. 무신경하면 침묵이 유지되고, 침묵이 유지되면 서로를 간섭하지 않을 수 있다. 간섭하지 않으니 자연스럽게 다툴 일이 생기지 않는다. 그런 이유로 둘은 주말부부가 되기로 결정했다. 그러다 보면 나아질 거라 판단했다. 그러나 무신경은 상대를 나의 일상에서 천천히 지우는 일이기도 하다. 햇볕에 점점 바래는 벽화 같은 것이다. 상대가 없어도 내 일상은 문제없이 유지된다. 어느새 익숙함을 지나 편안함을 느끼는 순간이 찾아온다. 그러다 상대가 갑자기 내 인생에 관여하기 시작하면 불편함을 느끼다가, 상대가 없어졌으면 하는 불쾌함이 찾아온다. 진호가 종종 주말에 김포 집으로 올라올 때면 수정은 그렇게 느꼈다. 그래서 진호는 주말이 되어도 천안에 머물렀다. 진호도 수정과 다툴 마음이 전혀 없었다. 짜증을 내긴 했지만. 둘은 다투지 않기 위해 침묵했다. 고된 하루를 마친 마을버스가 주르륵 늘어선 종점에 도착하자 진호는 핸드폰을 꺼내 어플로 택시를 불렀다.

"왜 택시를 부르고 그래."

"언제 저기까지 다시 올라가냐."

"그렇다고 택시를 불러?!"

"택시 타자. 나 오늘 너무 힘들다."

"나는 차를 못 찾는 게 더 힘든데? 차만 찾을 수 있다면 당장 에베레스트라도 뛰어 올라갈 수 있는데?"

다시 침묵. 진호는 수정이 상덕과 매우 닮은 구석이 있다는 사실을 새삼 깨달았다. 호전성이라고 해야 할까. 눈깔이 돌아가면 앞뒤 가리지 않고 들이받는다. 자신에게는 없는 수정의 그런 부분이 진호의 마음을 사로잡았고, 지금은 그것이 진호의 마음을 무겁게 했다. 물론 수정이 범죄에 가담할 정도로 도덕적 관념이 없는 사람은 아니다. 그런 사람이었다면 친구를 대신해서 스토커를 잡으려고 애쓰지도 않았겠지. 하지만 그때의 수정과 지금의 수정이 같은 사람이라고 어떻게 장담할 수 있겠는가. 진호는 수정에게 상덕이 알려 준 그 방법을 절대로 발설하지 않겠노라 다짐했다. 그리고 지금이야말로 아파트를 지킬 수 있는 방법을 다시 한번 꺼낼 순간이라고 판단했다.

"김포 아파트. 내 이름으로 명의 바꾸자."

"뭐?!"

수정은 너무 어이가 없어서 웃음이 났다. 진호는 방금 그녀의 내면을 차지하고 있는 수많은 버튼 중에서도 하필 발작에 해당하는 버튼을 누르고 말았다. 불행하게도 진호는 자신이 그 버튼을 눌렀다는 것도 모른 채 수정을 계속 설득했다.

"생각해 봐. 아파트는 공동 명의잖아. 차는 수정이 네 이름으로 되어 있고. 차 때문에 우리가 집을 저당잡힌 거잖아, 그치?"

다투고 싶지 않다. 수정은 잠자코 진호의 말을 듣고만 있었다.

"그렇잖아? 그럼 아파트 명의만 내 이름으로 바꾸면 되는 거 아냐? 어차피 우리 이혼할 거잖아? 그럼 우리는 남남이라고. 남남이니까 리스사가 우리 집을 뺏어 갈 수가 없잖아. 법적으로 남남이니까. 안 그래?"

수정의 무대응 때문인지, 그녀가 자신을 비난할 근거를 찾는 듯한 표정을 하고 있어서인지 진호는 당황하기 시작했고, 그 결과 남남이라는 말을 남발하기 시작했다.

"남남 맞잖아? 연예인들 기사 못 봤어? 빚 때문에 이혼 많이들 하잖아. 그거 다 위장 이혼이잖아. 혹시 재산분할이 걱정돼서 그런 거라면. 나 믿어. 믿어도 돼. 이게 다 너를 위해서야."

나를 위해서? 수정은 진호가 평소처럼 말수가 없길 바랐다. 하지만 진호는 수정이 침묵을 원하는 순간에 웅변을 하고 있었다.

"이렇게라도 안 하면 정말 우리 길바닥에 나앉는다고!"

수정을 설득하는 데 어려움을 겪던 진호가 최악의 멘트를 날렸다. 가까스로 인간의 범주 내로 수정을 묶고 있던 이성의 끈이 툭 하고 끊어졌다.

"꺼져."

"뭐?"

"꺼지라고! 씨발! 내 인생에서 이제 좀 꺼져 달라고!!"

동네를 휘감고, 산 곳곳을 돌아다니던 수정의 목소리가 메아리가 되어 진호의 귀에 도달했다. 배차 간격에 맞춰 도착하는 열차처럼.

'씨발. 내 인생에서 이제 좀 꺼져 달라고!!'

'씨발. 내 인생에서 이제 좀 꺼져 달라고!!'

'씨발. 내 인생에서 이제 좀 꺼져 달라고!!'

수정이 진호를 노려봤다. 후회 따위 전혀 없다는 얼굴이었다. 수정의 얼굴을 하고는 있으나 그녀가 아닌 존재가 진호를 바라보고 있었다. 진호가 수정의 내면에서 괴물을 끌어냈다.

"수정아, 그게 아니라. 내 말은 그런 뜻이 아니라."

침묵. 그러나 둘 사이에는 격렬한 감정이 오갔다. 언덕 아래서 택시가 올라왔다. 둘의 얼굴을 밝게 물들인 택시가 호를 그리며 둘 앞에 멈춰 섰다. 진호가 택시의 뒷좌석 문을 열어 수정에게 집으로 돌아가자는 무언의 제안을 건넸지만, 수정은 이미 저만큼 언덕을 뛰어 올라가고 있었다.

수정이 거친 숨을 몰아쉬며 주차장 1층에 들어섰다. 그녀는 주머니를 뒤져 차 키를 꺼내 차가 있을 법한 방향으로 마구 휘두르며 버튼을 눌러댔다. 빵. 빵빵. 빵. 빵빵. 3층에서 소리가 들려왔다. 수정은 멀리 떨어진 계단 대신에 가까이 있는 차가 오가는 경사로를 따라 위층으로 올라갔다. 수정이 2층으로 올라서자 어둠 속에서 웅크리고 있는 보라색 차 한 대가 눈에 들어왔다. 잠깐. 최상덕 씨가 차 사장에게 사기를 당했다면 차를 잃어버렸을 것이다. 그렇다면 저 차는 저기 없어야 한다. 하지만 상덕의 주차 구역은 비어 있지 않다. 이어지는 추론. 그렇다면 상덕은 사기를 당하지 않았나? 차 사장과 공범일까. 혹은 그저 운이 좋아 피해를 당하지 않았나? 하지만 차 사장이 상덕에게 리스비를 주고 있을 리가 없지 않나. 그래서 경찰에 첩보를 흘린 걸까. 진호는 건진 것이 아무것도 없다고 했다. 그 말은 상덕이 차 사장과 한패가 아니며, 운 좋게 피해를 입지 않은 사람이라는 두 가지 가설을 단단하게 뒷받침한다. 상덕은 도대체 어느 쪽일까. 범죄 현장에 막 도착한 형사처럼 수정은 보라색 차 주위를 돌며 나름의 추론을 이어 갔다.

"거기서 뭐 하세요."

불쑥 나타난 목소리에 수정이 깜짝 놀란 얼굴로 뒤를 돌아봤다. 상덕은 유령처럼 소리도 내지 않고 어둠에서 천천히 모습을 드러냈다. 수정이 다짜고짜 물었다.

"최상덕 씨. 혹시 우리한테 사기 쳤어요?"

영미가 없으니 상덕에게는 쩔쩔맬 하등의 이유가 없었다.

"네."

당연한 거 아니야, 라는 얼굴로 상덕이 담백하게 대답했다.

"아까 진호한테도 말했는데, 아무 말도 안 해요?"

"하아."

수정이 허탈한 웃음을 터뜨렸다. 진호가 사실을 말하지 않아서 배신감을 느꼈을뿐더러, 사기를 쳤다고 당당하게 말하는 상덕 때문에 기가 찼다.

"됐고. 그래서 우리 차 어딨어요?"

"모르죠?"

"그럼 이 차는 뭐예요? 이거 차 사장한테 계약한 차 맞잖아요, 그죠?"

"그렇죠?"

모르죠? 그렇죠? 끝이야? 이 차를 계약한 것도 사실이다. 사기 친 것도 사실이다. 차 사장과 한패라는 거야, 아니면 우리처럼 피해자라는 거야. 상덕의 말을 곱씹으며 수정은 벌어진 사실관계의 간격을 이어 붙이려 애를 썼다. 바람에 따라 모습을 바꾸는 구름처럼 추론의 방향에 따라 수정의 표정이 시시각각 변했다. 하지만 그의 말은 도무지 이해가 되지 않았다. 멀찌감치 그 모습을 지켜보던 상덕이 천천히 수정에게 다가왔다. 그녀의 복잡한 표정을 읽은 듯 상덕이 상황을 설명했다.

"어쩌다 보니 진호한테 사기 친 건 맞는데요. 저도 사기당했거든요. 그래서 차 잃어버렸다가 오늘 찾아서 가지고 온 거예요. 그래서 차가 여기 있는 거예요."

"잃어버린 차를 찾아왔다고요?"

"네."

"어떻게 하면 찾을 수 있는데요?"

수정의 당연한 질문에 상덕이 의아한 표정을 지었다. 그가 예상치 못한 질문이라는 얼굴을 하고 있으니 수정은 적잖이 당황스러웠다.

"아까 진호한테 차 찾는 거 다 말해 줬는데? 진호가 진짜 말 안 했나 보네?"

진호는 고개를 가로저었다. 얻은 정보가 없다고 했다. 절친이라고 믿었던 사람에게 사기를 당해서 말을 하기 싫었던 것이라면 거기까지는 이해할 수 있다. 그런데 차를 찾을 수 있는 방법이 있었는데도 말을 안 했다고? 수정의 스마트워치에서 경고음이 울렸다. 심박수가 급격하게 증가한 탓이리라. 수정은 징징거리는 시계를 신경질적으로 풀어 애꿎은 상덕의 차를 향해 던졌다. 퉁 하고 사이드미러에 맞은 시계가 바닥으로 떨어졌다. 바닥에 떨어진 시계를 주운 상덕이 수정에게 가까이 다가왔다. 그는 수정에게 시계를 건네며 속삭였다.

"알려 드려요? 어떻게 하면 차 찾을 수 있는지?"

7

차를 찾는 방법은 아주 간단했다. 이렇게 간단해도 되는 건가 싶을 정도였다.

하나. 텔레그램 아이디를 새로 만들어 상덕에게 전달한다. (이미 계정을 가지고 있다면 만들 필요마저 없다.)
둘. 만든 아이디로 주소 하나가 전송된다.
셋. 주소지로 이동한다.
넷. 오른쪽 뒷바퀴 위에 열쇠가 올려진 차를 찾는다.
다섯. 그 차를 끌고 경부선 만남의 광장으로 간다.
여섯. 거기서 차와 휴게소가 함께 담긴 인증 사진을 찍어 주소를 전송한 아이디로 보낸다.

일곱. 최종적으로 배달을 할 주소지가 수정에게 전달된다.

여덟. 전달받은 주소지에 주차를 하고, 열쇠를 오른쪽 뒷바퀴 위에 올려놓고, 주차장과 차의 인증 사진을 찍어 보낸다.

배달 완료. 상덕은 배달이 이뤄지는 과정의 설명을 마치고는 화단에 숨겨 뒀던 핸드폰을 꺼내 수정에게 건넸다. 수정이 주저하자 상덕이 수정을 다독였다.

"선불폰이고. 대포폰이니까 안심하세요."

그러고는 간단한 붓질 몇 번만으로 근사한 그림을 완성해 내는 어느 화가처럼 말을 이었다.

"어때요. 참 쉽죠?"

하지만 수정은 그가 건넨 핸드폰을 받지 않았다. 수정은 범죄자와 선량한 시민을 나누는 가상의 선 앞에서 멈칫거렸다. 그러자 상덕은 전반전을 뒤진 채 라커 룸으로 들어온 선수들을 격려하는 열광적인 감독처럼 뜨겁게 독려했다.

"배달을 시작하면 잃어버린 차를 수배할 수 있습니다!"

희망을 주고.

"단! 한 번으로 일이 끝나지는 않을 겁니다!"

쉬운 일이 아니라는 경각심을 전달하는 동시에 이 일이 위험을 무릅쓸 만한 가치 있는 일이라는 암시를 던지고.

"나의 경우에는 일곱 대를 배달하고 차를 찾을 수 있었습니다!"

당신도 충분히 할 수 있다는 동기를 부여한다.

"그리고 반드시 이 핸드폰으로만 연락하세요. 아셨죠?"

범죄라는 것이 이렇게 간편하고 간단한 건가. 이러다 차는 못 찾고 평생 배달의 늪에 빠지는 것이 아닌가. 수정은 두려워졌다. 하지만 두려움을 구석 저편으로 밀어 넣고, 상덕이 건넨 대포폰을 받았다.

수정에게는 아무도 모르는 비밀 계정이 하나 있다. 진호마저 그 비밀 계정의 존재를 알지 못한다. 수정은 그곳에 속마음을 여과 없이 적었다. 그 계정은 순도 100%인 수정의 감정이 적히는 온라인 일기장이었고, 임금님 귀는 당나귀 귀를 외치는 그녀만의 동굴이었다. 수정은 차를 찾을 수 있는 다른 방법은 존재하지 않고, 이것만이 유일한 방법이라고 판단했다. (실제로는 전혀 그렇지 않았지만) 수정은 배달이 자신을 구원해 주리라 믿기로 결정했다. 비밀 계정의 아이디를 쓰면 혹시라도 신분이 노출되는 것을 피할 수 있지 않을까. 자신의 비합리적인 의사 결정을 충분히 자각할 수 있음에도 수정은 차를 찾을 수 있다고 믿고 싶었다. 그래서 그

너는 배달에 사용할 텔레그램 아이디를 상덕에게 전달했다.

myung100_clear 님께 메시지가 도착했습니다.

두근거리는 마음에 밤새 잠을 이루지 못했다. 언제 연락이 올지 몰라 수시로 핸드폰을 확인하느라 달아난 잠은 좀처럼 돌아오지 않았다. 차라리 연락이 오지 않았으면 하는 마음이 들었다가, 해가 지평선 위로 모습을 보이기 시작할 아침 녘엔 연락을 주려면 빨리 주던가 하는 마음마저 들었다. 그녀는 시소처럼 왔다 갔다 하는 마음을 어찌할 도리가 없었다. 달아난 잠이 다시 수정을 찾아온 순간 텔레그램 메시지가 도착했다.

안녕하세요. 둥둥이예요.

이 메시지는 10초 뒤에 자동적으로 사라져요.

수정은 졸린 눈을 비비며 메시지를 확인했다. 자신을 둥둥이라고 소개한 'endend2'라는 아이디가 주소 하나를 보내왔다. 수정의 집에서 30분 정도 떨어진 곳이었다. 수정이 급히 메모지를 찾아 주소를 적었다. endend2가 보낸 메시지는 곧바로 사라졌다.

평소엔 얌전한 사람도 예비군복을 입으면 말년 병장처럼

껄렁껄렁해지듯 수정은 옷차림에는 힘이 있다고 믿는다. 그녀는 범죄자의 대범함을 얻기 위해 검은 재킷에 바지를 입고 검은 모자까지 눌러썼다. 그녀는 기합을 바짝 넣고 집을 나섰다.

골목 끝에 위치한 으슥한 주차장에 도착하자 무너져 가는 동네 분위기와는 어울리지 않는 세련된 외제 차가 보였다. 익숙한 모델이었다. 양마니를 추적할 때 봤던 그 까만 SUV 차량이었다. 대포차 업계에서 인기가 많은 모양이었다. 주변을 살피며 차로 접근한 수정이 오른쪽 뒷바퀴에 손을 밀어 넣었다. 차갑고 묵직한 질감이 느껴졌다. 열쇠였다.

\\\\\\

일요일의 만남의 광장은 매우 북적였다. 수정은 휴게소가 잘 보이는 곳에 주차를 하고 상덕에게 전달받은 대포폰의 카메라를 켰다. 마음에 드는 구도를 잡느라(굳이 왜!) 시간이 조금 걸렸지만 어찌저찌 사진을 찍어 전송했다. 곧바로 endend2로부터 '울산광역시 울주군'으로 시작하는 주소가 전달됐다. 수정은 메시지가 사라지기 전에 급히 자신의 팔목에 주소를 적었다. endend2는 주의 사항을 연이어 보냈다.

내비는 쓰지 마세요. 기록으로 남으니까요.

뒷좌석에 전국 지도가 있을 거예요. 그걸 사용하세요.

블랙박스도 꺼져 있을 거예요. 배달 완료하고 집에 돌아갈 때까지 이 핸드폰도 계속 꺼 두시고요.

그러면 인증 사진을 어떻게 보내란 말인가?

도착지에 선불폰 하나가 있을 겁니다. 그걸 사용하시고 오는 길에 태화강에 버리세요.

우선 이 방은 파괴할게요. 여섯 시간 뒤에 다시 방을 만들겠습니다.

endend2가 보낸 메시지가 삭제되고, 방이 파괴됐다.

세 시간을 내리 운전한 탓일까. 꼬박 밤을 새운 탓일까. 이유를 알 수는 없었으나 수정의 눈에 헛것이 보이기 시작했다. '왜' '나는' '범죄를' '저지르고 있는가'라는 글씨가 이어달리기를 하듯 울산으로 향하는 고속도로의 표지판 위로 적혀 있었다. 졸린 눈을 비벼 봤지만 표지판의 글씨는 그대로였다. 이게 무슨 일일까. 내 마음 속에서 피어난 죄책감이 양심을 건드린 것일까. 양심이 확성기를 들고 다니며 노골적으로 나 자신을 비난하고 다니는 걸까.

역시 수면 부족이 원인이었을까. 얼마간 운전을 하자 "졸음 쉼터"라는 표지판이 나왔다. 그 표지판에 적힌 글자만은 다른 표지판들과는 달리 제대로 보였다. 이대로는 더 이상 운전이 어려울 거라는 판단에 수정은 도로를 벗어나 졸음 쉼터로 들어섰다. 수정은 가장자리에 차를 멈추고, 시동을 끄고, 의자를 뒤로 젖혔다. 일련의 동작은 계단을 내려오는 경쾌한 발걸음처럼 매끄럽게 이어졌다. 그리고 수정은 눈을 감았다. 역시 피로가 문제였나 보다. 눈을 감고, 호흡에 집중하자 폐에 싱그러운 공기가 채워졌다. 그런데 갑자기 옆에서 누군가 속삭이는 소리가 들렸다.

왜.
너는.
대포차를.

수정이 눈을 뜨고, 소리가 나는 조수석을 살폈지만 아무도 없었다. 수정은 아무 일도 없었던 것처럼 다시 눈을 감았다. 너무나 피곤했다. 그러자 소리가 다시 이어졌다.

왜 너는 대포차를 배달하고 있느냐.

수정이 눈을 감은 채 버럭 소리를 질렀다.
"나보고 어쩌라고!"
수정의 고함에 주눅이라도 들었는지 소리는 사라졌다. 하지만 잠시 뒤 그 소리는 수정의 목소리를 흉내 내며 그녀의 뒷통수에서 귓가로 다가왔다.

왜 너는 대포차를 배달하고 있느냐.

눈을 뜬 수정이 의자를 바로 세우고 시동을 걸었다. 귓가를 간지럽히는 소리를 엔진 소리로 덮으려는 의도였다. 하지만 퀴퀴한 냄새를 감추려고 향수를 뿌리는 것만큼이나 헛된 노력이었다. 수정의 목소리를 닮은 목소리가 수정에게 속삭였다.

왜 너는 대포차를 배달하고 있느냐.

진호는 수정에게 아파트의 명의를 바꾸자고 거듭 제안했었다. 잃어버린 차의 명의는 수정의 것으로 되어 있다. 아파트의 명의를 진호의 이름으로 바꾸고, 위장 이혼을 의심받지 않을 만큼의 시간을 보낸 후, 이혼을 마무리하면 아파트를 지킬 수 있다는 것이 진호의 거듭된 주장이었다.

"안 돼!"

"그럼 차를 어떻게 찾을 건데?!"

"방법이 왜 없어!!"

수정은 이미 다 알고 있지 않느냐는 식으로 따져 물었다. 그가 상덕과 있었던 일을 사실대로 말해 주길 기대했으나 진호는 수정의 그런 의도를 전혀 알아차리지 못한 것 같았다.

"어떻게 찾을 건데?! 다음 주엔 리스비도 내야 돼. 오케이. 리스비는 그렇다 치고, 일단 아파트부터 살려야 할 거 아니야?!"

"차 찾을 거야. 무조건 찾을 거야. 그러니까 아파트 명의는 못 바꿔."

"그러다가 우리 차도 잃고, 아파트도 잃어."

"그럼 아파트 명의를 내 이름으로 바꾸고, 리스 차 명의를 김진호 남편분 이름으로 바꾸면 되겠네!!"

수정이 맞받아친 말에 진호의 말문이 막혔다.

"것 봐! 너도 명의는 못 바꾸잖아!!"

너도 나를 못 믿잖아, 그치? 수정을 한참 동안 바라보던 진호는 무슨 결심이라도 선 것처럼, 이 모든 상황을 받아들이겠다는 것처럼 계속 고개를 끄덕였다. 잠옷 바람으로 집을 나간 진호는 주말이 다 되도록 연락 한 통 없었다. 걱정이 된 수정이 전화를 걸어 봤지만 진호의 전화기는 꺼져 있었다. 수정은 대포차를 배달하는 것만이 지옥 같은 이 상황에서 벗어날 유일한 해결책이라고 믿어야만 했다. 그게 사실이 아니더라도 말이다.

왜 너는 대포차를 배달하고 있느냐.

목소리가 속삭였다. 수정을 닮은 목소리는 진호의 목소리로 변했다가, 상덕의 목소리를 흉내 내더니, 라디오를 켜면 진행자의 목소리로 모습을 바꿨다. 수정이 엔진을 끄고, 의자를 뒤로 눕히고, 모자를 벗어 얼굴을 가렸다. 수정은 애써 자신을 변호했다. 진호도 명의를 안 바꾸는데 왜 내가 바꿔야 하나. 상대가 나를 믿지 않는데 내가 상대를 어떻게 믿는단 말인가. 분명 상덕이 차를 찾을 수 있는 방법을 알려 줬다고 했다. 그런데 진호는 아무것도 들은 것이 없다고 했고 아파트 명의를 바꾸자고 제안했다. 당장은 편리한 방법이다.

그렇지만 차를 찾지 못한다면 수정은 자신의 이름으로는 그 어떤 것도 가질 수 없는 '신용 불량 빈털털이 이혼녀'가 되고 만다. 결국 모든 것을 소유하고 있는 진호의 선심에 기생하는 삶이 그녀를 기다리고 있을 것이다. 평생토록. 수정은 선녀가 왜 그렇게 날개옷에 집착했는지 격렬하게 공감했다. 선녀의 날개옷은 수정에게 사모예드를 닮은 하얀 SUV였다. 이번만큼은 진호에게 어떤 것도 뺏기지 않을 것이다. 뺏기느니 빼앗을 것이다.

왜 너는 대포차를 배달하고 있느냐.

또다시 목소리가 귓가에 맴돌았다. 이번엔 자신의 목소리였다. 수정이 의자를 일으켜 세웠다. 그리고 아무도 없는 조수석을 보며 소리를 질렀다.
"쪼옴!!! 그만!!! 스톱!!!"
수정이 씩씩거리며 조수석을 노려보자 목소리는 더 이상 들리지 않았다. 하지만 목소리는 수정의 마음을 진흙탕처럼 지저분하게 헤집고는 떠났다. 수정은 누가 주인일지도 모르는 대포차를 끌고 울산으로 가고 있는 자신의 행동에 의심이 들기 시작했다. 죄책감을 덜어 내고 배달을 할 것인가. 죄책감을 얼마만큼 갖게 되더라도 배달을 할 것인가. 반대로 배달을 멈추겠다면, 차를 여기다 두고 가야 하나. 아니면 원래 장소에 되돌려 놓아야 하나. 결정을 내려야 했다.

수정은 죄책감을 느끼지 않기로 결정했다. 그녀는 지도를 찾았다. 여기까지는 경부고속도로를 쭉 타고 내려오면 됐지만, 이제 울주군으로 가려면 어디에서 빠져야 하는지 알아둬야만 한다. 그러나 endend2의 말과는 다르게 뒷좌석 어디에도 지도는 없었다. 차를 샅샅이 뒤졌지만 지도는 없었다. 수정은 대시보드 서랍을 열었다. 차의 주인이 누군지 알게 되면 마음이 흔들릴 거란 생각에 자동차등록증이 있을지도 모르는 서랍은 일부러 눈길조차 주지 않았다. 핸드폰을 켜서 흔적을 남기는 것보다는 대시보드를 열어 지도가 있는지 확인하는 것이 낫다. 수정이 눈을 감고 서랍을 열어 안을 뒤졌다. 손에 닿는 촉감으로는 지도와 자동차등록증을 구분하기 어려웠다. 그녀의 손가락에 닿았던 무언가가 툭 하고 떨어졌다. 무의식과 본능은 의식과 이성의 연합팀을 종종 무력하게 만든다. 수정은 본능적으로 감은 눈을 뜨고 고개를 돌려 소리의 근원지를 내려다봤다. 젊은 남녀가 해맑게 웃고 있는 사진이 있었다. 수정은 단번에 그들이 누군지 알아차렸다. 부산에서 올라와 왕삼촌과 함께 양마니를 추적

했던 젊은 부부였다. 두 눈으로 목격했던 그들의 고통을 무시하고 나의 안녕을 향해 갈 것인가. 그들의 안녕을 위해 나의 고통을 연장할 것인가. 수정은 갈등했다. 하지만 생각보다 갈등은 쉽게 사라졌다. 수정은 차에서 내려 졸음 쉼터 너머의 절벽 아래로 대포폰을 던져 버렸다.

\\\\\\

수정은 울산으로 빠지는 톨게이트를 지나쳤다. 자신이 그들에게 차를 전달하면 그들은 당장 행복에 도달할 수 있다. 그렇지만 나는? 이 차를 지시에 따라 배달하면? 차를 찾을 가능성이 있긴 하나, 확실치는 않다. 하지만 자신이 이 차를 대포차로 배달한다면 부산의 부부는 확실하게 불행해진다. 수정이 그들을 불행하게 만들 수도, 행복하게 만들 수도 있다는 생각에 이르자 그녀는 번쩍 정신이 들었다. 자신이 벌이고 있는 일의 무게를 온몸으로 느낄 수 있었다. 헛것이 아른거리던 표지판에 부산을 알리는 글자가 또렷하게 보였다. 진호를 향한 배신감과 이름을 빼앗기지 않겠다는 결의 때문에 마비되었던 양심에 차츰 감각이 돌아왔다.

수정이 부산 시내에 접어들었다. 부산의 사나이들은 서울에서 온 깍쟁이에게 환영한다는 의미로 칼치기를 선사했다. 갑자기 앞으로 튀어나온 차량들이 급정지를 하는 바람에 추돌 사고가 날 뻔했다. 브레이크를 제때 밟지 않았더라면 분명 사고가 났을 것이다. 그러면 경찰이 올 것이고, 수정은 대포차를 운전 중이었다는 이유로 경찰서로 연행될지도 모른다. 수정은 정지선 위반, 신호 위반, 어린이 구역 규정 속도 위반, 우회전 위반, 유턴 금지 등 다양한 위험 요소가 앞으로 튀어나올 때마다 차간거리 유지와 정속 주행, 전방 주시라는 운전의 기본기로 맞서 싸웠다. 그러나 낯선 도로 사정과 초행길이라는 긴장감까지 더해져 수정의 집중력이 조금씩 녹아내렸다. 더군다나 이제 표지판만으로는 차량 등록증의 주소를 찾아갈 수 없었다. 내비게이션을 켜야 했다. 수정이 적당한 곳에 차를 세우겠다는 의미로 우회전 깜빡이를 켰다. 그러자 느긋하던 차들이 약속 시간에 늦은 사람처럼 수정의 앞뒤 좌우로 간격을 좁혀 왔다. 백색 돌에 포위를 당한 흑색 돌처럼 수정의 검은 대포차는 이러지도 저러지도 못한 채 계속 직진을 하는 수밖에 없었다. 하지만 지옥철에서도 포근함을 느꼈던 수정이다. 언젠가 길은 한적해진다. 그러면 갓길에 차를 세우자. 그리고 내비를 찍어서 신혼

부부의 집으로 가자. 마음의 휴지통을 비우자 긍정적인 마음가짐이 찾아왔다. 수정은 콧노래를 부르며 운전을 하기에 이르렀다. 그때 뒤에서 사이렌 소리가 울리더니 마이크에서 경찰의 단호한 목소리가 들렸다.

"까만색 SUV. 9872. 갓길에 차 멈추세요."

경찰이 차량 번호를 외친다고 해서 처음 모는 대포차의 번호를 수정이 알고 있을 리 없다.

"까만색 SUV. 9872. 갓길에 차 멈추시라고요."

경찰차가 사이렌을 울리며 수정에게 바짝 붙었다. 창문으로 몸을 내민 경찰이 무전기에 대고 다시 외쳤다.

"까만색 SUV. 9872. 갓길에 차 멈추라니까요!"

아뿔싸. 콧노래에 고개를 까딱거리던 수정은 창밖으로 몸을 절반 정도 꺼낸 경찰을 보고 나서야 사태를 파악했다. 내가 9872였구나. 난데없는 경찰의 등장에 수정의 심장은 몸 밖으로 튀어나올 것처럼 요동쳤다.

"창문 내리세요."

경찰이 창문을 두드리며 말했다. 수정이 창문을 내리려고 했으나 버튼이 어디 있는지 도무지 찾을 수 없었다. 당황한 나머지 문을 잠그는 버튼을 누르고 말았다. 수정의 돌발 행동을 경찰은 저항이라고 받아들였는지 창문을 내리라고 위압적인 말투로 몇 번이나 소리쳤다. 그러나 수정의 시야는 경주마만큼이나 좁아졌고, 그녀의 판단력은 더듬이를 잃은 바퀴벌레 수준으로 떨어졌다. 외제 차는 창문 내리는 버튼이 없던가? 외제 차야, 창문 좀 내려 줘, 라고 말로 하면 반응하려나. 일시적인 심신미약 상태가 된 수정은 결국 도어록 버튼을 한 번 더 누르고 나서야 차에서 내릴 수 있었다. 그녀는 두 손을 들어 위험한 무기를 소지하고 있지 않다는 것을 알렸다.

"뭐꼬. 와 창문을 안 내립니까?"

수정은 이미 양손을 들어 저항 의사가 없음을 알렸지만, 경찰에게 미소까지 보여야 안심이 될 것만 같았다. 수정이 과장된 미소로 대답했다.

"처음 모는 차라 버튼이 어딨는지 몰라서요."

수정의 순진한 대답에 경찰은 수정이 이 차의 소유주가 아니라는 확신을 가졌다. 경찰은 무전을 이리저리 주고받은 후에 수정의 운전면허증을 요구했고, 면허증을 확인한 경찰은 수정에게 경찰차 뒷좌석에 타 줄 것을 정중하게 요구했다.

8

경찰서에 가면 누구를 가장 먼저 부를까. 수정은 황 변호사에게 전화를 걸었다. 그가 이혼 전문 변호사라고 해도 말이다.

"그러니까, 김진호 남편분께는 절대로 연락하지 말라는 말씀이시죠?"

수정은 황 변호사에게 신신당부했다. 재산분할에 불리한 요건이 될 거라는 본능 때문이었는지. 그녀가 저지른 비난받을 행동을 진호가 몰랐으면 하는 바람 때문이었는지. 수정은 황 변호사에게 반드시 함구해줄 것을 부탁했다. (그렇게도 진호를 비난하던 수정이었다.)

"일단은 묵비권 행사하시고요. 드라마에서 많이 보셨죠? 저는 이혼 전문이니까 저희 쪽 형사 전문 변호사가 대응법 알려 드릴 테니 모르는 번호로 전화 와도 꼭 받으시고요."

형사 전문이라는 말에 수정의 가슴이 덜컥 내려앉았다. 수정은 이제 '전과1범 빈털털이 이혼녀'가 될 수도 있었다. 당연히 직장을 구하는 일은 더 어려워질 것이다. 하지만 황변호사와 통화를 마친 수정의 배에서 상황의 심각성과 어울리지 않게 눈치 없는 소리가 났다. 꼬르륵. 영화에서는 경찰서에서 순대국도 시켜 주고 그러던데. 여기는 아무도 밥 먹겠느냐고 하는 사람이 없다. 그때 거짓말처럼 형사 하나가 쟁반에 음식을 한 가득 가지고 들어왔다.

"강두호 형삽니다. 맛있게 먹고, 사실대로 말하는 겁니다. 아셨죠?"

무서운 속도로 뚝배기를 비우고 있는 수정에게 강 형사가 협조할 것을 거듭 당부했다. 하지만 수정의 생각은 잠시 딴 곳에 가 있었다. 그녀는 경찰서 밥이 맛있어서 계속 잡힌다는 잡범의 이야기가 떠올랐다. 인생 최고의 돼지국밥이었다.

"네, 그럼요. 모두 사실대로 말할게요."

하지만 배를 든든히 채우자 수정은 마음을 바꿨다. 그녀는 모두 사실대로 말하지는 않았다. 아니, 모두 사실대로 말할 수도 없었다. 어느 경찰이 대포차를 배달하려다가 환청을 듣고, 환각을 본 후 마음을 고쳐먹고, 차를 돌려주기로 결심했다는 말을 순순히 믿어 주겠는가. 그래서 수정은 자신이 차를 잃어버렸던 사람인데, 차를 찾으러 직접 다니던 중 우연히 이 차를 발견했고, 차량 등록증을 확인하니 같이 차를 찾으러 다녔던 부부의 것이더라, 하지만 연락처를 몰랐기에 차량 등록증에 있는 주소로 직접 돌려주려 했다고 진술했다. (여기서 강 형사는 차 문은 우예 여셨대? 라고 물었고, 수정은 오른쪽 뒷바퀴에 두는 것이 그들의 방식이라고 답했다. 강 형사는 그들의 방식을 알고 있는 그녀를 의심할 수밖에 없었으나 굳이 더 캐내지는 않았다.) 그리고 수원에 있는 왕갈비 통닭집 사장님께도 차를 돌려준 적이 있으므로 확인을 부탁한다고 덧붙이는 것도 잊지 않았다. 황 변호사는 묵비권을 행사하라고 했으나 비협조적인 모습을 보이면 괘씸죄가 추가될 것이 우려됐다. 대포차와 연관될 수 있는 이야기는 두루뭉술하게, 차를 찾아 주려고 했던 선한 의도는 상세하게 묘사한 수정의 진술을 잠자코 듣고 있던 강 형사가 어딘가 전화를 걸었다.

"어, 내다. 오늘 좀 늦는다."

늦는다고? 변론이 안 먹혔나?

"와는 뭐가 와! 갱찰이 갱찰서지 어디고? 알았다. 끊는다."

아마도 아내와 통화를 한 모양이었다.

"변호사한테 연락은 했습니까?"

통화를 마친 강 형사가 물었다. 부모님 모시고 오라는 담임선생님 같은 말투였다.

"저 오래 걸릴까요?"

"그기야, 정수정 씨께서 얼마나 성실하게 조사에 임하시느냐에 달린 거 아임니꺼."

수정은 자신의 진심을 밝히고 얼른 집으로 돌아가고 싶었다. 강 형사에게 사실대로 말하면 그 진심을 과연 결백으로 이해해 줄까. 그때 다른 형사 하나가 들어왔다. 험악한 인상 때문에 형사라는 생각이 들지 않았다. 목에 경찰공무원증을 걸고 있지 않았더라면 취조를 하는 게 아니라 받아야 할 사람처럼 보였을 것이다. 강 형사가 험악한 인상의 형사에게 물었다.

"그짝은 뭐라카는데?"

"자기는 차를 돌려주려고 했던 거라네?"

"내는 결백하다? 이기네? 그럼 여 계신 정수정 씨께서 대포차 배달을 했다는 기가?"

강 형사는 똑똑히 들으라는 듯 수정을 빤히 바라보며 동료 형사와 대화를 나눴다. 둘의 대화에서 수정은 두 가지 사실과 한 가지 결론을 유추해 낼 수 있었다. 자신 외에도 누군가 대포차 배달을 하다가 잡힌 사람이 있다. 그런데 그 사람은 수정과 마찬가지로 대포차를 돌려주려고 했다고 주장하고 있다. 결론적으로 수정의 진술에 신빙성이 사라졌다. 수정은 상황이 좋지 않게 흘러가고 있음을 직감했다.

 '죄수의 딜레마'라는 게임이론이 있다. 간단하게 말하면 이렇다. 결백을 주장하는 공범 A와 B가 있다. 정황증거는 충분하나, 확실한 물증을 확보하지 못한 경찰이 제안한다. A와 B가 동시에 묵비권을 주장하거나, 범죄를 부정하면 A와 B는 징역 6개월 형을 받게 된다. 그런데 A에게 B가 범죄를 저질렀다고 자백을 하면 A를 바로 풀어 주겠다고 회유한다. 대신 B는 5년 형을 살게 된다. B에게도 똑같이 제안한다. A가 범죄를 저질렀다고 자백하면, B는 바로 풀려날 수 있다. 대신 A는 징역 5년에 처해질 수 있다. A와 B는 끝까지 묵비권을 행사하거나 자신의 결백을 주장할 수 있을까? 둘은 서로를 신뢰할 수 있을까? 이합집산離合集散으로 뭉친 잡범들이 그럴 리 없다. 자신에게 유리한 제안(상대의 범죄를 고발하여 자신이 징역을 살지 않는 일) 대신에, 누군지도 모를 상대를 신뢰하는(그래서 징역 5년에 처해질 수도 있는)

위험을 기꺼이 받아들일 잡범은 없다. 강두호 형사는 '죄수의 딜레마'라는 전략이 수정을 압박하는 데 효과적이라 판단했다.

"정수정 씨. 정말 대포차 배달 안 했지요?"

"그럼요!"

"참말이지여?"

"안 한 걸 했다고 어떻게 말해요?! 차량 등록증에 있는 부부한테 연락해 보시라니까요?"

수정은 차량의 실소유주인 신혼부부만 경찰서에 도착한다면 바로 풀려날 것이라는 걸 확실히 알고 있었다. 자신이 어떻게 같은 처지의 사람에게 사기를 치겠는가. 자기도 차를 잃어버린 피해자인데. 그들과 세종시에서 차 사장이라는 사기꾼을 찾다가 양마니라는 공범을 쫓게 됐고, 그가 몰던 대포차를 탈취한 적이 있으니 분명 자신을 기억할 것이다. 그들이 자신의 신분을 확인해 줄 것이라며 은근슬쩍 자신이 피해자임을 드러내면서, 그럼에도 불구하고 정의로운 행동을 하고 있다는 것을 강조했다. 차의 주인과 깊은 유대감이 있다는 것을 사실도 피력했다. 훌륭한 변호였다. 하지만 이곳은 법원이 아니라 경찰서였다. 강 형사는 자신만 알고 싶은 국밥집에서 2000원이나 더 비싼 '특'돼지국밥을 시켜 줬는데도 수정이 비협조적으로 나오자, 범죄를 저지르는(혹은 저지른 것으로 추정되는) 자를 인간적으로 대하는 것이 얼마나 무의미한 일인지 깨달았다. 그는 수정의 묵직한 방어를 뚫기 위해서는 순진한 믿음을 거둬들이고 냉철한 전략으로 접근해야 함을 절실히 깨달았다.

"양마니라는 놈 안다고 하싰지여?"

"개인적으로는 잘은 모르고요. 추격전 한 번 한 사이예요."

"그놈 잡혔으요."

"양마니가 잡혔다고요?"

"모르셨나 보네? 그카고 양마니가 다 불었으요. 부산으로 대포차 몇 대가 움직일 기다. 그란데 말입니다. 양마니가 진술한 내용과 일치하는 첩보를 얼마 전 내 받았다 아입니까. 까만 대포차 몇 대가 부산으로 움직일 기다. 차종까지 정확히 언급하는 그기 뭔 소리겠습니꺼? 일망타진할 기회겠지요? 그치요? 맞지요?"

강 형사는 수정에게 다짐이라도 받겠다는 투로 계속 다그쳤다. 하지만 수정이 대답하지 않았으므로 강 형사는 스스로 장단을 맞추는 수밖에 없었다.

"맞지요! 그랬더니 누가 잡혔는지 아십니까."

강 형사가 양팔을 앞으로 쭉 뻗어 수정을 가리켰다.

"양마니는 대포차 탈취할 때 보고는 만난 적도 없다니까요!"

수정이 모르쇠로 일관하자 강 형사는 혀를 끌끌 차며 작은 한숨을 내쉬었다.

"저쪽에서도 안 했다카고. 여도 안 했다카니 대포차가 스스로 움직였을꼬?"

"첩보가 사실은 아니잖아요. 안 그래요? 저는요! 차를 돌려주러 가던 중이었다니까요?!"

수정이 강 형사의 추론을 거듭 부정했다. 그러자 강 형사는 얼굴을 들이밀더니 수정의 눈을 요리조리 살폈다. 수정의 눈에서 거짓말이라는 증거를 채취하려는 감식반처럼.

"그라믄 대포차를 우예 탈취하셨는데예? 그 말씀 좀 해보이소. 어데서 정보를 얻으셨을꼬? 양마니가 이거 내부자밖에 모르는 첩보라켓는데?"

기세 좋게 펀치를 날리던 수정이 강 형사의 카운터 펀치를 맞고 한 발짝 뒤로 물러섰다.

"그건요……. 그건 변호사 오면 그때 얘기하겠습니다. 지금 취조하시는 거 아니시잖아요? 물증도 없고 정황증거만 있는데 취조 이렇게 막 하면 안 되는 거잖아요. 그죠? 맞죠?"

뭐가 있긴 있구나. 변호사가 오면 오히려 좋다. 의뢰인을 위험에 빠뜨릴 수 없으니 A의 범행을 밝히는 제안을 받아들이라고 할 거다. 죄수의 딜레마 전략은 여전히 유효했다. 강 형사는 자백을 하는 게 실리적이라는 미끼를 또다시 던졌다.

"양마니는 수사에 협조한 대가로 뭐 한 1년 살다 나올까 말까. 사실대로 진술하셔서 나쁜 놈들 잡는 데 도움을 주시면 공적을 고려해서 저희 선에서 기소까지 안 가는 방법을 고려해 볼 수도 있고. 뭐 아시잖습니까. 좋은 게 좋은 기라고."

하지만 수정은 미끼를 물지 않았다. 배를 채운 수정은 심신의 안정을 차렸고, 그녀의 판단력은 그 어느 때보다 높은 수준으로 유지됐다. 수정은 자신이 유리한 쪽으로 화제를 바꿨다.

"그래서 신혼부부는 언제 온대요?"

"연락은 계속 하고 있는데 받질 않아가지고. 집으로 직접 찾아갔으니까 쪼매 기다리시구요."

그때 험악한 인상의 동료 형사가 방으로 다시 들어왔다.

"저짝이 이기로 연락을 좀 해 달라꼬 하대."

저짝은 옆방에 있는 대포차 배달을 하다가 잡혀 온 용의자를 말한다. 험악한 형사가 강 형사에게 쪽지 하나를 건넸다.

"이기 뭔데?"

"변호사 부르라니까. 끝까지 와이프한테 연락카라데."

"이라면 피곤해지는데? 뭐 잘했다고 가족을 불러 달라 꼬. 갱찰서 시끄럽구로."

강 형사의 볼멘소리에 동료 형사는 어깨를 으쓱하며 옆방으로 돌아갔다. 강 형사는 수정에게 잠시 기다려 달라는 눈짓을 보내고서 쪽지에 적힌 번호를 핸드폰에 두드리며 복도로 나갔다. 수정은 검은 옷차림을 하고 온 것을 후회했다. 범죄와 관련있다는 편견을 심어 주기에 알맞은 모습이었다. 그래서 강 형사가 저렇게 확증편향적인 태도로 나오는 것은 아닐까. 그녀는 모자와 재킷을 벗었다. 손목 위에 네임펜으로 받아 적은 배달지의 주소가 적혀 있었다. 수정은 물티슈를 꺼내 서둘러 범죄의 흔적을 지웠다. 그때 수정의 핸드폰이 울렸다. 모르는 번호였다. 형사 전문 변호사의 전화구나. 수정이 전화를 받았다.

"여보세요?"

"안녕하심니꺼. 여는 부산이고요. 저는 해운대 경찰서 수사2과 지능범죄 수사팀 강두호 경사입니더. 김진호 씨 아내분 되심니꺼."

수정이 형사가 책상 위에 놓고 간 공무원증을 바라봤다. 경사 강두호. 동명이인일 수 있다. 그럴 수 있다. 수정이 방 안을 둘러봤다. 곳곳에 이곳이 해운대임을 알리는 정보들이

널려 있었다. 맞다. 돼지국밥 먹었지.

"너무 놀라지는 마시고요. 남편분께서 대포차 배달을 하다가 현행범으로……."

뭐라고? 옆방에 김진호가 있다고?! 수정이 강두호 형사에게 다시 한번 물었다.

"진짜 형사님 맞으세요?"

"진짜 형사 맞습니다. 보이스 피싱 아이고요."

"저한테 돼지국밥 시켜 준 강두호 형사님 맞으신 거죠?"

"제가 밥을 시켜 드렸습니꺼? 허허. 제가 무신 밥을 시켜 드렸을꼬?"

"그 특돼지국밥."

"특돼지국밥이예?"

수정이 복도로 걸어나와 강두호 형사의 어깨를 툭툭 쳤다. 강두호 형사가 무대에 난입한 관중을 보듯 어리둥절한 얼굴로 수정을 바라봤다.

"그 특돼지국밥. 쟁반에 가져오셨잖아요. 전화받은 정수정인데요. 방금 잡혀 온……."

그제야 강 형사는 현행범으로 붙잡힌 김진호의 아내가 역시 같은 이유로 자신에게 조사를 받고 있는 용의자B 정수정이라는 사실을 깨달았다. 부부는 서로 믿는 존재다. 죄수의 딜레마는 이제 효과가 없다. 반대로 접근하자. 니가 자백하지 않으면 상대가 피해를 입는다. 강 형사는 재빨리 전략을 수정해야만 했다.

"여 좀 잠깐 계이소. 저 없다꼬 도망가고 그라믄 안 됩니다?"

"결백한 사람이 도망을 왜 가요?"

"말이 그렇다 아입니까. 말이. 농담을 다큐로 받아들이시고 그랍니까. 꼭 죄 지은 사람맹키로."

강 형사가 능글능글하게 웃었다. 웃는 얼굴이 더 섬뜩한 강두호 형사였다. 조폭에 어울릴 법한 미소라고 해야 할까.

"내 원래 생활 했다 아입니까."

"생활이 뭔데요?"

"뭐라카노. 조폭 연습생? 조폭 데뷔조? 이라믄 알아듣겠습니까?"

"건달이셨구나!"

"건달은 아이고…… 아무튼 내 우리 와이프 못 만났으면 지금쯤 칼침 스무 번쯤 맞지 않았겠습니까. 우리 와이프 만난 덕에 복싱 시작해갖꼬 전국체전에서 동메달 따서 내 형사 된 거 아입니까."

갑자기 칼침은 뭐고, 전국체전은 무슨 얘긴가. 수정은 뜬

금없이 전개되는 대화를 따라갈 수 없었다. 강두호 형사는 결백을 주장하는 수정에게 남편을 위해서라도 자백을 하라고 부드럽게 다그치는 중이었다. 그게 훌륭한 아내입니다, 라고 수정의 양심(혹은 전두엽 어딘가)을 콕콕 찌르는 중이었다. 그제야 수정이 강두호 형사의 의도를 눈치챘다. 하지만 수정이 이 정도 공격에 넘어가랴. 강 형사는 수정을 과소평가했다.

"아무튼 쪼메만 계이소."

"남편한테 제가 여기 있다고 꼭 말씀해 주세요. 아셨죠?"

수정은 강두호 형사의 죄수의 딜레마 전략에 진호가 넘어가지 않도록 자신이 여기 있음을 알려야 했다. 자신이라는 걸 모르고 진호가 회유라도 당한다면, 괜히 없는 자백을 할지도 모르는 일이다. 강두호 형사는 능글거리는 미소를 지으며 옆방으로 들어갔다.

\\\\\\

잠옷 바람을 한 진호는 온통 진흙투성이였다. 강 형사가 방으로 들어오는 소리에 고개를 푹 숙이고 있던 진호가 머드팩을 한 얼굴을 들었다. 강 형사는 험악한 인상의 형사와 비밀스러운 귓속말을 주고받았다. 진호는 그들이 무슨 이야기를 하나 귀를 쫑긋 세웠지만 워낙 은밀하게 대화가 오갔기에 그 내용을 파악할 수 없었다. 하나 표정으로 보아 매우 중요한 사실을 주고받는 것은 분명했다.

"저기, 와이프한테는 연락됐나요?"

진호가 자신을 잡아 온 험악한 얼굴의 형사에게 묻자, 그가 대답했다.

"와이프를 그렇게 생각하시는 분이 와 대포차 배달을 하고 그랍니까."

깡패라고 오해할 수밖에 없는 '저' 형사가 무서운 속도로 차를 몰아 계속 자신을 쫓아오는 바람에 진호는 해코지를 당할까 싶어 무작정 도망쳤다, 진작에 경찰이라고 밝혔으면 순순히 지시에 따랐을 것이다, 라고 이미 진술했다. 그를 오해한 진호는 차를 버리고 야산으로 도주했고, 깡패 같은 얼굴을 한 '저' 형사는 전력으로 도주하는 진호를 현행범이라고 확신했다.

"아니. 제가 아까도 말씀드렸잖아요. 대포차 배달을 할 뻔했는데 마음을 바꿔먹고. 네. 마음을 바꿔먹고 주인한테 차를 돌려주려고 했다고요."

"근데 왜 도망갔습니까. 사실대로 말씀하시지."

"깡패인 줄 알았다니까요!"

도긴개긴 흉포한 미소를 가진 강두호 형사가 진호 앞에 앉았다. 진호는 남은 희망을 쥐어짜내 강두호 형사에게 물었다.

"와이프하고는 연락됐습니까?"

"연락은 됐는데 말입니다."

진호가 침을 꼴깍 삼켰다. 그는 수정의 반응이 어땠을지 몹시 궁금했다. 강 형사가 보기에는 그런 진호의 모습이 엄마한테 혼이 날까 걱정하는 어린아이의 모습처럼 보였다. 강 형사는 '마음을 바꿔 먹었다'가 아니라 '대포차 배달을 할 뻔했는데'라는 진호의 진술을 집요하게 공략하기로 작심했다.

"왜요, 안 온대요?"

"아니. 오셨구요."

"왔다구요? 벌써?"

"아내분 사랑하시지요?"

"음……. 그렇게 간단한 문제가 아닌데요."

자신과 수정의 이야기를 어디서부터 들려줘야 강두호 형사가 이해를 할 수 있을까. 아무리 요약해도 족히 열두 시간 이상 걸릴 이야기다. 진호는 그렇게까지 오랫동안 여기 있을 생각은 없었다.

"그런데 왜 그런 질문을……. 왜요, 수정이가 뭐라고 해요?"

옳지. 강두호 형사는 진호의 표정에서 그가 겁을 먹고 있다는 것을 알아챘다. 강두호 형사는 아내를 만나고 생활을 하려다가 권투 선수로 전향했던 시절을 떠올렸다. 그 시절 가지고 있던 동물적인 감각이 아직 그의 몸에 남아 있었다. 지금은 복부에 보디 샷을 날릴 순간이다. 복부에 데미지가 누적되면 상대는 자동으로 팔을 내린다. 팔이 내려가는 것을 확인하고 나면 보디 샷을 날리는 척 어깨를 한번 털어 주고 턱에 냅다 라이트를 꽂으면 된다. 그러면 열에 아홉은 쓰러지고 만다.

"아내분도 대포차 배달을 하다가 현행범으로 붙잡히셔서 옆방에 계십니다."

강두호 형사는 거의 표준어로 말했다. 사투리는 어딘가 모르게 정감이 간다. 자신이 진지하다는 것을 알리려면 궁서체의 소리 버전인 표준어(감정이 덜 섞인)가 낫다. 진호가 두 손으로 얼굴을 감쌌다.

"둘 중에 최소한 한 분은 대포차 배달을 했다는 게 저희 판단이고요. 김진호 씨가 혐의를 부정하고 계시잖아요. 그렇다면 아내분께서 유력한 용의자라고 볼 수밖에 없다는 게 저희 결론입니다."

복부에 펀치를 맞은 복서처럼 진호는 고통스러운 얼굴이었다.

"수정이는, 인정했나요?"

강두호 형사는 '수정이는'이라는 네 글자에서 진호가 혐의를 인정하지 않겠다는 뚝심 같은 것이 느껴졌다. 그 말은 자신이 독박을 쓰더라도 자백을 하지 않을 거라는 이야기다. 둘은 신뢰하는 사이다. 그렇지만 아직 상대(용의자B, 수정)가 혐의를 인정했는지는 확신하지 못하고 있다. 강두호 형사는 진호에게 사실대로 대답했다.

"계속 혐의를 부인하고 계시고요."

"아후. 다행이다."

"와요? 와 다행입니까?"

"배달 안 했다고 했다면서요? 걔는 배달을 하면 했지, 했는데 안 했다고 거짓말은 못 하거든요."

"뭐 그건 조사를 해 보면 알 수 있고요. 그런데 두 분 다 콩밥 드실 필요 없잖아요."

"그게 무슨 소립니까."

응용편. 기출 변형. 뭐라고 불러도 좋다. 이들은 부부다. 자백을 해서 이득을 보는 것이 아니라 자백을 안 하면 떠안을 피해가 무엇인지 건드려야 한다고, 강두호 형사는 판단했다.

"아내분하고 남편분하고 계속 혐의를 부정하시는데요. 저희가 받은 첩보도 있고, 특히 여기 남편분(용의자A, 진호)은 도주를 하다가 잡히셨어요. 그죠?"

"그건 저기 형사님이 깡……."

진호는 강 형사 뒤에서 험악한 얼굴을 하고 있는 깡형사 때문에 말을 잇지 못했다. 깡패라고 계속 언급해 봤자 이득될 것이 없었다.

"거기에 양마니라고 그놈이 잡혔고요. 저희 첩보에 의하면 최상덕 씨라고 아시죠? 그분을 좀 더 조사하다가 보면…… 결국엔 뭐 다 밝혀질 거다 이 말입니다. 그러니까 계속 두 분께서 혐의를 부인하시다가는 콩밥을 한 1년 정도는 드시게 될 수도 있다 이 말입니다. 맞지?"

강두호 형사가 깡형사를 뒤돌아보며 말했다.

"여죄가 나오면 콩밥 더 드시고, 더 건강해지시겠네."

깡형사가 빈정거리며 대답했다.

"제가 수정이하고 얘기를 좀 하면 안 될까요?"

"그건 좀 어렵겠는데요. 두 분 다 조사 중이시니까. 그런데요. 한 분이라도 자기가 했다고 자백하시면, 한 분은 바로 집으로 가실 수도 있고요."

 복부에 쌓인 데미지 때문에 가드가 헐거워진 진호의 상태를 파악한 강 형사는 그의 턱에 냅다 펀치를 꽂았다. 부부라면 상대를 보호하기 위해서 자기가 모든 죄를 지었음을 자백하게 될 것이다. 그러므로 생각을 뒤집어야 한다. 강두호 형사는 죄수의 딜레마를 역으로 이용한 자신이 너무나 대견해서 소름이 끼칠 정도였다.

 진호는 상덕의 제안을 거듭 거절했다. 하지만 명의를 바꾸자는 자신의 제안에 수정이 보였던 불신이 진호의 이성을 마비시켰다. 그녀와 다시 합치고 싶었다. 진호는 사랑(혹은 사랑 비슷한)이라는 감정이 변덕스럽다는 것을 잘 알고 있다. 사랑은 사람을 행복하게 만들지만, 사랑을 잃게 될까 두렵게 만들기도 한다. 수정 때문에 행복했고, 수정 때문에 고통스러웠기 때문에 그는 오랫동안 사랑과 고통이 한 쌍이라는 생각에 사로잡혀 있었다. 사랑에서 파생된 고통은 사랑에 맞먹는 힘으로 사람에게 영향을 끼친다. 진호는 무슨 수를 써서라도 차를 되찾아서 수정의 신뢰를 얻고 싶었다. 그래서 마음을 바꿔 배달을 했다. 물론 배달을 하는 도중에 또다시 마음을 바꾼 것도 사실이다. 하지만 이 마음을 강 형사에게 어떻게 증명하겠나. 초범이고 협조적이라면 집행유예를 받을 수도 있지 않을까. 그나저나 수정은 상덕의 지시를 받았나? 자신이 아는 수정은 나쁜 짓은 해도, 나쁜 짓을 하고 거짓말을 하지는 않는다. 진호는 그렇게 믿고 있었다.

"수정이는 어떻게 잡혔어요?"

"순순히 경찰차에 타셨지요. 누구처럼 신발에 흙 묻혀 가면서 잡히지는 않았지요."

깡형사가 도주했던 진호의 상황이 더 안 좋다는 것을 상기시켰다. 상덕과의 연결 고리도 진호가 조금 더 돈독하다. 둘 중 누군가 자유롭게 될 수 있다면 수정이 그렇게 될 확률이 높다. 조사를 받다가 둘 다 교도소에 가는 최악의 경우만은 피해야 한다. 그렇게 되면 차는 누가 찾겠는가. 스토커를 잡았을 때도 수정이 주도했다. 자신은 사이드킥 역할을 했을 뿐이다. 웹툰 연재도 마찬가지다. 그녀의 좋은 아이디어가 있었기에 시작할 수 있었던 일이다. 진호는 모든 것을 내려놓기 전 마지막으로 강두호 형사에게 약속을 받아 내고 싶었다.

"진짜 한 명은 바로 집에 갈 수 있습니까?"

"형사가 그짓말 하면 그기 형삽니꺼."

진호가 하얀 수건을 링 안으로 던져 더 이상 싸울 의사가 없음을 알렸기 때문에 강두호 형사는 다시 사투리를 썼다.

"이제 가셔도 됩니다."

처음 보는 경찰이 수정에게 말했다.

"저 진짜 가요?"

막 전역 신고를 마친 군인이 위병소 앞에 도착해서 물을 법한 말투로, 이대로 부대를 떠나면 탈영 처리 되는 것은 아닌지 걱정스러운 얼굴까지 하고서는 수정이 되물었다.

"확인되셨잖아요? 안 가세요?"

진호가 두 형사들에게 취조를 당하는 사이 신혼부부가 도착했고 수정의 신분이 확인됐다. 함께 차를 추격했던 사람이 맞고, 탈취한 차를 무사히 수원까지 전달했다는 이야기와 함께, 그런 사람이 대포차 배달을 할 마음을 가질 리가 없다고까지 진술했다. 물론 수정은 잠시 그런 마음을 가졌다는 것은 굳이 말하지 않았다.

수정은 용의자B에서 영웅A로 변신해서 경찰서를 나왔다. 하지만 무슨 문제라도 생겼는지 결국 형사 전문 변호사로부터 연락은 오지 않았다. 수정은 경찰서 건물 앞에서 진호를 한참이나 기다렸다. 강두호 형사를 만나게 해 달라고

요구한 것이 벌써 두 시간이 지났고, 돼지국밥은 벌써 소화가 됐는지 허기가 몰려왔다. 그때 벤치에 앉아 있던 수정에게 안경을 쓴 남자가 다가왔다.

"안녕하세요. 도민일보의 임도영 기자라고 하는데요."

기자? 기자가 왜?

"네. 그런데요?"

"대포차 배달부가 잡혔다고 조사 중이라는 이야기를 얼핏 들었거든요."

임도영 기자는 두꺼운 렌즈 너머로 눈을 깜빡이며 말했다. 작고 찢어진 것이 독사의 눈이다.

"네. 그런데요?"

"혹시 아는 것이 있거나 하시면……."

임도영 기자는 아무래도 수정이 대포차 배달부 혹은 최소한 배달부와 관계된 누군가라고 생각을 한 모양이다. 일요일의 한적한 경찰서를 나온 사람 중 어두운 얼굴은 수정뿐이었으므로, 충분히 가능한 짐작이었다. 성가신 일에 휘말릴까 걱정이 된 수정은 서둘러 경찰서를 빠져나왔다.

그녀는 수레바퀴처럼 끝없이 돌고 도는 생각의 굴레에 갇혀 버렸다. 양마니가 정보를 제공하고, 또 다른 누군가가 첩보를 던졌다. 그리고 수정과 진호가 배달을 하려다가 동시에 붙잡혔다. 누가 첩보를 왜 전달한 걸까. 진호가 정말로 대포차 배달을 한 것일까, 아니면 배달을 하려다가 자신처럼 마음을 바꾼 것일까. 자신처럼 마음을 바꿔 먹었다면 왜 자백을 한 것일까. 도대체 왜 대포차 배달을 한 것일까. 차를 찾기 위해서? 그런데 왜 자신에게 차를 찾을 방법이 없다고 말한 것일까? 궁금증의 방에 갇힌 수정은 한 시간이 지나도록 이 방을 탈출할 수 있는 단서를 찾지 못해 끙끙거렸다. 그런데 두어 시간이 지나자 수정의 머릿속에 불길한 가설 하나가 떠올랐다. 수정은 바로 서울로 향하는 고속버스에 몸을 실었다. 자신이 부산에 있어 봤자 진호의 결백을 밝히는 데 전혀 도움이 되지 않을뿐더러 그가 언제 나온다고 장담할 수도 없다. 하지만 서울에는 반드시 해결해야 할 일이 있었다.

9

등산로로 향하는 언덕길은 주말 이른 아침에도 불구하고 등산객으로 북적였다. 수정은 한달음에 언덕을 뛰어올라가 주차장 2층으로 향했다. 그러고는 지체 없이 무지개빌라 전용 주차 구역에 자리를 차지한 상덕의 보라색 차를 향해 질주했다. 공중으로 몸을 띄운 수정이 어설픈 앞차기와 뒤돌려차기로 사이드미러 두 개를 연달아 박살 냈다. 산산이 부서진 사이드미러가 바닥에 뒹굴렀다. 여전히 분이 풀리지 않아 수정은 있는 힘껏 보닛을 내려쳤다. 수정에게 흠씬 두들겨 맞은 차가 참다 참다 결국 울음을 터뜨렸다. 삐 삐 삐 삐 경고음이 귀를 따갑게 울렸다. 지나가던 등산객들이 길가에 멈춰 서서 주차장 쪽을 바라보며 웅성거렸다. 수정은 아랑곳하지 않고 분노를 맘껏 표출했다. 주차장을 향하고 있는 무지개빌라의 창문이 하나둘씩 열렸다. 러닝셔츠 차림에 뻗친 머리를 한 주민들이 주말의 단잠을 방해받은 듯 찌푸린 얼굴로 주차장 방향으로 열쇠를 연신 눌러댔다. 하지만 소리는 멈추지 않았고, 402호의 창문은 열리지 않았다. 하루가 길겠군. 수정은 상덕이 나타날 때까지 그의 보라색 차를 계속 두드려 팰 수밖에 없음을 받아들였다. 이래도 안 나타날 거야? 쾅! 얼른 집에서 나와! 쾅! 부숴 버릴 거야! 쾅!

"그렇게 해서 부셔져요?"

어느새 나타난 상덕이 열쇠를 꺼내 버튼을 꾹 눌렀다. 그러자 고막이 찢어질 것같이 울어대던 보라색 차는 새 기저귀로 갈아입은 아기처럼 울음을 뚝 그쳤다.

"너가 그랬지?"

"응. 내가 경찰에 첩보 넣었어."

"왜 그랬냐."

"테스트."

"테스트으? 테스트으?!"

수정이 어이없는 얼굴로 되묻자 상덕이 어깨를 으쓱했다. 어쩔 수 없었다는 듯.

"양마니가 불었다는 얘기가 있어가지고. 마 사장이 불안해하더라고. 그래서 내가 그럼 테스트 한번 해 보자. 경찰이 어디까지 알고 있나. 그래서 첩보 넣었어."

"그런데도 나한테, 그리고 우리 남편한테 배달하랬어?!!"

"배달 시작하고 연락이 끊겼는데 갑자기 계획이 바뀌어 가지고. 어쩔 수가 없었어. 그렇다고 차를 이렇게 부수면 어떡해. 이게 얼마짜린데."

"그럼 니네 집에 불이라도 질러 줄까?"

"화재보험 들어 놔서 그럼 땡큐인데. 온 김에 불 좀 질러 줄래?"

죽일까. 수정은 상덕이 우 쥬 플리즈 죽여 줄래? 라고 했으면 기꺼이 행동에 옮길 정도의 살의를 느꼈다. 내리막길에 주차한 트럭 뒷바퀴에 괴어 둔 육중한 돌덩이를 빼내 상덕의 정수리에 내려다 꽂고 싶었다. 하지만 자신이 가해자가 되고 상덕이 피해자가 되는 그림은 실리적이지도 않고, 오히려 비非정의적이다. 그에게 가장 소중한 것을 빼앗고 싶었다. 수정이 다시 보라색 차의 보닛을 쿵쿵 내려치자 상덕이 수정의 손목을 낚아챘다. 그는 한 번만 더 건드리면 완력을 쓰겠다는 위협적인 표정으로 한참 동안 그녀를 노려봤다. 그러나 수정은 보란 듯 차를 내려쳤다. 보라색 차가 다시 울음을 터트리기 무섭게 상덕은 수정의 뺨을 짝 갈겼다. 그리고 쿵 하고 수정이 바닥에 쓰러졌다. 통증으로 얼굴이 얼얼했지만, 수정은 벌떡 일어나 미친년처럼 소리를 질렀다.

"어디 한번 해 보자! 미친년하고 미친놈 중에 오늘 누가 웃을까!!"

수정이 다시 차를 내려쳤다. 상덕은 다시 수정의 팔을 낚아채고 그녀의 뺨을 갈기려 오른손을 번쩍 올렸다. 그러자 수정은 상덕이 더 잘 내려칠 수 있도록 얼굴을 가까이 가져갔다.

"그래에! 깽값이라도 받자!! 가 보자고!!!"

수정이 산발한 머리와 광기에 불타는 눈동자로 상덕을 노려봤다. 상덕이 그녀의 목덜미를 움켜쥐었다. 하지만 입술이 터진 탓에 볼에 핏자국까지 번져 그야말로 궁극의 미친년이 된 수정은 오히려 이 상황을 즐기는 모습이었다. 그러자 상덕이 멈칫했다.

"거 여자한테 뭐 하는 겁니까!"

지나가던 등산객들이 상덕을 향해 핸드폰을 들이밀고 있었다.

"가세요, 그냥. 가시라고!"

상덕의 눈깔도 수정의 그것만큼 회까닥 뒤집혔다. 하지만 무지개빌라의 주민들이 상덕의 만행을 목격하고 있었으므로 상덕의 광기는 아직 폭발 직전이었다. 그러나 등산객들에게는 충분히 위협적이었다. 등산객들은 흥미를 잃고 갈 길을 가거나 핸드폰을 도로 넣었다. 그사이 수정은 상덕의 손에 있던 차 열쇠를 낚아챘다. 상덕은 뺏긴 열쇠를 되찾으려 수정과 몸싸움을 벌였다. 끈질기게 버티는 수정에게 상덕은 비기로 숨겨 둔 밭다리후리기를 시전했다. 바닥에 패대기쳐진 수정이 쿵 하는 소리와 함께 대자를 그리며 뻗었다. 그러나 상덕은 완력을 쓸수록 자신이 불리해진다는 걸 알고 있었기에 수정의 진짜 약점을 건드려야 이 싸움을 끝낼 수 있다고 생각했다. 상덕은 그녀의 몸통에 올라타 양팔을 무력하게 만들며 말했다.

"너는 나를 비난할 자격이 없어. 너는 비밀 계정으로 남편 흉이나 보고 다니잖아. 너나 나나 똑같이 김진호한테 유해한 사람이라고."

정곡을 찌른 상덕의 공격에 수정은 와르르 무너졌다.

커다란 쓰레기봉투에 멀쩡한 물건들이 하나둘 쌓여 갔다. 수정은 현관에 놓인 주황색 쓰레기봉투에 앙증맞은 크기의 옷가지, 손가락 세 마디 정도나 될까 싶은 크기의 신발, 베이비모니터 박스와 설명서 따위를 버리고 있었다. 모두 사용감이 없는 새 상품이었다. 수정의 얼굴은 분노로 가득했지만, 눈동자는 텅 빈 잿빛으로 흐리멍덩했다. 수정이 유해 물질이라도 새어 나올까 걱정스러운 얼굴로 주황색 쓰레기봉투의 주둥이를 노란색 박스 테이프로 몇 번이고 붙여댔다. 수정의 동작에 어울리는 이름은 집착이었다.

수정은 창가에서 쓰레기봉투를 가득 실은 트럭이 점점 작아지는 것을 바라보고 있었다. 트럭은 점점 작아져 작은 점이 되었다. 진동 소리가 울렸다. 진호의 문자였다.

미안하지만 오늘도 늦어. 먼저 자.

그런데 말풍선 배치하는 게 이렇게 어려운 거였나?

진호는 요새 웹툰의 연재로 매우 바빴다. 꼬박꼬박 늦는다고 문자를 보내지만, 문제는 늦는다고 말하고서는 집에 들어오지는 않는다는 점이었다.

응. 열심히 해. 몸도 잘 챙기고.

수정이 답장을 보낸 후 몇 달째 거실 구석에 처박혀 있는 드로잉 태블릿이 놓인 책상으로 걸어갔다. 자신의 세 번째 손과 다름없는 태블릿을 쓰다듬자 손가락에 케케묵은 먼지가 묻어 나왔다. 그때 진호의 문자가 또다시 도착했다.

피디랑 이야기 중인데 왜 주인공 캐릭터가 사랑하는 연인의 시간을 뺏는 거지?

시간 감옥에서 탈출시키려고 한 거잖아?

분명 자기가 이야기해 줬을 때는 이해했는데, 정작 그리려니까 감정선이 이해가 안 되네.

진호는 수정의 세세한 지시에도 불구하고 항상 이렇게 어이없는 질문을 해 왔다. 프로듀서의 질문에 답할 재간이 없으니 수정에게 묻고 프로듀서에게는 자신이 스스로 생각해 낸 것처럼 능청스럽게 대답할 것이다. 20대를 모두 바쳐서 얻은 수정의 결과물이다. 그런데 이번이 몇 번째지? 캐릭터를 이해도 못 하고 그림을 그리는 거야? 수정은 심해어처럼 깊은 곳에 잠자고 있던 진호를 향한 수많은 감정들을 끌어올렸다. 그리고 한숨을 크게 내쉬자 진호를 향한 수정의 분노, 답답함, 질투, 증오, 혐오가 쏟아져 나오더니 거실에 차곡차곡 쌓여 갔다.

수정이 태블릿과 연결된 작업용 컴퓨터의 전원을 켰다. 바이러스에 감염될까 인터넷도 연결하지 않고 작업에만 사용한 컴퓨터였다. 'jinho.soojung_0402!'. 와이파이의 비밀번호를 입력하고 인터넷에 접속했다. 계정을 만들라는 화면이 보였다. 수정이 키보드를 두드렸다. "myung100_clear"라는 글자가 화면에 적혔다. 계정 생성을 완료했다는 메시지를 확인한 수정은 연재되고 있는 자신의 (혹은 진호의) 웹툰 페이지를 찾아가 글쓰기 버튼을 눌렀다. 하얀 화면 위의 검은 커서가 산책을 나가자고 조르는 강아지처럼 깜빡였다. 수정이 키보드를 두드렸다.

캐붕 뭐냐. 작가가 캐릭터에 대한 이해도를 국에 말아 먹은 듯.

이야기 전개 안드로메다로 가는 거 보니 마지막화에 모두 꿈이었다로 끝난다.

아무리 신인이라도 너무한 거 아니냐. 콘티 없이 그리나. 가독성 최악이네.

임금님 귀는 당나귀 귀. 김진호는 멍청이. 김진호는 사기꾼. 김진호는 아내 웹툰 훔쳐서 주인 행세나 하는 놈. 그 장면은 그렇게 그리면 안 된다고! 수정은 마음속을 가득 채우고 있으나 말로 뱉지 못해 쿰쿰한 냄새를 풍기며 썩어 가던 감정들을 화면 위로 쏟아 냈다. 그러자 거실을 둥둥 떠다니던 돼지기름 같은 분노, 답답함, 질투, 증오, 혐오 따위의 감정들이 말끔하게 사라졌다. 그러나 수정을 찾아온 쾌락에는 불편함이 섞여 있었다. 임신 때문에 하차한 수정 대신에 남편인 진호가 연재를 마무리하고는 있지만 자신의 아이디어로 만들어진 웹툰에 스스로 악플을 달고 있다는 생각에 이르자 수정은 정신을 차렸다. 악플은 모두 지웠다. 그렇지만 감정을 한바탕 쏟아 내고 나니, 마음이 가벼워졌다. 수정은 이 효능을 포기할 수 없었다. 수정은 트위터에 접속했다. 'myung100_clear'라는 아이디로 수정은 방금 쏟아 냈던 감정들을 또다시 화면 위에 적었다. 비밀 계정으로 하면 된다. 그러면 누구도 볼 수 없으니 피해를 주지 않는다. 그리고 이 불쾌한 감정의 노폐물과 찌꺼기 같은 것들 역시 처리할 수 있다. 그날 이후 수정은 날숨과 함께 딸려 나온 불쾌한 감정들이 거실에 둥둥 떠다닐 때면 자신만의 온라인 동굴을 찾았다. 아무도 모를 거라고 생각했다.

"뭐 그렇게 놀라. 텔레그램 아이디랑 똑같잖아. 명색이 내가 진호 팬클럽 회장인데 그 정도를 모를까."

"니가 공범이라고 신고할 거야!!"

수정이 상덕의 몸통을 마구 때렸다. 자신의 치부를 들킨 탓이리라. 몇 대 맞아 주던 상덕이 퍽 하고 수정의 복부를 내려쳤다. 수정이 컥 하는 신음을 내뱉었다. 만약 영혼이 실재하고 그 무게가 21그램이라고 한다면, 수정은 1그램쯤 영혼이 사라졌을 정도의 고통을 느꼈다. 어찌 되어도 좋다. 영혼을 모두 잃더라도 잃어버린 차는 반드시 찾을 것이니까. 고통에 입을 다문 수정에게 상덕이 훈계하듯 말을 이었다.

"너 그랬다간 평생 차 못 찾아. 어차피 나는 첩보 제공자여서 들어가도 금방 나와. 공적서라는 거 알아? 그리고 나한테 잘해. 그래야 내가 김진호한테 myung100_clear가 정수정이라는 걸 꽁꽁 숨겨 줄 거 아니야. 목 위에 붙어 있다고 다 대가리가 아니야. 생각을 좀 하고 살아."

상덕이 입에서 생각 좀 하고 살라는 말을 듣다니. 꺄꺄꺄꺄. 수정이 까마귀처럼 웃어댔다. 상덕이 그녀를 의아한 눈으로 내려봤다. 꺽꺽꺽꺽꺽. 허세를 부리려는 것이 아니라 수정은 정말로 순수하게 웃음을 터뜨렸다. 요 몇 년 이렇게 웃음이 터지긴 처음이었다.

"미안. 상황이 심각한 건 알겠는데. 니 주둥이에서 생각 좀 하고 살라는 말을 들으니까. 아 빵 터졌네."

"지금까지 뭔 소리를 들은 거야. 너나 나나 김진호한테 암덩이 같은 거라고. 혼자 고결한 척하지 마."

"미친년이 고결한 거 봤어? 반대편 뺨도 때려 주라!! 그래야 예수님 말씀대로 좀 고결해질까!!"

수정이 반대편 뺨을 들이밀었다. 그러자 상덕이 두툼하고 커다란 손을 허공으로 쳐들었다.

"Daddy?!"

익숙한 목소리였다. 상덕이 소리가 나는 쪽으로 고개를

돌렸다. 첫째 딸 하은이 베란다 난간에 매달려 이 광경을 지켜보고 있었다.

"야! 니네 아빠가 어떤 아줌마 때린다!"

그래 아줌마면 어떻고, 할머니면 어떤가.

"What's going on? What's the problem, Daddy?"

한밤중에 잠에서 깬 얼굴로 하은이 두 눈을 끔뻑이며 상덕을 바라보며 재차 물었다. '아빠'라는 소리에 상덕의 모든 회로가 끊겼다. 전원이 꺼진 기계처럼 상덕의 팔다리가 작동을 멈추고 축 늘어졌다. 401호 난간에 매달린 남자아이가 하은을 향해 소리를 질렀다.

"니네 아빠 완전 개새끼다!"

"No! That's not true! He is my hero!"

울먹이는 목소리로 401호 아이에게 대답한 하은이 원망스러운 얼굴로 상덕을 바라보다 베란다에서 모습을 감췄다. 상덕은 수정을 내버려두고 무지개빌라로 황급히 뛰어갔다. 쇼가 끝나자 구경꾼들이 제 갈 길을 갔다. 수정이 바닥에서 일어나 옷에 묻은 먼지를 툴툴 털어 내며 상덕의 보라색 차에 올라탔다. 수정은 룸 미러로 자신의 부푼 뺨을 바라봤다. 사람의 몸은 대부분 시간이 지나면 자연적으로 회복한다. 하지만 잃어버린 차가 자연히 돌아올 리는 없다. 깽값이라고 생각하면 뺨 몇 대 정도쯤 나쁘지 않다고 스스로를 위로하며, 수정은 볼에 묻은 피를 옷소매로 닦았다.

\\\\\\

 강두호 형사에게 자신의 범죄를 자백하고, 진호는 덜 삶은 조개처럼 입을 꾹 닫았다. 수정의 부탁으로 이번엔 황 변호사가 직접 진호를 찾아왔다. 황 변호사는 사실관계를 파악하고, 나갈 방법을 모색해 보겠다고 긍정적인 에너지를 진호에게 전달하려 애썼다. 그러나 진호는 그저 예의상 미소를 지을 뿐이어서 차라리 감옥에 갇히고 싶은 사람처럼 보였다. 황 변호사는 진호의 손에 희망을 쥐여 주고 싶었다.
 "열쇠만 있다면, 감옥은 집이 될 수 있습니다. 김진호 남편분, 우리 희망을 잃지 말아요."
 진호가 비식 웃었다. 자신은 독재에 저항한 것도 아니고, 인권을 위해 투쟁하다가 구치소에 수감된 게 아니다. 막판에 마음을 바꾸기는 했지만, 대포차를 배달하다가 구치소에 수감된 잡범일 뿐이다. 희망이라는 단어는 사치였다.
 "정수정 아내분께서 많이 궁금해하세요. 밥은 잘 먹는지, 잠은 잘 자는지."

물론 밥과 잠은 황 변호사가 멋대로 덧붙인 말이다. 진호는 대답 대신에 '그렇구나' 하는 표정을 짓더니 고개를 끄덕였다. 황 변호사가 말을 이었다.

"실제로 대포차 배달을 한 건지. 했다면 왜 했는지. 안 했다면 왜 자백을 했는지. 여러 가지로요."

수정이 궁금해하는 것은 이거다. 밥과 잠 따위가 아니다. 진호가 꾹 닫고 있던 입을 열었다.

"누구라도 하나는 살아야죠. 안 그래요?"

알쏭달쏭한 대답이었다. 황 변호사는 대포차 배달을 하지 않았지만, 수정을 지키기 위해서 그랬다는 뜻으로 해석했다. 이후 그녀는 "진실은 밝혀집니다." "삶은 아름답습니다" 같이 흔해빠진 기성품 같은 몇 마디를 전하고서 진호에게 서류 하나를 건넸다.

"이거 부탁하신 거. 여기 여기 사인하시면 되고요."

진호가 "협의이혼 신청서"라고 적힌 서류 이곳저곳에 사인을 했다. 황 변호사는 서류를 가방에 넣는 중에도 진호를 위로했다.

"일단 나와서 공정한 재판받고, 행복하게 이혼합시다. 아셨죠?"

구치소를 나온 황 변호사는 수정에게 바로 전화를 걸었다.

황 변호사는 진호의 보석을 신청할 생각이었다. 진호가 교도소에 갇혀 있으면 이혼 절차가 여러모로 불편해질 터였다.

\\\\\\

수정은 상덕의 보라색 마세라티에 택배 상자들을 차곡차곡 싣고 있었다. 상덕에게 맞은 볼은 여전히 복어처럼 부풀어 있었다.

"처음 보는 얼굴이네? 자기는 뭐야? 주식? 코인? 토토?"

배달을 마친 후에 티샷이 있는지 화려한 색상의 골프웨어 차림을 한 50대 후반의 남자가 수정에게 물었다. 하지만 수정은 배달을 갈 생각에 마음이 급했다. 대답 대신에 귀에 이어폰을 끼는 것으로 대화를 나누고 싶지 않다는 의사를 표현했다. 남자가 수정의 부푼 볼을 보고 혼잣말을 했다.

"어떤 호로 새끼가 여자를 때리고…… 말세다. 말세."

자기 멋대로 수정의 사연을 재단한 남자는 피우던 담배를 바닥에 비벼 끄고 택배 상자가 가득 실린 자신의 반짝이는 벤틀리에 오른 후 물류 창고를 떠났다. 새벽의 물류 창고는 새벽 시장만큼이나 바쁘게 돌아갔다. 물류 창고는 A동과 B동으로 나뉘어 있었다. A동 앞에는 흔히 보는 택배차들이 줄지어 서 있었고, 조끼를 입은 정식 택배 기사들이 구슬땀을 흘리며 상하차를 하고 있었다. B동 앞에는 고급 차(거의 외제 차였다.)들이 주욱 늘어서 있었는데, 이곳에선 단기 택배 기사들이 택배 상자를 하나라도 더 싣기 위해서 고군분투했다. 황 변호사에게 진호의 보석금이 필요하다는 연락을 받은 수정은 상덕의 보라색 차를 이용해서 플렉스 배송을 시작했다. 이혼을 하기 위해서 아파트 대출금만 열심히 갚으면 됐던 팔자 좋은 날은 지나갔다. 이제는 어디 있는지도 모를 외제 차의 리스비에 구치소에 있는 진호를 빼내기 위해서 보석금까지 필요해졌다. 수정은 잠을 줄이고, 아르바이트를 늘리는 방법 외에 다른 선택지를 떠올리지 못했다. 결혼을 반대했던 부모님에게 이 사실을 모두 말하고 손을 벌릴 수도 있겠지만 그건 수정의 방법은 아니었다.

덜 자고, 덜 먹고, 더 일했지만 리스비와 보석금 모두를 처리하기에는 턱없이 모자랐다. 아파트 대출금 이자를 연체한다고 하더라도 돈이 모자랐다. 결국 수정은 자신과 진호 사이에 가장 필요 없으면서, 동시에 가장 값어치가 나가는 결혼반지와 예물 시계를 중고 거래 사이트에 올렸다. 하지만 입찰자는 턱없는 가격을 제시했다. 마치 자신과 진호의 결혼 생활의 값어치처럼 느껴졌기에 헐값에 거래를 할 수는 없었다. 그렇지만 수정은 "그녀가 대포차 배달에 가담하게 될까 걱정이 되어 다른 방법이 없었다"고 거짓말했다는 것, "둘 중에 하나라도 밖에 있어야 차를 찾을 수 있다"는 판단에 진호가 전략적으로 자백을 했다는 이야기를 황 변호사로부터 전해 들었다. 진호를 빼내는 것이 우선이다. 진호를 위해 그와 약속한 사랑의 징표를 처리해야 한다는 것을 받아들이기 어려웠다. 하지만 수정은 판매 버튼을 눌렀다.

수정은 신호가 바뀌길 기다리고 있었다. 깜박이는 신호등 불빛을 보면 최면에라도 걸리는 사람처럼 수정의 눈꺼풀이 점점 무거워졌다. 수정이 깜빡 잠이 들고 말았다. 불길한 꿈이었다. 하얗고 듬직한 SUV가 파란불에 휩싸여 타고 있었다. 수정이 고래고래 소리를 질렀지만, 꿈 속은 우주처럼 공기가 없는 세계인지 수정의 고함 소리를 아무도 듣지 못했다. 물론 수정 자신도 고함을 칠 뿐 들을 수는 없었다. 꿈이라는 걸 자각한 수정이 발가락이라도 움직이려 애를 썼지만 허사였다. 그때 뒤에서 빵빵거리는 경적 소리가 들리기 시작했고, 수정의 감각이 서서히 돌아왔다. 신호등에 파란불이 들어온 걸 확인한 수정이 차를 천천히 출발시켰다.

그러나 얼마 가지 못해 수정의 눈꺼풀이 또다시 감겼다. 덜 먹고, 덜 자고, 더 일한 탓일까. 피로가 떼로 몰려왔다. 수정이 액셀을 지그시 밟은 채 스르륵 잠에 빠져들었다. 자율 주행 기능이 없는 보라색 차는 잠든 수정의 지시에 충성스럽게 직진했다. 전방에 신호등이 노란불에서 빨간불로 바뀌어도, 보라색 차는 직진했다. 주인님께서 다 뜻이 있으시겠지. 빨간불이 들어온 사거리를 지나친 수정은 까무룩 잠든 10초도 안 되는 짧은 시간 동안 세 개의 신호를 위반했다. 불행하게도 불법을 저지르는 수정의 현장을 교통경찰이 모두 목격했다.

"저 몇 개나 위반했어요?"

수정이 운전면허증을 건네며 교통경찰에게 물었다.

"가만 보자. 신호 위반에 중앙선 침범에…… 정지선 위반에…… 또 신호 위반에…… 범칙금 고지서 날아갈 거예요. 제때 납부하시고요."

수정의 면허증을 확인하던 교통경찰이 갑자기 눈을 동그랗게 떴다.

"어?!"

"왜요? 무슨 잘못이라도……."

이럴 리가 없는데, 하는 얼굴로 교통경찰이 물었다.

"면허정지 중이신데 운전을 하신 거예요?!"

"네? 저 면허정지 됐어요? 왜요?"

"범칙금도 안 내셨고…… 벌점도 쌓이셨고…… 가만 보자. 둘 넷 여섯 여덟 열 열둘…… 도대체 몇 개야. 열넷 열여섯……"

입 모양으로만 숫자를 세던 경찰이 마침내 소리를 냈다.

"서른여덟 건이네요."

"서른여덟 건요?!!"

그러나 수정은 자신이 서른여덟 차례나 신호 위반을 한 기억이 도무지 떠오르지 않았다.

\\\\\\

진호의 보석이 처리되었다. 현행범이기는 하나, 초범인 점. 직업과 거주지가 일정한 점. 단순히 배달부였다고 가정할 때 증거인멸에 있어서 그다지 영향을 미치지 못할 것이라는 점. 그리고 과거에 스토커를 잡았던 전력이 있었다는 점을 들어 판사는 진호가 자유로운 상태에서 재판을 받을 수 있도록 허락했다.

구치소 문이 열리고, 진호가 터벅터벅 신발을 질질 끌며 걸어 나왔다. 금요일 오전이었다. 가족들이나 친구들이 배웅을 나온 까닭에 구치소 앞은 수능이 치러지는 학교 앞의 풍경과 많이 닮아 있었다. 구치소를 나온 사람들은 곧 한잔 하자는 그들만의 특별한 우정을 나눈 후 뿔뿔히 흩어졌다. 구치소 동기들과 아쉬움이 듬뿍 담긴 인사를 마친 진호가 주위를 두리번거렸다. 구치소에 들어온 사실을 알린 적이 없으니 당연히 자신을 배웅 나올 사람이 있을 리가 없는데도 불구하고, 내심 누군가 자신을 기다려 줬으면 하는 마음이 들었다. 그렇지, 누가 올 리가 없……. 저 멀리 수정이 보였다. 반가웠다. 하지만 곧 어색해졌다. 그리고 불편해졌다. 이혼을 하려는 아내가 구치소 앞을 찾아왔다면 반가운 척을 해야 하나.

"왔어?"

진호가 말을 흘리며 인사했다. '안녕. 반갑다'와 같은 말의 변형. "왔냐." 애정하지만, 괜히 그 사실을 들키는 것이 쑥스러운 사이, 특히 가족 사이에서 자주 사용함. 수정은 대답 대신에 연애편지를 건네는 중학생처럼 두부를 내밀었다. 진호는 콩에서 나는 비린내는 딱 질색이었으나 깨끗한 사람이 되자는 의미로 두부를 먹는다는 사회적 합의를 어기는 것은 지나치게 반사회적이라는 생각이 들어 어쩔 수 없이 두부를 받아 한입 크게 베어 물었다.

"근데 왜 그랬어?"

수정이 우물우물 두부를 씹고 있는 진호에게 물었다. 수정은 진호가 무슨 대답이라도 해 주길 바랐다. 하지만 진호는 입안 가득한 두부를 씹을 뿐 수정의 질문에 대답하지 않았다.

"배달은 왜 한다고 했고, 차 돌려주려고 했던 거라면서 왜 배달했다고 거짓말했어?"

황 변호사의 입으로 전달받긴 했으나, 수정은 진호에게 직접 듣고 싶었다. 어떤 이가 고백을 다른 사람 입으로 듣고 싶겠는가. 쟤가 너 좋아한대, 라는 말보다는 나는 너를 좋아해, 가 훨씬 낫다. 물론 지금은 고백이 아니라 자백에 관한 이야기를 묻는 중이지만. 진호가 두부가 담긴 비닐봉지 속으로 퉤 하고 입안의 두부를 뱉었다. 그러고는 쓰레기통에 봉지째로 버렸다.

"비리다. 역시 두부는 나랑 안 맞다."

진호는 말을 하고 싶지 않을 때는 꼭 저렇게 다른 소리를 한다. 진호는 주차장에 자신의 고물차가 아니라 상덕의 보라색 마세라티가 주차된 것을 보고서 '무슨 일이 있었군' 정도의 표정을 지었다. 분명 많은 일이 일어났고, 그 일이 어떻게 됐는지 궁금한 것이 분명하지만, 호기심을 억제하는 사람이 지을 법한 얼굴이었다. 진호가 수정을 보호하기 위해 거짓 자백을 했던 것이라고 대답한다면 수정 자신도 진호에게 새로운 제안을 할 용의가 있었다. 진호가 구치소에 있는 동안 수정은 진호를 이해하려 애를 썼다. 수정에게 차를 찾을 방법을 얻지 못했다고 한 거짓말을 한 것은 수정이 배달을 할지도 모른다는 걱정 때문이었으며, 경찰에게 자신이 배달부라고 거짓 자백을 한 것은 수정을 감옥에 가지 않게 하려는 희생이었을 것이다. 믿기 어렵고, 믿을 수 없고, 어떤 면에서는 믿어서도 안 되는 희미한 결론이었다. 그래서 수정은 진호에게 직접 대답을 듣고 싶었다. 하지만 그녀는 진호의 속마음이 무엇이었든 간에 그가 보여 준 행동만으로도 그 대답은 충분하다고 여겼다.

"이혼 전에 명의 바꾸면 진짜 아파트 지킬 수 있어?"

수정이 말했다. 진호가 노란색 테이프로 붙여 놓은 사이드미러를 살펴보다 고개를 돌렸다.

"단독 명의로 바꾸면 아파트 지킬 수 있다며."

수정이 재차 물었다. 골똘한 모습으로 잠시 생각에 빠져 있던 진호가 불쑥 물었다.

"설마. 나를 믿어?"

뭐라 대답을 해야 할까 망설이던 수정이 진호에게 되물

었다.

"믿느냐니. 갑자기 그게 무슨 말이야?"

"사람 믿지 마. 믿으면 뒤통수 맞아. 누군가를 믿는다는 행위가 굉장히 그럴듯하지만. 내 인생을 다른 사람의 손에 맡기고서는 그 사람을 믿는다는 식으로 행동하는 건 스스로에게 무책임한 것 같아. 안 그래? 친한 친구라고, 부부라고 완전히 믿으면 안 된다는 소리야. 구치소에서 생각을 해 보니까 나야말로 스스로는 못 믿으면서 남을 믿는 딱 그런 사람이더라고. 그러니까 믿었던 사람에게 속았다고 실망하고, 원망하고, 화를 내고. 엉뚱한데 분풀이하게 되고 그러더라고. 믿었으면 원망을 하지 말던가."

"지금 무슨 말 하는 거야?! 아파트 얘기 하다 말고."

"그러니까 수정이 너도 너만 믿어. 나는 이제 그러기로 했어. 아무리 생각해도 고슴도치끼리는 껴안을수록 고통스럽겠더라고."

진호의 입에서 말이 술술 흘러나왔다. 진호의 말문이 터졌는데 정작 수정은 입을 꾹 닫고 진호의 다음 말을 기다렸다.

"협의이혼 신청서에 사인해서 변호사 줬어. 연락 갈 거야."

"그럼 왜 나한테 배달한다고 말 안 했어?!"

수정의 질문에 진호는 다시 입을 꾹 닫았다. 한참 뜸을 들이던 진호는 수정이 자신을 어떻게 생각했는지 적었던 비밀 계정의 존재를 알고 있다는 사실을 전해야 대화를 마무리할 수 있음을 깨달았다.

"아무튼 내가 웹툰을 빼앗았다고 생각하고 있었다면 미안해."

돌처럼 굳은 채 한참 동안 진호를 바라보던 수정의 눈에서 갑자기 눈물이 흐르기 시작했다. 갑작스러운 수정의 감정 표현에도 불구하고 진호는 전혀 놀라지 않는 얼굴이었다. 흐르는 눈물을 옷소매로 훔치던 수정이 모든 죄를 실토하듯 말했다.

"맞아. 내가 명백클리어^{myung100_clear}야."

진호가 트위터에서 자신을 욕하는 수정의 멘션을 본 것은 1년쯤 전이었다. 주말부부로 지낸 지 1년이 지난 후였고, 이런 삶도 나쁘지만은 않구나 나름 만족하며 (물론 지금은 그게 자기기만에 가까운 긍정적 태도였다는 것을 알고 있지만) 지내던 시기였다. 그러나 작업에 있어서만큼은 진전이 전혀 없던 시기였다. 수정에게 전달받은 배턴을 어찌저찌 결승선까지는 가져가는 데는 성공했지만, 스스로 배턴을 들고 출발선에 서지는 못했다. 더 냉정하게 말하자면 배턴은커녕 경기장 안에 발도 들여놓지 못하는 시기가 벌써 3년이 다 되어 가고 있었다. 웹툰 작가로 화려하게 복귀하고 싶었지만, (그렇게 하는 것이 매우 어려웠으므로) 아이들을 가르치면서 보람을 느끼는 자신을 꾸며 내고, 그 모습에 만족하는 것이 초라한 일상을 화려한 포장지로 꽁꽁 싸매는 것은 아닌가 자각하던 (그리고 애써 무시하던) 시기였다. 이혼을 크게 고민하지 않았던 이유도 마찬가지다. 다들 그렇게 산다. 모든 부부가 완벽할 수는 없다. 서로 안 맞는 부분은 맞춰 가거나, 서로의 방식을 존중해야 한다. 그런 식으로 수정과의 관계도 포장지를 씌워 애써 긍정적으로 해석하고 있었다. 그러다가 수정에게 비밀 계정이 있다는 것을 알게 됐다. 그때는 명백클리어가 수정이라는 것을 확신하지 못했다. 다만 남편과 아내로 지낸 사이에서 누적된 어떤 특정한 감각이 예민하게 발동됐다. 이건 누가 봐도 내 아내의 비아냥거리는 말투가 분명합니다! 내 아내가 나를 욕하고 있는 것이 분명합니다! 그러므로 이 비밀 계정의 주인은 정수정 씨가 분명합니다! 라는 생각이 조금씩 그를 흔들었다. 진호는 비밀 계정의 주인이 수정일 수도 있다는 가능성(혹은 의심)이 쑥쑥 자라자 어김없이 그의 특기를 발휘했다. 포장하기. 덮어 버리기. 애써 부정하기. 뒤로 밀어 두기. 망각의 샘에 빠뜨리기.

보석으로 구치소에서 풀려나던 날 아침에 교도관들이 진호의 소지품을 돌려주었다. 배터리가 조금 남아 있었는지 전원 버튼을 꾹 누르자 전화기가 켜졌다. 학교에는 황 변호사를 통해 오해가 생겨 출근을 하기 어렵다는 상황을 이미 전달한 상태였다. 다행히 학교에서는 "김 선생님을 믿으니 진실이 밝혀질 때까지 얼마든지 기다리겠다"면서 "정리를 잘하라"는 내용의 문자가 와 있었다. 진호가 구치소 건물 밖으로 향하는 복도를 걸을 때 새로운 문자가 도착했다. 보낸이는 상덕이었는데 내용 없이 사진들이 연이어 전송됐다.

'myung100_clear'라는 아이디가 진호를 욕하는 멘션들을 캡처한 사진이었다. 상덕은 뒤이어 그 아이디의 주인이 수정이라는 것을 알게 됐다는 문자를 보내왔다. 새삼 놀랄 일은 아니었다. 어느 정도는 알고 있었으니까. 진호는 답장하지 않았다. 그러자 상덕에게 전화가 걸려 왔다. 고민 끝에 진호는 전화를 받았다. 대포차와 관련된 일이라면 그와 어떻게든 정리를 할 필요가 있었다.

"왜."

"문자 봤지? 정수정 씨가 명백아랫줄클리어였어."

그냥 명백클리어라고 하면 될 것을.

"알고 있어."

"알고 있었어?! 그런데도 같이 살고 있었던 거야?!"

대포차 배달과 관련된 일을 정리하고 싶어서 전화를 받은 것이다. 진호는 자신의 결혼 생활을 비난받고 싶지 않았다. 용건만 간단히. 진호는 본론으로 대화를 이끌었다.

"경찰은 울산에 있을 거라며."

"울산으로 배달을 간 명백아랫줄클리어가 부산으로 차를 가져간 걸 어떡해."

"잠깐만. 그 말은…… 내가 안 잡혔어도 수정이가 잡혔을 거라는 소리잖아?"

"확실한 건 아니었지만. 그나저나 우리나라 경찰 일 참 잘해? 그치? 그나저나 정수정 씨……."

진호가 전화를 끊었다. 상덕의 입에서 수정의 이름이 언급되는 것이 혐오스러웠다. 상덕이 다시 전화를 걸어왔다. 진호는 거절 버튼을 눌러 상덕과 대화할 용의가 없음을 알렸다. 그러나 상덕이 집요하게 매달렸다. 한때는 상덕이 진호의 전화를 피했으나 지금은 그 반대가 됐다. 연이어 거절당한 상덕은 myung100_clear에게 울산으로 대포차 배달을 지시하는 캡처 화면을 전달하고는 이어 문자 하나를 보냈다.

내가 자수해서 경찰에 다 말하면 어떻게 될까?

진호는 강두호 형사가 자신을 범인으로 확신하며, 어떻게 잡을 수 있었는지 설명했던 순간이 떠올랐다.

ㅡ양마니가 분명 부산이라캤거든요. 그래가 딱 잠복하고 있는데, 대포차가 울산으로 간다꼬 갑자기 첩보가 들어온 거 아니겠습니꺼. 사람도 없고 어째야 되노 하는데. 아이다. 이건 혼선을 주는 기다. 감이 팍 왔다 아입니까.

진호가 전화기의 전원을 꺼 버렸다. 구치소 문을 열고 나가자 수정이 기다리고 있었다. 진호는 상덕의 보라색 마세라티를 보고, 수정이 상덕의 차를 강탈했음을 바로 알아차렸다. 정수정답다. 그래서 차를 돌려달라고 수정의 치부를 드러내며 자신을 공격하는 것인가. 최상덕답다. 상덕이 자수를 해서 경찰에 다 말한다는 내용을 보니, 진호가 대포차 배달에 실패해서 받을 불이익 같은 것은 없어 보였다. 또한 수정에게 차를 빼앗긴 상태에서는 상덕이 경찰에 자수를 한다고 해서 얻을 것이 없다. 차를 되찾으려고 대포차 배달을 했던 상덕이 아닌가. 차를 되찾기 전까지는 경찰에 자수하지 못할 것이다. 애초에 자수를 할 생각도 없었을 것이다. 진호는 상덕의 협박을 무시해도 좋다는 결론에 이르렀다. 다만 직접 수정을 공격하지 않고 자신에게 이런 연락을 하는 것을 이해할 수 없었다. 수정과 텔레그램을 주고받았다면 직접 연락할 수도 있었을 텐데. 진호와 수정의 사이를 갈라놓고 싶었던 것일까. 수정과 진호가 이혼을 앞둔 것을 알고 있었더라면 이런 공격이 무의미하다는 것을 알 수 있었을 텐데. 사이좋은 부부인척 연기한 것 때문에 착각을 한 것일까. 수정이 몰래 자신을 욕하고 있었다는 것을 짐작은 했다. 하지만 부정했다. 수정이 맞지만 아니길 바라는 마음으로 차곡차곡 쌓았던 부정의 댐이다. 하지만 상덕의 망치질 한 방에 균열투성이였던 댐이 무너졌다. 진호의 마음에 통증이 몰려왔다. 진호는 깊은 곳에 묻어 뒀던 절망감을 꺼낼 수밖에 없었다. 절망감의 뿌리를 뽑자 깨달음이 줄줄이 딸려 나와 그를 각성시켰다. 이 관계는 회복되지 않는다. 잠시나마 관계를 회복할 수 있다는 헛된 희망을 품었던 스스로가 한심했다. 이제 현실을 마주하고, 스스로를 속이는 행동을 멈춰야 한다. 수정과 자신은 서로를 껴안을수록 뾰족한 가시로 서로를 찌를 수밖에 없는 고슴도치 두 마리다. 진호는 그녀와의 관계가 실패로 끝났다는 것을 인정하고 깔끔하게 헤어져야 할 시간이 다가왔음을 받아들였다. 그러기 위해서는 잃어버린 차를 반드시 찾아야만 했다. 그러나 도무지 방법은 떠오르지 않았다.

수정과 진호는 집에 오자마자 각자의 방으로 들어갔다. 각자의 방문에 달린 도어록이 잇달아 철컥철컥 문을 걸어 잠갔다.

변호사를 통해 협의이혼 신청서도 이미 제출한 상태다. 그렇게라도 자신을 몰아세우지 않으면 호기롭게 이혼을 하려던 다짐은 사라지고, 수정과 다시 잘해 볼까? 명의를 이전하자고 할까? 바람 빠진 풍선처럼 초라하게 쪼그라든 자신과 다시 마주하게 될 것만 같았다. 진호는 상덕에게 느낀 배신감이 근본적으로는 상덕의 문제가 아니라는 것을 깨달았다. 수정과 이혼을 하는 것 역시 본질적으로 그녀에게만 문제가 있는 것이 아니었다. 자신이 믿고 의지하기로 결정한 단 두 사람을 떠나게 만든 원인은 나 자신에게 있는 것은 아니었을까. 구치소에서 나온 직후 진호는 자신을 향한 의심에 사로잡혔다.

진호는 뜬눈으로 토요일 밤을 보냈다. 일요일 점심이 다 되도록 차를 찾을 수 있는 방법은 단 하나도 떠오르지 않았다. 그때 진호의 핸드폰이 몸을 부르르 떨었다. 진호는 내팽개쳐 둔 핸드폰의 진동 소리를 쫓았다. 윙윙 징징. 진호가 방 구석에서 외롭게 회전하고 있는 핸드폰을 발견했다. 구조 신호를 보내던 전화기는 진호가 자신을 발견하자 진동을 멈췄다. 진호가 전화기를 살폈다. 부재중 전화 7통. 모르는 번호다. 집요한 것을 보니 최상덕의 새로운 번호인가. 그때 같은 번호로 전화가 걸려 왔다. 경찰인가. 경찰의 전화라면 결백를 관철시키기 위해서라도 받아야 한다. 진호가 서둘러 전화를 받았다.

"아니, 왜 이렇게 전화를 안 받아?"

상대가 대뜸 친근함을 드러냈다.

"누구세요?"

"나 왕삼촌이야. 양마니 같이 잡으러 다녔던."

"아, 왕삼촌. 잘 지내셨어요? 차는 잘 찾고 계세요?"

"항상 똑같지. 지금도 의뢰인하고 현장으로 이동 중이야."

옳거니. 왕삼촌에게 차를 찾아 달라고 의뢰를 해 볼까?

"안 그래도 제가 전화 한번 드릴까 했는데."

"미안한데 내가 운전 중이라서. 내 용건부터 말해도 될까?"

왕삼촌은 새로운 의뢰인(차 사장의 다른 피해자)의 부탁을 받아 차 사장의 사무실을 방문했고, 거기서 수정의 이름이 적힌 우편물 몇 개를 발견했다면서, 그걸 좀 전해 주겠다고 강화도로 넘어가는 길에 김포에 잠시 들르겠다고 했다.

멀리서 도베르만처럼 늠름한 모습으로 검은색 픽업트럭이 다가왔다. 추리닝 차림으로 단지 앞을 서성이던 진호 앞에 차가 멈춰 섰다. 왕삼촌이 창문을 내려 까무잡잡한 얼굴과 대비되는 하얀 이빨을 드러내며 미소를 지었다.
"어떻게, 자기들은 진전이 좀 있어?"
"그래서 말인데 차 좀 찾아 주실 수 있으세요?"
"아이고, 어쩌나. 내가 연말까지 예약이 꽉 찼는데?"
실망스러운 표정을 짓는 진호에게 왕삼촌이 두툼한 서류 봉투를 던졌다. 진호가 엉겁결에 누런 봉투를 양손으로 받았다.
"아까 말한 그 우편물."
"뭐가 이렇게 많아요?"
"세다 말았는데 한 마흔 장 되는 거 같더라고."
그때 뒷좌석에서 부루퉁한 목소리가 들렸다.
"아이고. 수다 떨다 날 새겠네!"
뒷좌석에는 등산복 차림의 중년 여성과 야구 모자를 푹 눌러쓴 30대 초반의 남자가 뾰로통한 표정으로 왕삼촌을 바라보고 있었다. 둘은 모자母子 관계처럼 보였는데 당당한 얼굴의 여성과는 달리, 아들로 보이는 남자는 죄지은 사람처럼 얼굴에 근심이 가득했다. 사기를 당한 아들과 왕삼촌을 고용한 엄마 정도가 아닐까, 진호는 습관처럼 가설을 세웠다.

"여사님, 아드님, 여기도 피해자인데······."

그러나 여사님은 피해자들끼리 인사를 나누는 것을 원치 않았다. 그녀는 왕삼촌에게 그들의 목적을 상기시켰다.

"저기요, 왕삼촌. 저희 차 찾으러 안 갈 거예요?"

"내가 자기하고 대포 한 잔이라도 나누고 싶은데 보시다시피 여기 의뢰인들하고 강화도로 넘어가던 길이라서 말이야. 아무튼 파이팅하시고!"

의뢰인의 재촉에 불끈 쥔 주먹으로 진호를 서둘러 격려한 왕삼촌이 황급히 차를 출발시켰다.

배를 뒤집은 어항 속의 금붕어처럼 수정은 침대에 누워 천장을 바라보고 있었다. 차를 찾을 방법을 헤아려 보지만 이내 그것들이 무용함을 깨닫는다. 울분을 떨쳐 내려 소리라도 지르고 싶었으나 금붕어마냥 끔뻑댈 수밖에. 그때 진호의 비명 소리가 들렸다.

"아아아아악!!"

수정이 깜짝 놀란 얼굴을 하고서는 거실로 뛰쳐나왔다.

"으으으으윽!!"

진호가 괴성을 지르며 종이 뭉텅이를 바닥에 내동댕이치고 있었다. 진호의 괴성은 시간이 흐르며 흐느낌으로 변했는데 정확하게 무슨 말을 하는지 파악할 수는 없었지만 그가 절망했다는 것쯤은 확실히 알 수 있었다. 수정은 우두커니 복도 끝에 서서 진호의 살풀이를 바라보고 있었다. 진호가 괴로워하는 모습을 보는 것은 유쾌하지 않았다. 하지만 미친놈이 되기 직전의 진호를 그대로 두고 방 안으로 들어갈 수는 없었다. 그를 위로할 수는 없어도 함께 있는 것은 가능했다.

"아아아아아아으으으으으거거거거거걱!"

진호는 유언과도 같은 마지막 외침 이후 바닥에 풀썩 쓰러졌다. 수정이 그에게 천천히 다가갔다. 무릎을 꿇고 바닥에 머리를 처박은 진호의 모습은 기도를 올리는 사람처럼 보였다. 진호는 꼼짝도 않고, 아무런 소리도 내지 않은 채 한참을 그대로 있었다. 수정이 그가 낙엽처럼 던져댔던, 그래서 바닥에 여기저기 흐트러져 있는 종이 하나를 집어 들었다. 범칙금 고지서였다. 어딨는지도 모르는 자신들의 차가 과속을 했으므로 범칙금을 내라는 것이다. 서재로 돌아온 진호는 누런 봉투 속에 있는 우편물이 서른여덟 장의 범칙금 고지서라는 사실을 알게 됐다. 서른여덟 개의 벌금을 내야 한다는 사실에 진호는 절망한 것일까. 하지만 이상하게도 과속 범칙금 고지서를 받아 든 수정의 가슴에는 기쁨이 찾아왔다. 그리고 수정의 기쁨은 새로운 범칙금 고지서를 확인할수록 차곡차곡 충만함으로 바뀌었다. 바닥에 놓인 고지서가 두둥실 공중으로 떠올랐다. 힘차게 솟구친 과속, 신호 위반, 정지선 위반, 불법 유턴, 불법 주차 등 다양한 종류의 고지서들이 공중에서 오와 열을 맞췄다. 수정은 교통법규를 위반한 장소가 찍힌 고지서의 사진들 속에서 실마리를 찾을 수 있었다. 유레카! 그것이 수정이 충만함을 느낀 이유였다.

"찾았다!"

수정이 허공에 외쳤다. 진호는 절망감에 가득 찬 얼굴로 그녀를 올려다봤다. 한 손에 고지서를 들고 있는 수정이 아무도 없는 현관문을 바라보며 충만한 미소를 짓고 있었다. 그녀가 차를 찾을 수 있는 방법을 제시하기 전까지 진호는 수정이 미쳤거나 귀신을 봤거나 둘 중 하나라고 생각했다.

거실을 차지하던 커다란 소파를 한쪽으로 치운 수정과 진호의 온몸은 땀으로 범벅이 됐다. 벽에 걸린 액자마저 치우고 나니 거실 벽은 커다란 칠판이 되었다. 수정은 교통법규를 위반한 시간순으로 고지서를 벽에 붙였고, 진호는 문구점에서 사 온 커다란 전국지도 위에 범칙금이 발생한 장소에 해당하는 위치를 찾아 빨간 핀을 꽂았다. 바닥의 고지서가 모두 벽으로 옮겨졌다. 진호가 마지막 빨간 핀을 붙였을 때, 두 사람은 잃어버린 자신들의 차를 불법적으로 점유하고 있는 아무개씨가 자주 이용하는 도로가 어디에 있는지 추적할 수 있었다. 명사수의 과녁처럼 빨간 핀이 한곳에 집중적으로 꽂혀 있었기 때문이었다.

10

둘은 과속을 한 사거리부터 찾았다. 그다음엔 불법 주차를 한 어린이구역에 머물렀고, 마지막으로는 중앙선 침범과 불법 유턴을 한 곳을 둘러봤다. 진호가 운전을 하는 사이 수정은 법규를 위반한 장소 간 이동 시간과 동선을 꼼꼼히 기록했다. 조금씩 동선에 변화를 주면서 지도를 만들어 가다 보면 언젠가 아무개씨와 마주칠 수도 있다는 것이 그들의 계획이자 기대였다. (그렇게 되길 바라지는 않지만) 상덕의 마세라티를 끌고 왔으므로 추격전이 벌어지더라도 자신이 있었다. 그러나 일요일 저녁이 다 되도록 듬직한 덩치를 가진 그들의 차는 나타나지 않았다. 하는 수 없이 둘은 지평선이 끝없이 이어지는 황량한 사거리로 돌아와야 했다. 하늘이 제비꽃 같은 보라빛에서 진달래와 비슷한 분홍빛으로 변해 가고 있었다. 둘은 다음 주를 기약했다.

다음 주가 됐다. 둘은 각 장소마다 설정된 시간에 30분씩 머물렀다. 좋은 꿈을 꿨다든지, 왠지 모르게 감이 좋다든지 하는 이유로 수정이 5분만 더 있어 보자고 해도 진호는 정확한 시간에 움직여야 한다고 주장했다. 시계가 30분이 지났다는 알람을 울리면 진호는 야박하다 싶을 정도로 곧장 시동을 걸었고, 수정은 순순히 안전벨트를 맸다. 보통은 진호가 감각에 의존하고, 수정이 이성에 집중한다. 주말의 피크닉은 그들을 바꿔 놓았다. 그러나 진호의 메트로놈 잠복 스타일도 별 소득은 없었다.

다음 주는 그다음 주가 됐다. 진호는 이제 시계의 알람 소리가 울리기도 전에 시동을 걸 정도로 잠복의 리듬감에 익숙해졌다. 하지만 차는 나타나지 않았고, 거듭된 실패에 수정은 잠복 시스템에 변화를 주어야겠다는 결론을 내렸다.

그다음 주는 또 다음 주가 됐다. 이번엔 수정이 다용도실에 처박아 뒀던 접이식 자전거를 챙겨 와 진호와 떨어지기로 했다. 한곳에 두 사람이 있는 것은 비효율적이라는 판단 때문이었다. 초소를 지키는 경계병처럼 둘은 시간대를 정해 장소를 순환하며 자리를 지켰다. 사람이 지키지 못하는 장소에는 인터넷에서 구입한 블랙박스를 휴대용 배터리에 연결해서 장시간 촬영을 할 수 있도록 만들어 두었다. 녹화된 영상에 자신들의 차가 나타난다면 그 장소를 중심으로 잠복을 하면 될 터였다. 그러나 모두 허사였다.

또 다음 주는 다다음 주가 됐다. 수정의 치밀한 전술 설정과 진호의 이행 능력에도 불구하고 차는 나타나지 않았다. 진호는 과속을 한 사거리에서 수정을 기다리고 있었다. 그러나 약속한 시간이 지나 땅거미가 내릴 때까지 수정은 나타나지 않았다. 몇 주째 맛보는 열패감에 날카롭던 수정의 기세는 조금씩 꺾여 갔다. 그녀는 접이식 자전거 옆에 쪼그려 앉은 채 매서운 눈빛으로 잠복 중이었다. 꼼짝 않고 있는 그녀의 모습이 마치 초식동물이 이동하는 수풀 뒤에서 웅크리고 있는 배고픈 육식동물과 참 닮았다고, 진호는 생각했다. 진호가 수정의 옆에 차를 세웠다. 진호가 온 것을 알아차린 수정이 고개를 들었다.

"슬슬 올라갈까."

진호가 말했다. 하지만 수정은 놀이동산을 떠나고 싶지 않은 아이처럼 미련이 잔뜩 남은 눈빛이었다. 진호가 수정을 타일렀다.

"우리 내일 법원 가서 이혼 조정 해야 돼. 그리고 이혼 전에 아파트도 정리해야 하고. 할 일이 많다고. 일단 오늘은 그만 올라가자."

진호가 둘이 처한 상황을 설명하자, 수정이 몸을 일으켰다. 그러고는 자전거를 접어 트렁크에 싣고는 조수석에 올라탔다.

가로등 하나 없는 어두운 국도를 달리는 동안 둘 사이에 어떠한 대화도 오가지 않았다. 수정은 정면을 가득 채운 어둠이 마치 자신에게 다가올 미래처럼 느껴졌다. 숨이 턱 막히는 답답함에 수정은 창문을 열었다. 걸죽한 엔진 소리와 바닥을 두드리는 타이어의 마찰음이 반복적으로 들렸다. 진호가 라디오를 켜자 재즈 음악이 흘러나왔고, 진호는 자신도 모르는 사이 재즈에 어울리는 리듬과 속도로 차를 몰고 있었다. 이혼을 하러 간다는 것만 뺀다면 흡족한 주말여행을 마치고 집으로 돌아가는 평범한 부부의 모습과 별반 다르지 않게 보이리라. 쭉 뻗은 국도를 지나자 길이 구불구불해졌다. 헤드라이트와 달빛에만 의지한 채 구불거리는 길을 달리고 있었다. 재즈 음악의 느긋함에 불청객이 끼어들었다. 커다란 음악 소리가 멀리서 들려오기 시작했다. 희미하게 들리던 소리는 구불구불 굽어졌다가 어느 순간 명쾌하게 들렸다가를 반복했는데, 둥둥둥둥 하는 베이스 기타의 저음이 둘의 귀에 유독 또렷하게 들렸다.

"베이스 기타 소리 아닌가?"

"베이스 맞는데? 심장을 때리는 게."

수정의 혼잣말에 진호가 화응했다. 어둠을 밝히는 불빛이 멀리서 점점 다가오는 것이 보였다. 불빛이 점점 커지면서 음악 소리가 조금씩 높아졌다.

"헤비메탈인가?"

"데스메탈인 거 같은데?"

도청 중인 형사처럼 귀에 온 감각을 집중시켰던 수정이 진호의 혼잣말에 대답했다. 콩만 했던 불빛은 어느새 사과만 한 크기가 됐다. 음악 소리도 그만큼 커졌기에 헤비메탈처럼 들리던 음악은 데스메탈이라는 것이 확실해졌다. 창문 밖으로 삐져나온 기괴한 보컬의 목소리가 진호와 수정에게까지 전달되자 둘은 동시에 양마니를 추격할 때 들었던 EDM 음악을 떠올렸다. 진호가 가늘게 눈을 떴다. 해병대 주인공으로 웹툰을 구상하면서 배운 지식이다. (믿거나 말거나) 눈을 가늘게 뜨면 순간적으로 망원렌즈의 효과를 볼 수 있다. 아주 잠깐이었지만 순간 차가 수박만 해졌다. 진호는 그토록 애가 타게 찾던 자기들의 차와 인상착의가 일치하는, 하얗고 듬직한 체구를 가진 사모예드를 닮은 외제 차라는 것을 확실하게 알 수 있었다.

"번호판 보여??!"

수정이 다급한 목소리로 물었다. 하지만 차의 헤드라이트가 지나치게 밝아 번호판이 보이지 않았다.

"안 보여! 근데 듬직하고, 커다랗고, 하얀 차야!!"

확신에 찬 목소리로 진호가 대답했다. 일요일 저녁을 금요일 밤의 텐션으로 바꾼 데스메탈을 튼 차가 점점 둘을 향해 다가왔다. 호박만 해진 차는 실제 크기만큼 덩치를 불리더니, 엄청난 속도로 둘을 지나쳐 멀어졌다. 멀어지는 차를 실눈으로 바라보던 수정이 눈을 크게 뜨며 외쳤다.

"차 돌려!!"

헤비메탈 소리는 도로의 모양에 따라 구부러지고 곧게 뻗었다가 위아래로 출렁였다. 수정과 진호는 헤비메탈 소리를 쫓아 인적 하나 없는 도로를 달리고 있었다.

"너무 가까이 가지는 마. 대포차 모는 사람이라면 의심이 많을 거야."

수정의 지시에 진호는 적당한 거리를 유지했다. 하지만

코앞의 풍경 외에는 어떤 것도 보이지 않는 칠흑 같은 어둠 속에서 헤드라이트에만 의지해 거리를 유지하는 일은 만만치 않았다. 저 멀리서 들려오는 데스메탈 소리와 브레이크를 밟을 때마다 점멸하는 두 개의 작은 불빛을 북극성 삼아 차를 모는 수밖에 없었다. 멀어지던 데스메탈 소리가 조금씩 가까워졌다. 소리가 다가오는 속도가 진호가 운전하는 속도계만큼이나 빨라졌다. 앞서 가던 차가 정차한 것이다. 수정이 언덕을 향해 실눈을 뜨자 과연 편의점 앞에 멈춰 있는 하얀 SUV 자동차의 실루엣이 보였다.

"속도 좀 줄이자."

진호가 차의 속력을 늦춰 편의점 앞에 정차한 차로 천천히 다가갔다.

"그다음엔?"

"일단 뒤에 세우자."

진호는 하얀 SUV와 간격을 두고 차를 세웠다. 번호판을 확인하기에는 다소 먼 거리였다. 수정과 진호는 동시에 실눈을 떴다. 둘의 눈에 확대된 번호판이 보였다. 4563번이었다.

"차 번호 맞지?"

제발 맞다고 해 달라고 애원하듯이 진호가 말했다. 수정이 주섬주섬 가방을 뒤져 뭔가를 꺼냈다. 범칙금 고지서였다. 고지서에 첨부된 사진 속 사모예드를 닮은 하얀 SUV는 4563 번호판을 달고 있었다.

"4563 맞아."

프러포즈라도 받은 사람처럼 감동한 얼굴로 수정이 대답했다. 드디어 잃어버린 차를 찾았다! 마침내 그녀의 저주는 끝이 났다. 볼에 심술을 가득 채운 개구리의 모습은 이제 사라지고, 수정은 그토록 원했던 인간의 모습으로 돌아갈 생각에 그만 숨이 멎을 지경이었다.

"4563 맞다고?"

"진짜 4563 맞다고."

재차 확인을 요구한 진호에게 수정은 고지서를 건네며 대답했다. 범칙금 고지서를 보던 진호가 와락 수정을 껴안았다. 숨이 턱 하고 막혔다. 두 마리 고슴도치 같다는 진호의 말은 반은 맞고, 반은 틀렸다. 우리는 서로를 찌르는 동시에 서로의 숨통을 옥죄고 있었다, 고 수정은 생각했다.

"쫌……."

진호의 지나친 신체 접촉에 수정이 난색을 표하며 그를 슬그머니 밀쳐 냈다. 진호는 민망한 기색도 없이 차를 찾았다는 기쁨을 만끽했다. 하지만 수정은 아직 기뻐하기엔 이르다고 판단했다. 가장 중요한 일이 남아 있었다.

"이제 어떻게 할까."

범칙금 고지서를 도로 넣으며 수정이 말했다.

"뭘?"

"차!"

"아!"

"경찰에 신고할까?"

"잠깐만."

"왜?"

"우리 얼마 전에 대포차 배달하다가 경찰서 다녀왔잖아. 나는 자백까지 했다가 진술을 번복했고. 구치소에서 나온 지는 얼마 안 됐고, 심지어 우리 최상덕 차에 있어."

"그래서?"

"형사들한테 진심이나 의도를 증명할 수 있었어?"

그제야 수정은 진호의 말뜻을 이해했다. 재판 중인 진호가 대포차 운전수와 휘말리는 일은 이후 재판에 중대한 영향을 끼칠 수도 있다. 그러므로 경찰에는 연락할 수 없다. 그런 뜻이리라.

"구 형사가 그러는데, 차를 찾았다고 해도 금액을 지불하고 누군가가 그 차를 점유하고 있다면 그게 대포차라도 해도 돌려받는 데 한참이 걸릴 수도 있대. 아예 못 받을 수도 있고."

"법이 뭐 그래?"

"하여튼 법이 그렇대."

"그래서 도대체 무슨 소리가 하고 싶은 건데?"

"경찰은 안 불렀으면 좋겠다고. 뭐 그렇다는, 뭐 그런 말을 하고 싶었다고."

무리한 부탁을 하는 사람처럼 진호는 난처한 얼굴을 하며 어렵사리 대답했다.

"그럼 그냥 끌고 가자. 운전수한테 가서 누구한테 차를 구하셨는지는 모르겠지만 이 차 우리 차라서 돌려주셔야겠다고 하자. 됐지?"

수정이 다소 과격한 해결책을 내놓았다.

"순순히 차를 양보할까?"

"그럼 나보고 어쩌라고!"

그때 차의 시동이 꺼지고 덩치가 산만 한 남자가 차에서 내렸다. 족히 2미터는 되어 보였다. 차를 순순히 양보할 리 없는 위험한 관상의 남자였다. 거구는 차에서 내리자마자 담배를 입에 물고는, 경적을 과격하게 울려댔다. 빵빠빠 빵빵! (축구 응원을 하고 싶어지는 리듬이었다.) 그러자 편의점 옆 허름한 건물의 2층 창문이 노란 불빛으로 밝아졌다. 창가에 남자 하나가 나타나더니 거구의 남자와 눈인사를 주고받았다. 남자가 창가에서 사라지고 10초 정도나 지났을까. 노란 불빛이 꺼졌고, 쿵쿵. 쿵쿵쿵쿵. 쿵쿵쿵쿵쿵쿵. 발소리가 계단 쪽에서 들려오기 시작했다. 수정과 진호는 거구에서 2층남으로, 2층남에서 건물 안쪽에서 들려오는 발소리로 눈동자를 옮겼다. 계단에 도달한 둘의 시선에 워커 두 개. 네 개. 아니 여섯 개가 보였다. 거구에 전혀 밀리지 않는 덩치를 가진 장정 셋이 계단을 내려왔다. 비니를 쓰거나, 문신을 했거나, 수염을 길렀거나 하는 식으로 각자의 개성을 드러냈지만 모아이 석상 같은 얼굴을 하고 있어 누가 봐도 한패로 보였다. 차 주변으로 몰려든 모아이 셋과 거구는 담배를 나눠 태웠다.

"그냥 경찰에 신고할까."

수정이 제안했다. 장정 넷과 일반인 둘. 힘의 불균형이 역력한 두 집단이 완력을 사용한다면 결과는 불 보듯 뻔했다.

"경찰은 무슨. 나도 너만큼이나 간절한 사람이야."

"그럼 내가 가서 말하고 와?"

"니가? 왜?"

"내 명의로 된 차잖아. 미인계라도 쓰면 혹시 알아? 차 돌려줄지?"

응축된 긴장감을 덜어 내려 수정이 농담을 던졌다. 하지만 진호는 농담을 받을 여유가 없었다.

"너무 위험해."

위험해? 설마.

"풉. 지금 나 걱정하는 거야?"

수정이 초승달처럼 눈이 휘어지도록 웃음을 터뜨렸다.

"됐다. 말을 말자."

"정신 차려. 나 걱정할 시간에 저 차 찾을 방법이나 생각하자. 심지어 우리 내일 이혼하러 가."

"아, 맞다. 우리 내일 이혼하러 가지?"

"그래. 그러니까 걱정 그런 거 할 필요 없다고."

진호는 수정을 걱정했다는 사실에 자존심이 상했다. 하지만 그 감정이 과거에 머물러 있는 구태의연한 찌꺼기일지, 회복된 진심일지 알 수 없어 혼란스러웠다. 담배 꽁초를 바닥에 버린 모아이와 거구가 두 번째 담배에 불을 붙였다.

"아. 저 새끼들 또 담배 피네."

진호가 볼멘소리를 했다. 그 와중에도 거구는 연신 키의 버튼을 눌렀다. 삐빅, 턱. 삐비빅, 털컥. 문이 열리고 닫히기를 반복했다. 강박증이라도 있는 걸까? 거친 모습을 하고 있었지만 속은 순두부처럼 여린 사람일까. 긴장했나. 불안함을 느끼나. 안전에 강박증이 있나. 혹시 지명수배를 당해 도주 중인 범죄자일까. 수정이 여러 시나리오를 떠올렸지만 현재로서 확실한 것은, 저쪽은 장정 넷, 이쪽은 (자신들의 차임에도 불구하고 어떻게 하면 차를 돌려받을 수 있는지 고민하는) 어리숙한 둘이었다. 두 번째 담배 꽁초를 바닥에 버리고, 세 번째 담배에 불을 붙인 거구가 뒤편에 갑자기 나타난 보라색 차를 발견했다. 진호가 그림자가 드리운 곳에 충분한 거리를 두고 주차를 한다고 했으나, 새부리처럼 튀어나온 보닛이 편의점에서 흘러나온 불빛의 끄트머리에 닿아 반짝였다. 거구가 의심스러운 눈초리로 보라색 차를 노려봤다. 수정과 진호는 누가 먼저랄 것도 없이 동시에, 그리고 잽싸게 의자를 뒤로 눕혔다.

'눈 마주쳤나?'

'들켰을까?'

'이렇게 행동하는 게 더 의심스럽지 않아?'

'그런데 우리가 차 주인인데 왜 이렇고 있는 거지?'

둘은 눈동자로 대화를 나눴다. 머릿속이 복잡해진 수정의 심장박동이 빨라지기 시작했다. 그녀의 심장 소리가 진호의 귀에도 전달이 됐는지 진호가 검지손가락을 입술에 가져갔다. 수정이 스마트워치를 떠올렸다. 스마트워치가 경고음을 울리면 위치를 들키고 만다. 스마트워치의 숫자가 조금씩 올라갔다. 수정이 시계를 풀려고 애썼지만 시계는 수갑처럼 수정의 손목에 들러붙어 좀처럼 벗겨지지 않았다. 어느새 거구가 코앞까지 다가왔다.

'문을 잠갔던가?'

수정이 눈동자로 말했다.

'안 잠갔던가?'

'잠겨 있으면 이대로 몸만 잘 숨기면 되는데.'

진호가 눈동자로 대답했다.

'근데 문 열려 있으면 괜히 해코지당할 수도 있을 거 같은데? 내 걱정 안 돼?'

일촉즉발의 긴장감을 해소하고 싶었는지 수정이 플러팅한 스푼이 담긴 농담을 던졌다. 진호가 손에 든 키를 수정에게 들어 보였다.

'내가 문 열면 태연하게 내려서 편의점 안으로 들어가자.'

진호가 눈동자로 말하자, 수정이 어떻게 알아듣고 문고리에 손을 가져갔다. 거구가 지척까지 다가왔는지 거대한 그림자가 그들의 얼굴을 어둡게 물들였다. 그때 고요함을 깨는 전화벨 소리가 울렸다. 진호와 수정의 얼굴이 은박지처럼 구겨졌다.

'니 거 아니야?'

수정이 타박하듯 째려보자, 진호가 변명하듯 고개를 저었다. 다가오던 거구의 그림자가 멈췄다. 거구는 뭉뚝한 목소리로 뭐라 통화를 나누더니 서둘러 차로 돌아갔다. 여덟 개의 발이 재빠르게 움직이는 소리가 들렸다. 삐빅, 잠금이 풀리는 소리가 났고, 문이 여닫히는 소리가 들리더니, 우렁찬 시동음이 들렸다. 엔진 소리가 점점 멀어지다가 충분히 희미해졌다. 웅크리고 있던 진호와 수정이 천천히 몸을 일으켜 세웠다. 하얀 차는 어둠 속으로 사라지고 있었다. 수정은 보라색 차가 자신을 계속 쫓아다니고 있다는 걸 알면 의심을 품은 거구가 도주를 할 것이라고 주장했다.

"라이트 안 켜고 운전할 수 있겠어?"

수정이 비장한 얼굴로 진호에게 물었다.

진호는 눈에 야시경이라도 넣었는지 헤드라이트를 끈 채로도 제법 차를 몰았다. 하얀 차는 영역 표시라도 하듯 동네 이곳저곳을 돌아다녔다. 폐교가 된 초등학교 운동장을 몇 바퀴 돌았고, 어느 마을 입구의 노인정 앞에서 잠시 정차했다가, 이미 방문한 적이 있는 편의점 앞으로 돌아왔다. 보라색 차가 여전히 편의점 앞에 있는지 확인하는 것이 분명했다. 보라색 차가 더 이상 보이지 않아서인지 하얀 차에서는 다시금 데쓰메탈 소리가 흘러나왔다. 미행이 붙지 않았다고 확신을 한 모양이다.

비포장 도로에 진입했는지 차가 덜컹거리기 시작했다. 데쓰메탈 소리를 따라 추적이 이어졌다. 비포장도로를 한참 달리자 야산이 나왔다. 야산으로 깊숙이 들어갈수록 핸드폰의 안테나는 줄어들었다. 어둠 속의 운전에 완전히 몰두한 진호가 전방을 바라보며 중얼거렸다.

"좋지 않아, 좋지 않아."

진호가 같은 말을 반복했다. 수정이 되물었다.

"뭐가."

진호의 얼굴이 어두워졌다.

"뭔가 알고는 있는데, 말로 하기는 싫은 얼굴이네?"

수정의 독심술에 속마음을 들킨 진호가 입을 열였다.

"이거 그거야."

"그게 뭔데."

"그거. 대포차 배달."

"배달을 저렇게 한다고? 나는 어디 주차장 가서 열쇠 받고 했는데?"

의심을 품은 그녀가 자신의 범죄 행각을 자연스럽게 밝혔다. 진호는 별로 놀라지도 않는 눈치였다. 그의 집중력은 운전, 그리고 곧 맞닥뜨리게 될 비극적인 상황에 쏠려 있었다.

진호는 묵묵히 차를 몰아 안테나가 모두 사라진 야산으로 접어들었다. 하얀 차는 위치를 가늠할 수 없는 짙은 어둠 한가운데 멈춰 섰다. 수정과 진호의 눈동자 네 개가 동공을 최대치로 개방하고 어둠 속을 관찰했다. 하얀 차가 헤드라이트를 두어 번 깜빡거리자, 화답하듯 다른 불빛 두 개가 깜빡였다. 하얀 차의 불빛에 화답을 한 눈빛은 그뿐만이 아니었다. 눈인사를 하며 자기소개를 마친 차들이 일제히 헤드라이트를 켰다. 수정과 진호가 잃어버린 차와 일란성 쌍둥이로 보이는 하얀 차들이 족히 열 대 정도 보였다. 거구와 모아이 셋이 차에서 내렸고, 그들은 빠른 걸음으로 하얀 차들 사이를 돌아다니며 핸드폰(선불폰이고 대포폰이 분명한)을 나눠 주고 있었다. 진호의 불길한 예언은 적중했고, 두 눈으로 현장을 확인한 수정은 더 이상 부정할 수 없었다. 거구와 모아이가 서둘러 원래의 차로 돌아가자 하얀 차들이 속속 자리를 뜨는 바람에 진호와 수정은 아무런 대책 없이 허겁지겁 그 꽁무니를 쫓았다. 이번 기회를 놓치면 인도양 어딘가에서 우리 차를 봤다는 목격담을 듣게 될지도 모른다. 어떤 사람은 마라케시 야시장에서 우리 차가 주차된 것을 봤다고 증언할지도 모른다. 진호는 직감했다. 이번이 마지막 기회다. 그러자 진호의 집중력은 영어듣기평가에 임하는 4교시의 수험생처럼 최고조에 달했다.

하얀 차들은 한참을 달려 버려진 듯한 창고로 들어가서는 한 시간이 다 되도록 움직임이 없었다. 창고 앞을 흐르는 개천 건너편 비닐하우스에서 수정과 진호는 그들을 하염없이 기다렸다. 기다리는 것 외에 무엇을 더 할 수 있겠는가. 자칫 서두르다 눈치를 챈 차들이 흔적을 감춘다면 지금까지 추적을 이어 온 노력은 물거품이 된다. 경찰에 연락을 한다고 치자. 뭐라고 설명하겠는가. 대포차 배달을 하는 것 같다. 여기 와서 확인 좀 해 주시겠나. 그럼 어디의 누구시냐, 라고 물을 거고. (상덕처럼) 첩보를 좀 드리고 싶어서 연락을 했다고 치자. 그런데 왜 우리는 최상덕의 차를 몰고 있나. 어디서부터 설명을 해야 그들에게 진심이 전달되겠는가. 이미 진심이 통하지 않는다는 걸 진호는 알고 있다. 결국 그는 기다리기로 결심했다. 왜, 그런 이야기도 있지 않은가. 천하를 통일하는 건 힘이 센 장군도 아니었고, 간교한 계략을 세울 수 있었던 지략가도 아니었고, 그저 끝까지 기다렸던 인내하는 자의 몫이었다고.

"언제까지 이렇게 기다리기만 할 거야?"

수정이 물었다. 우리 차가 저 앞에 있는데도 불구하고 이러지도 저러지도 못하고 있으니 그녀의 인내심은 한계에 달하고 있었다. 진호는 속에만 품고 있던 계획을 이제는 수정에게 전달해야겠다고 판단했다.

"배달부가 배달지에 차를 가져다 놓고 제일 먼저 뭘 해?"

"인증 사진 보내지?"

"그다음에는?"

"열쇠를 오른쪽 뒷바퀴에 두고 배달을 마치면…… 아!!!"

수정은 그제야 진호의 계획을 이해했다. 진호의 예측이 맞다면, 즉 배달부가 차를 전달하는 길이라면, 배달이 완료된 후 차의 열쇠를 오른쪽 뒷바퀴에 두고 현장을 벗어날 것이다. 완력을 사용할 가능성이 가장 적고, 쥐도 새도 모르게 차를 되찾아올 수 있는 안전하고 은밀한 작전이었다. 깨달음을 얻은 수정이 감탄한 얼굴로 진호를 바라봤다. 진호를 스토커로 오해한 수정이 그에게 민증을 까라고 했을 때, 그가 자신의 결백을 주장했던 것이 떠올랐다. 그는 경찰서에 가서 자신의 결백을 호소하는 대신에 용의자들의 몽타주를 그려 주겠다고 말했었다. 그때만큼이나 진호가 근사하게 보였다. 하지만 내일은 이혼을 해야 한다. 그러니 오늘은 차를 되찾는 것에만 집중해야 한다. 정신 차려! 정수정!

"그러니까. 우린 4563 번호판만 들키지 않게 쫓아가면 되는 거야."

그래서 둘은 기다리고 또 기다렸다. 30분 정도가 지나자 주변이 충분히 안전하다는 걸 확인한 하얀 차들이 창고에서 우르르 쏟아져 나왔다. 사모예드를 닮은 하얀색 SUV는 총 열두 대였다. 그들이 어둠을 빠른 속도로 달리고 있었으므로, 그녀의 동체 시력이 극복해야할 것은 속도만이 아니라 어둠까지였다. 수정이 실눈을 뜨고 차의 번호판을 살폈지만 주변이 너무 어두웠다. 그렇다고 시력이 허락하는 만큼 가까이 접근하면 사모예드들이 낯선 냄새를 맡을 수도 있었다. 진퇴양난에 빠진 수정에게 진호가 자랑스럽게 말했다.

"내가 해병대 주인공이 한국전쟁에 참전하는 이야기 말한 적 있었나?"

뚱딴지 같은 소리에 수정이 어이없는 얼굴로 진호를 쳐다봤다.

"뒷좌석에 검정 가방 열어 봐."

뒷좌석의 검정 플라스틱 가방을 열자 수정의 두 눈에 야간투시경이 보였다. 자료 조사에 쓸데없는 물건을 사는 데 돈을 썼노라 타박을 하고 싶었지만 (그리고 왜 이제야 말하는지. 진작에 썼으면 얼마나 좋았을까.) 수정은 분명 이것이 오늘 밤 자신들을 구원해 줄 것이라고 굳게 믿었다.

열두 대의 차가 삼거리에서 두 갈래로 나뉘었다.
"오른쪽!"
우리 차가 달고 있는 4563번의 번호판이 야투경을 쓴 수정의 눈에 보였다. 삼거리에서 흩어졌던 열두 대의 차들이 마치 4563번의 번호판을 꽁꽁 숨기려는 듯 동그란 대형을 만들며 도로를 달렸다. 다시 사거리가 나타났고, 차들은 또다시 세 방향으로 흩어졌다.
"왼쪽!"
어둠 속을 달리는 열두 대의 차량 중에서 우리 차를 놓치지 않으면서, 동시에 은밀하게 기동하는 것은 외발자전거를 타면서 공 세 개를 저글링 하는 것만큼 까다로운 일이었다.
"직진!"
이번 수능을 망치면 군대를 가게 되는 삼수생만큼이나 그녀는 간절했다. 그런 수정의 간절함 때문일까. 그녀의 눈에 4563번의 우리 차만 다른 차들보다 밝아 보였다.
"오른쪽!"
수정이 삼거리 오른쪽으로 멀어지는 무리를 가리키며 외

쳤다. 진호는 헤드라이트를 끄고도 숙달된 운전 솜씨를 뽐냈다. 열두 대의 차는 하나로 모였다가, 서너 무리로 흩어지고, 다시 한데 섞이며 번호판을 절대 보여 주지 않겠다는 듯 잔뜩 웅크렸다. 야바위꾼이 현란한 손기술로 주사위가 든 컵을 숨기려 했지만, 수정의 간절함이 그녀를 타짜로 만들었다.

"직진할 것 같다가 우회전!"

"왼쪽으로 가려고 했는데 직진!"

"오른쪽으로 가는 것 같은데…… 역시 오른쪽!"

'청기 올려, 백기 올려, 청기 올리지 말고, 백기 내리지 말지 말고 올려' 같은 수정의 지시에도 불구하고 진호는 그녀의 충실한 사이드킥이 되었다. 그렇게 한참을 달렸다. 어느새 시간이 흘러 하늘이 점점 밝아지고 있었다. 뒤에서 보라색 차가 쫓는다는 사실을 이제 그들이 모두 알게 될 것이다. 하지만 진호는 그 이후의 계획에 대해서는 뾰족한 수를 생각해 내지 못했다.

"왼쪽으로 가려다가 직진할 거 같은데……."

우리 차가 사거리 앞에서 왼쪽으로 차선을 바꾸려다가 다시 대형의 가운데로 돌아왔다. 하늘이 밝아지고 있었으므로 진호는 눈을 뜬 봉사처럼 모든 사물을 선명하게 볼 수 있었다. 반면 야간투시경 때문에 수정의 세상은 온통 하얘져 아무엇도 보이지 않았다. 야간투시경을 벗은 수정이 악몽에서 벗어난 사람처럼 숨을 헐떡거리며 땀을 흘렸다. 초능력에 가까운 집중력을 밤새 유지하느라 분명 체력을 엄청나게 사용했으리라. 야간투시경의 줌 기능을 활용할 수 없게 된 수정이 망원렌즈의 효과를 내고자 실눈을 떴다. 대형 속 4583, 4653, 4536, 4365 등의 비슷한 숫자 사이에서 수정은 4563번 차량을 놓치지 않으려 미간에 내 천 자를 그리며 혼신의 힘을 다하고 있었다. 그때 멀리서 사이렌 소리가 울렸다. 진호와 수정 모두에게 익숙한 소리였다.

"무슨 소리지?"

북쪽을 향하는 나침반의 침처럼 수정과 진호는 귀를 이리저리로 향하며 소리를 찾았다.

"소방차는 아니고."

"앰뷸런스도 아닌데?"

점점 가까워 오던 소리는 이내 뒤에서 다가왔다. 덕지덕지 노란테이프로 붙여 놓은 사이드미러에 경찰차들이 나타났다.

"경찰차다! 경찰차!"

수정이 외쳤다. 요란한 사이렌 소리를 울리며 경찰차가 진호 앞으로 치고 나갔다. 경찰차들이 매서운 기세로 하얀 차들을 추적했다. 난데없이 등장한 경찰차의 등장에 한 몸처럼 달리던 하얀 차들은 변신 로봇의 팔다리처럼 분리되며 첫 사거리에서 세 방향으로, 다음 사거리에서 또 세 방향으로 흩어졌다. 바퀴벌레 같은 민첩한 움직임에 당황했는지 경찰차들의 대열이 무너졌다. 경찰차들은 서로가 서로의 길을 막아서다 교차로에 멈춰 서고야 말았다. 교차로에 멈춘 경찰차에서 예닐곱 명의 형사들이 동시에 뛰쳐나오는 바람에 도로는 금세 아수라장으로 변했다. 아수라장 한가운데 해운대 경찰서의 강두호 형사와 며칠간 밤샘을 했는지 퀭한 얼굴을 한 구 형사가 보였다. 둘은 어딘가로 다급하게 무전을 보내고 있었다. 그러나 (어느 차를 쫓으라는) 지휘 명령을 내리는 무전이 좀처럼 도착하지 않았으므로, 강 형사와 구 형사는 초조함에 발을 동동 굴렀다. 급기야는 주유소 앞의 풍선 인형처럼 서로를 향해 당신네들이 잘못이네, 라고 비난하는 것이 분명한 삿대질에 이르렀고, 그러는 사이에 하얀 차들은 점점 멀어지고 있었다. 진호는 구치소에서 나온 지 얼마 되지 않은데다가 상덕의 마세라티까지 끌고 있어 의심을 살 수도 있었지만, 수정의 눈이 밤새 추적한 우리 차를 놓칠 수는 없었다. 교차로 한복판에 멈춰 선 차들과 쏟아져 나온 사람들로 도로는 동맥경화 직전의 혈관처럼 좁아져 있었다.

그러나 진호는 액셀에서 발을 뗄 생각이 전혀 없어 보였다.

"꽉 잡아."

진호가 비장하게 말했다. 수정이 창문 위쪽의 안전 손잡이를 꼭 잡았다.

"어디로 가면 돼?"

진호가 물었다. 실눈을 뜨고 우리 차의 움직임을 쫓던 수정이 외쳤다.

"첫 사거리에서 좌회전, 다음 오거리에서 2시 방향 우회전, 마지막 삼거리에서 11시 방향 직진!"

아브라카타브라 알라카잠. 수정의 평범한 지시가 특별한 마법의 주문이라도 되는 양 진호의 두 눈에 황금빛의 화살표가 도로 위로 두둥실 떠올랐다. 황금빛 화살표는 진호가 어느 주로를 공략하면 되는지 친절하게 그를 안내했다. 맹렬한 속도로 사거리를 향해 달려간 진호는 마지막 코너에서 앞서가는 선수를 추월하려는 쇼트트랙 선수처럼, 브레이크와 액셀을 교대로 밟아 가며, 사이드브레이크를 땡겼다 풀며, 볼링핀처럼 모여 있는 형사들과 경찰차 사이의 좁은 틈을 비집고 들어갔다. 형사들이 보라색 차를 피할 틈도 없이 보라색 차가 우아한 호를 그리며 첫 사거리를 벗어났다. 수정은 그 짧은 순간에 창문을 내려 우왕좌왕하는 형사들을 향해 소리치는 것도 잊지 않았다.

"강두호 형사님 직진하시고! 구 형사님 우회전하시고!"

수정의 외침에 정신을 차린 형사들이 후다닥 차에 올랐다. 그녀의 지시대로 강두호 형사는 직진을 했고, 구 형사는 우회전을 했다.

추격전은 쉽다 못해 시시해졌다. 열두 대 사이에서도 기어이 한 대를 추적해 낸 둘이다. 고작 세 대 중에서 한 대를 쫓는 일은 이제 눈을 감고도 가능했다. 세 대의 차가 사거리에 이르러 다시 한번 세 방향으로 흩어졌다. 수정은 팔짱을 낀 채 손가락만으로 오른쪽을 가리켰고, 진호는 드라이브라도 나온 사람처럼 콧노래를 흥얼거리며 한 손으로 핸들을 오른쪽으로 꺾었다. 언덕이 이어졌고, 이제 허깨비들은 모두 사라졌다. 4563번 한 대만이 힘겹게 언덕을 오르고 있었다. 진호가 차를 잡는 것은 시간문제였다. 그때 주유등에 빨간불이 들어왔다. 줄곧 액셀과 브레이크를 번갈아 밟아대며 급하게 가속을 한 것에 대한 대가였다. 진호는 경제속도를 유지해서 가능한 한 길게 추격을 할 것인가, 단숨에 언덕을 올라 하얀 차의 숨통을 끊을 것인가, 하는 선택의 기로에 섰다. 오늘의 진호는 평소의 자신과는 다르게 승부수를 던지기로 결정했다. 액셀을 끝까지 밟은 것이다. 앞선 차와의 간격이 점점 줄어들었지만, 그만큼 주행 가능 거리의 숫자도 빠르게 감소했다. 조금만 더. 조금만 더. 정상이 가까워지며 하얀 차와 나란히 달릴 수 있게 되자, 수정은 창문을 내리고 차를 세우라는 신호를 보냈다. 하지만 거구는 멈출 의사가 없었다. 하얀 차가 속도를 내며 다시 앞서 나갔다.

"앞을 막자."

수정은 이번에도 명쾌하지만 과격한 해결책을 제시했다.

"저 차가 안 멈추면?"

급발진에 가까운 수정의 태도에, 진호는 사이드브레이크가 될 만한 질문을 던졌다.

"안 멈출까?"

"지 차도 아닌데 멈출까? 이 차는 망가져도 되지만 우리 차는 안 돼."

진호가 단호하게 대답했다. 딱히 차를 세울 방도가 없어 하얀 차와 나란히 달리는 것 외에 아무것도 못 하고 있을 때, 의외로 고민은 쉽게 해결됐다. 주행 가능 거리가 0이 되었고, 차의 속도가 점점 줄어들었다. 탈진한 마세라티가 꾸역꾸역 언덕을 올랐으나 그 속도가 현저히 느려졌다. 그새 하얀 차는 언덕을 폴짝 너머 시야에서 사라졌다. 마세라티가 거친 숨을 내뱉으며 뒤늦게 정상에 올랐다. 그러고는 멈춰 섰다. 하얀 차는 쏜살같이 언덕을 내려가고 있었다. 저 멀리 항구가 보였다. 경찰차를 따돌린 하얀 차 몇 대가 외양간으로 돌아가는 양떼처럼 정박한 배로 향하고 있었다. 동메달리스트보다 은메달리스트가 불행한 것을 아는가. 승리를 코앞에서 놓치면 절망은 배가 된다. 오늘의 진호는 은메달리스트가 될 생각이 없었다.

"다행이다. 다행이야."

진호가 눈치 없이 말했다. 뭐가 다행이야! 눈앞에서 다 잡은 차를 놓쳤는데! 기름도 바닥나서 무기력하게 우리 차가 해외로 팔려 가는 꼴을 직관하게 생겼는데! 다행이라고?! 수정이 속마음을 말하는 대신에 4등을 한 선수처럼 절망적인 표정을 짓자 진호가 시상대에 오른 선수처럼 환한 미소로 대답했다.

"이제 내리막길이잖아."

진호와 수정이 마세라티의 엉덩이를 온 힘을 다해 밀었다. 조금씩 바퀴가 움직였고, 조금씩 속도가 붙었다. 차는 1, 2, 3, 4, 5의 속도가 아니라 1, 2, 4, 8, 16의 속도로 빨라졌다. 진호와 수정은 봅슬레이 선수들처럼 속도가 붙기 시작하는 차의 운전석과 조수석으로 올라탔다. 차는 미끄러지듯 언덕을 내려갔다. 속도가 지나치게 빨라져 차가 뒤집힐 것만 같았으므로 진호가 급하게 브레이크를 밟았다. 늘어난 속도가 급격히 줄어들면서 수정과 진호의 몸이 공중으로 두둥실 떠올랐고, 진호가 브레이크에서 발을 떼자 두둥실 떠올랐던 몸이 털썩 하고 의자 위로 떨어졌다. 진호가 브레이크를 밟았다가 뗄 때마다 풍선처럼 떠올랐던 둘은 자석처럼 의자에 달라붙었다. 차가 꿀렁거릴 때마다 둘은 추격전을 하고 있다는 사실도 잊은 채 웃음을 터뜨렸다. 수정은 언젠가 그와 함께 놀러 갔던 월미도에서 낡은 놀이기구를 타던 순간을 떠올렸다. 디스코팡팡을 탄 것 같은 들썩거리는 추격전이 잠시 이어졌다. 하지만 평지에 도착하면 속도가 느려질 것이고, 우리 차는 멀어질 것이라는 사실을 수정은 잊지 않았다.

"여기서 배까지 한 1킬로 되려나?"

수정이 진호에게 물었다.

"대충 그쯤 되겠는데?"

"이 차⋯⋯ 한 500미터는 가겠지?"

"가겠지? 아니, 무조건 500미터는 가야지."

"저 차랑 간격이 좁아지다가 다시 멀어지는 순간에 뛰쳐나가자."

수정이 진호에게 마지막 전략을 전달했다. 놀이공원의 여운이 남은 미소로 진호가 대답했다.

"우리가 또 500미터 정도는 스토커 잡을 때 달려 봤잖아?"

둘의 대화에서는 단호함을 넘어 비장함마저 느껴졌다. 이론적으로 1, 2, 4, 8, 16으로 늘어난 속도는 평지에 도착하면 16, 8, 4, 2, 1의 속도로 줄어들 것이다. 줄어들던 앞차와의 간격은 최대 속도를 지나면 1, 2, 4, 8, 16으로 늘어나게 될 것이다. 즉, 간격이 더 이상 좁혀지지 않고 벌어지는 4의 지점에서 둘은 차를 버리고 뛰쳐나간다. 무모하지만 그게 수정과 진호의 마지막 계획이었다. 마세라티가 평지에 가까워졌다. 차의 속도는 아직 유지되고 있었다. 이제 평지에 들어서면 최대 속도는 감소하고, 간격이 다시 늘어날 것이다. 차가 평지에 들어서자 둘은 언제든 뛰쳐나갈 수 있도록 문을 여닫는 손잡이에 손을 가져갔다. 그런데 앞서가던 우리 차와의 간격이 늘어나기는커녕 조금씩 줄어들었다. 진호는 속도계를 봤다. 차의 속도는 분명 줄어들고 있다. 그런데 간격이 좁혀진다? 저 차도 느려지고 있다는 뜻이었다.

"저 차도 연료 떨어졌나 보다!"

진호가 외쳤다. 우리 차가 가까워질수록 수정의 얼굴에 미소가 번졌다. 항구에 정박해 있던 갑판 위의 남자가 허겁

지겹 풍차처럼 팔을 돌렸다. 반대편 도로를 달리는 하얀 차 몇 대와 그들의 뒤를 쫓는 경찰차들이 보였다. 남자의 풍차 수신호에 입을 벌려 항구에 턱을 올려놓았던 배는 입을 다물기 시작했다.

"차 버리고 간다!"

수정이 외쳤다. 우리 차는 포기하지 않고 항구로 계속 달려갔지만, 정박했던 배가 입을 완전히 닫고 뭍에서 발을 뗐다. 우리 차는 허망하게도 선착장 코앞에서 멈춰 섰다. 진호가 브레이크를 밟았고, 둘은 차에서 뛰쳐 내려 멈춘 우리 차를 향해 달려갔다. 그들은 결승선을 향해 질주하는 마라톤 주자처럼 환희에 가득 찬 얼굴로 달렸다. 100미터 정도 남았을까. 이제 20초 뒤면 그토록 바랐던 차를 드디어 찾는다. 이 순간을 즐기자. 우리 차의 운전석 문이 열리고 거구가 내렸다. 삐빅. 삐비빅. 삐빅. 차에서 내린 그는 강박적으로 차의 문을 잠그고, 열고 다시 잠그고는 열쇠를 바닷속으로 던져 버리더니 자신도 바닷속으로 뛰어들었다. 그래, 열쇠쯤이야 새로 맞추면 된다. 어랏. 그런데 우리 차가 살짝 움직였다. 운전자도 없고, 기름도 다 떨어진 차가 스스로 움직이는 것을 보고 진호와 수정은 눈을 의심했다. 남은 거리 50미터. 우리 차가 다시 움직였다. 헛것을 본 게 아니다. 처음의 움직임이 1이었다면 지금의 움직임은 확실히 2에 가깝다. 남은 거리 25미터. 우리 차는 또 움직였다. 이번의 움직임은 4. 남은 거리 12미터. 이번의 움직임은 8. 진호와 수정은 이 패턴에 익숙했다. 가속도다! 숨을 헐떡이며 달리던 진호가 바닥을 살폈다. 내리막길이었다. 배가 떠난 선착장은 완만한 내리막의 경사로였다.

"차 빠진다!"

진호가 외쳤다. 수정이 차의 바퀴를 보았다. 바퀴가 분명 미끄러지고 있었다. 남은 거리 6미터. 움직임은 16. 제길! 도대체 왜 기어를 중립에 두고 내린 거야!

"바다에 차 빠진다!"

남은 거리 3미터. 차의 바퀴가 바닷물에 닿았다. 남은 거리 2미터. 우리 차가 조금씩 바다로 발걸음을 옮겼다. 차에 도착한 수정은 곧장 운전석으로 향했다. 하지만 문을 여닫는 것에 노이로제가 있던 거구가 문을 잠그고 바다로 뛰어든 탓에 굳게 닫힌 문은 열리지 않았다. 진호는 운전석을 지나 바퀴까지 잠긴 차의 보닛으로 향했다. 그러고는 온 힘을 다해 우리 차를 뭍으로 밀어냈다. 그러나 우리 차는 점점 물에 잠겼다. 수정이 진호를 도와 우리 차의 바짓가랑이를 붙들며 이러지 말자고 애원했지만 우리 차는 고집을 꺾지 않앉다. 무릎까지 왔던 물은 어느새 허벅지까지 차올랐다.

"살려야 돼!"

"살릴 거야!! 침수차는 안 돼!!"

그러나 2톤에 육박하는 차의 단단한 고집을 고작 나약한 인간 둘이 꺾을 수 있겠는가. 물이 허리까지 차올랐다. 화염에 휩싸인 동료를 포기하지 않는 소방관의 심정으로 수정과 진호는 버텼다. 바닷물이 가슴께까지 차올랐다. 수정과 진호는 우리 차를 마지막까지 물 밖으로 밀어내려 애를 썼다. 하지만 둘의 필사적인 노력에도 불구하고 우리 차의 고집을 꺾을 수는 없었다.

풍덩.

풍덩.

풍덩.

우리 차와 진호, 그리고 수정이 바닷속으로 빠졌다.

풍덩.

상덕의 보라색 마세라티가 뒤를 따랐다.

11

탈취한 아홉 대의 차들이 경찰서 주차장에 일렬로 주욱 늘어서 있었다. 우리 차는 연신 바닷물을 바닥에 토해 내고 있었고, 수정과 진호는 침수차가 되어 가치가 폭락한 우리 차를 망연자실한 얼굴로 바라보고 있었다. 탈취한 차량의 차주들이 경찰서 주차장으로 속속 모여들었다. 잃어버린 차를 발견한 주인들은 저 멀리 입구서부터 달려와 차를 끌어안기도 했고, 차를 보자마자 다리에 힘이 풀려 바닥에 주저앉기도 했고, 더러는 왜 이제야 돌아왔느냐고 보닛을 내려치며 생이별에 사무친 그리움을 쏟아 내기도 했다. 흡사 이산가족 상봉 현장과 비슷하다고 진호는 생각했다. 경찰들은 흥분 상태의 차주들을 주차장 한쪽에 마련된 의자에 앉혔는데, 강두호 형사와 구 형사는 주차장 옆에 조성된 휴게 장소의 자판기 앞에서 자신감 넘치는 표정으로 기자들과 대화를 나누고 있었다.

"4583 차주분!"

서류판을 든 경찰이 차량 번호를 불렀다. 4583 차주가 의자에서 일어나 주차된 자신의 차 앞으로 갔다. 그리고 차량 확인을 담당하는 다른 경찰에게 신분증을 전달했다. 그러자 차량 담당은 4583 차량에서 수거한 차량 등록증과 차주의 신분증을 비교한 후, 차주와 함께 차대 번호를 확인했다. 문제없이 모든 절차를 마친 4583 차주는 신분증을 돌려받은 후, 서류판을 든 경찰에게 가서 사인을 하고 의자로 돌아왔다. 차는 증거품이므로 일정 기간의 수사를 거쳐 반환을 받을 수 있다고 경찰은 설명했다.

"4653 차주분!"

4653 차주가 확인 절차를 거쳤다. 의자에 앉아 차례를 기다리는 차주들은 설렘과 흥분으로 가득한 얼굴이었다. 수정과 진호만이 죽상을 하고 있었다.

"리스사에서 받아 줄까?"

"뭘?"

"침수됐잖아."

"말 안 하면 되지 않을까?"

"나중에 문제 생기면?"

"음...... 그건 그때 생각하면 안 될까?"

수정의 뻔뻔한 대답에 진호가 할 말을 잃었다. 스토커를 잡던 수정은 어디로 가고, 침수차임을 숨기고 차를 반납하려는 여자가 내 옆에 앉아 있게 된 것일까.

"4563 차주분!"

수정이 침수된 차 앞에 선 경찰관에게 걸어갔다. 신분증을 받아 든 경찰관이 차량 등록증을 확인하기 위해 문을 열어 달라고 수정에게 부탁했다. 운 좋게도 바다에서 차량을 건지면서 열쇠도 함께 찾을 수 있었다. 수정이 물을 잔뜩 먹은 열쇠의 버튼을 눌렀다. 삐이이삐이이비빅 테이프 늘어지는 소리가 들리더니 문이 열렸다. 리스사를 속일 수도 없고, 제값을 받고 팔 수도 없음을 수정은 깨달았다. 차량 담당 경찰이 조수석 서랍에서 차량 등록증을 꺼냈다. 물에 퉁퉁 불은 미역처럼 차량 등록증이 축 늘어졌기 때문에 경찰은 차량 등록증을 조심스럽게 바닥에 펼쳤다. 경찰은 무릎을 꿇은 자세로 수정의 신분증과 차량 등록증의 신상 정보를 대조하더니 고개를 갸웃거렸다. 그가 일어서며 수정에게 말했다.

"차대 번호 좀 확인하겠습니다."

수정과 함께 차대 번호를 확인하던 경찰관이 번호판을 가리키며 수정에게 뭐라 말했다. 경찰의 말을 듣고 있던 수정이 고개를 떨구더니 축 늘어진 어깨를 하고서는 자리로 돌아왔다. 발을 질질 끌며 돌아오는 수정의 모습을 보자 진호는 불길함을 지울 수 없었다. 자리에 앉은 수정에게 진호가 걱정스러운 얼굴로 물었다.

"뭐래?"

"우리 차 아니래."

불길한 예감은 틀리지 않았다.

"뭐?! 아니! 번호가 맞잖아. 저기요!!"

진호가 자리에서 벌떡 일어나 경찰관에게 따졌다.

"그거 우리 차 맞아요!"

분위기가 순식간에 차가워졌다.

"그게 우리 차가 아니면, 나는 뭔데? 내가 주인이 아니면, 내가 뭐 하러 이딴 짓을 했는데!"

차가워진 분위기는 진호의 거듭된 난동에 금새 험악해졌다. 주변의 차주들이 웅성웅성했다.

"저 사람 미쳤나 봐."

"지 차도 아닌데 온 거야?"

"차주가 아니면 뭔데?"

웅성거림 사이에서 진호의 귀에 유독 또렷하게 들리는 소리가 있었다.

"대포차 배달하다가 걸려서 차주인 척하는 거 아니야?"

"누구야! 누가 나보고 대포차 배달했다고 했어?! 누구야?!"

얼굴이 벌게진 진호가 차주들을 향해 소리쳤다. 소동이 일어날 것을 우려해 재빨리 움직인 경찰들이 진호를 양쪽에서 붙들었다. 그제야 상황을 파악한 진호는 순순히 경찰의 지시에 따라 다시 의자에 앉았다. 여전히 분을 못 이기고 씩씩거리긴 했지만. 이해한다. 몇 주간의 추적을 거쳐, 고도의 운전을 밤새도록 했고, 침수차가 되는 걸 막겠다고 바닷물에 몸까지 던졌는데, 우리 차가 아니라니. 진호가 다시 말썽을 부릴까 걱정이라도 되었는지 베테랑으로 보이는 경찰이 (어깨에 그림이 더 많았다.) 경호원처럼 진호 곁에 붙었다. 그가 차량 등록증과 신분증을 대조하던 차량 담당 경찰에게 이쪽으로 오라는 손짓을 보냈다.

"야. 니가 뭘 어쨌길래 여기 선생님께서 이렇게 분탕질을 하시는 거냐."

뭐 분탕질? 진호가 자신에게 들러붙은 경찰을 째려봤으나, 그는 차량 담당 경찰에게 온 신경을 쏟고 있었다.

"제가 신분증하고 차량 등록증을 대조했지 말입니다. 그런데 등록증에 적힌 이름과 여기 제출하신 신분증과 성명이 일치하지 않았지 말입니다. 그럴 리가 없다 하여 차대 번호를 확인했더니 차량 등록증과는 일치했지 말입니다. 그런데 왜 번호판이 달랐을까 싶어서 확인을 해 보니까 번호판을 위조한 흔적이 있지 말입니다. 그래서 트렁크를 살펴보니 원래 달려 있었던 번호판 한 쌍이 보이지 말입니다. 그게 차량 등록증의 차량 번호와 일치했지 말입니다."

"말 짧게 안 해? 그래서 결론이 뭐냐고."

"번호판이 위조된 점, 차대 번호가 차량 등록증의 신상 정보와 일치하는 점으로 보아 정수정 씨의 차가 아닌 것으로 사료된다고 여기 선생님께 말씀드렸습니다."

그랬다. 차량 등록증은 젖어 있었지만, 정보들은 모두 무사했다. 그리고 위조된 번호판을 빼면 우리 차가 아닌 증거들로 가득했다. 차대 번호는 인간으로 치면 유전자 정보와 같다. 번호판은 조작할 수 있지만 차대 번호를 조작하는 것은 거의 불가능하다. 차량 담당 경찰을 돌려보내고 견장에 그림이 더 많은 베테랑 경찰은 진호와 수정을 번갈아 보며 말했다.

"대포차로 팔리기 전에 종종 이렇게 위조합니다. 그래도 침수차 돌려받지 않으셔서 얼마나 다행입니까."

침수차가 아니라서 행복해야 할까. 어딘가 우리 차가 있다고 굳게 믿으면 행복해질 수 있을까. 그럴 리가. 이제 이혼을 하러 가야 한다. 지각이라도 하면 이혼마저 못 할 것이다. 수정과 진호가 무거운 몸을 일으켜 경찰서 정문을 향해 천천히 걸어 나갔다. 그때 안경을 쓴 남자 하나가 진호의 앞을 가로막았다. 안경을 쓴 남자는 진호에게 명함을 건넸다.

"도민일보 사회부 임도영 기잡니다."

"사회부가 왜요?"

설마 대포차 때문인가? 방어적인 태도로 진호가 되물었다.

"혹시 인터뷰 좀 가능하실까요?"

"무슨 인터뷰요?"

"강두호 형사님께서 선생님이 대포차를……."

자신이 재판 중인 사실을 강두호 형사가 말한 건가? 진호가 고개를 돌려 자판기 옆에서 희희덕거리는 강두호 형사를 바라봤다. 아니. 째려봤다. 아니. 노려봤다. 그러나 강두호 형사는 눈치도 없이 검지를 눈썹에 댔다가 떼는 얄궂은 경례로 화답했다. 거기에 흉포한 눈웃음까지.

"아내분과 함께 대포차를 추격하셨다던데 사실인가요?"

크레인으로 번호판 4563의 하얀 차를 바다에서 건져 내고 있을 때 (대당 가격을 받겠다는 크레인 기사에게 진호와 수정은 상덕의 마세라티는 제외하고, 하얀 SUV만 건져 줄 것을 요청했다.) 진호는 강두호 형사에게 자초지종을 설명했다. 왜 최상덕의 차를 끌고 대포차들을 추적하고 있었는지. 의외로 강두호 형사는 별다른 추궁 없이 진호의 말을 있는 그대로 받아들였다. 아마도 그는 탈취한 차들에만 관심을 가졌던 것 같다.

앞서 걷고 있던 수정의 어깨를 붙잡은 진호가 우물쭈물거리다 물었다.

"저기, 뭐야, 그…… 인터뷰 좀 하자고 하시는데, 할래?"

수정은 진호 뒤에 선 안경을 쓴 기자를 뚱한 얼굴로 바라봤다. 낯이 익네. 그런데 지금 인터뷰 할 기분이 아닌데.

"무슨 인터뷰? 차 잃어버리고 미친년 된 이혼녀 이야기?"

"아이고, 사모님께서 입이 걸걸하시네."

임도영 기자가 안경을 추켜올리며 말을 이었다.

"대포차를 추격한 환상의 부부 이야기는 어떠십니까."

"그런데 저희가 지금 가정법원 가야 되거든요."

"아유, 30분이면 충분합니다."

"이혼을 하거든요."

"얼른 인터뷰 마치고 이혼하러 가시면 어떠실까요. 늦지 않게 해 드리죠."

수정이 인터뷰를 거절하려 자신의 치부까지 드러냈지만, 임도영 기자는 한 치도 물러서지 않았다. 그는 당신의 사생활(이혼)에는 전혀 관심이 없습니다, 같은 태도를 줄곧 유지했다. 이혼을 하러 가야 하는데 인터뷰라니. 진호와 인터뷰를 한 것이 이번으로 두 번째다. 첫 번째는 진호와 함께 룸메이트 류경의 스토커를 잡은 일로 경찰청장의 표창을 받으러 간 자리에서 갑작스레 생긴 인터뷰였다. 그때와 지금의 다른 점이라면 그때는 범인을 잡았고, 지금은 잃어버린 차를 찾지 못했다는 것이다. 같은 점이라면 진호와 수정이 밝게 웃으며 사진을 찍었다는 점이다.

\\\\\\

왜 이혼을 하려는지 묻는 질문으로 이혼조정이 시작됐다. '성격 차이'라는 가장 대중적인 답변을 내놓은 둘에게 조정위원들의 질문이 쏟아졌다. 이혼조정에는 한 시간이 채 걸리지 않았다. 둘 다 너무나 피곤한 상태였으므로 그 이후의 질문에 어떻게 대답했는지 뚜렷하게 기억이 나지 않았다.

이혼조정이 막바지에 이르렀을 때 혹 불성실해 보이는 담담한 대답 때문에 법원이 이혼을 허락하지 않으면 어쩌나 싶은 걱정이 잠시나마 수정의 마음을 스쳐갔다. 그러나 조정위원회가 4주간의 숙려 기간 뒤에 만나자는 말을 붙인 것으로 보아 큰 범죄에 휘말리거나 하는 등의 문제만 벌어지지 않는다면 이혼은 가능해졌다. 법원을 나온 수정과 진호는 택시를 불렀고, 두 사람 모두 김포로 가는 택시 안에서 겨울잠에 든 곰처럼 깊은 잠에 빠졌다.

겨울잠에서 깨어나 지척에 봄이 찾아온 것처럼 시간은 빠르게 지나갔다. 진호는 주말마다 김포로 올라와 천안으로 가져갈 이삿짐을 꾸렸다. 단출한 짐이었다. 수정은 아파트 값이 계속 떨어지고 있음을 받아들이고, '급매'로 부동산에 집을 내놨다. 근근이 집을 보러 오겠다는 사람은 있었지만, 살 의도는 없는 것 같았다. 시장조사가 목적인 듯했다. 그때마다 스타부동산의 사장님은 시장이 얼어붙었다는 말만 되풀이했다. 분명 뉴스에서는 부동산 시장이 회복세라고 했는데 말이다. 상덕으로부터 차를 돌려달라는 협박성 문자가 날아왔지만, 진호는 상덕이 자신에게 그랬던 것처럼 전화기의 거절 버튼을 누르는 것으로 상덕을 안달나게 만들었다.

그를 충분히 괴롭힌 다음에 전화번호를 바꿀 계획이었다. 수정은 상덕에게 뺨을 맞은 사실을 진호에게 말하지 않았다. 그는 이제 내 남편이 아니다. 그리고 말한다고 한들 무엇이 달라지겠나. 마세라티를 가지고 택배 일을 할 수 있었고, 그 덕에 대포차들을 추적할 수 있었다. 물론 우리 차는 찾지 못했지만. 그러는 사이 둘은 찾지 못한 우리 차의 리스비를 또 한 번 냈고, 4주가 지나 숙려 기간은 막바지에 이르렀다. 내일 법원에 출석하면 수정과 진호는 드디어 남이 될 수 있다.

지난 4주간 여기저기 원고를 보냈지만 답신이 온 곳은 단 한 곳도 없었다. 내일이면 이혼녀가 될 것이고, 아파트는 팔리지 않고 있고, 리스비는 계속 내고 있다. 다이어리는 빨간 줄로 가득했다. 더 이상 원고를 보낼 웹툰 회사가 없었다. 제목만 바꿔서 다시 보내 볼까. 수정은 침대에 누워 핸드폰으로 웹툰을 보고 있었다. 웹툰이 눈에 들어올 리 없지만 멍하니 시간을 보내기는 싫었다. 진호가 이삿짐을 다 싸기 전까지만 보자는 마음으로 핸드폰의 스크롤을 열심히 내렸다. 한치가 용궁을 떠나 인간 왕자님을 만나러 가는 내용의 웹툰이었다. (해냈구나. 요크셔테리어를 닮은 나의 경쟁자1이여.) 내가 저 자리에 갈 수 있을까. 수정은 핸드폰을 이불 위로 떨구고 한숨을 깊게 내쉬었다. 그때 문을 두드리는 소리가 났다. 문을 여니 진호가 있었다.

"이거 봤어?"

진호는 "추적 끝에 대포차 일당에게 차를 탈취한 환상의 부부"라는 기사의 헤드라인이 보이도록 핸드폰 화면을 수정에게 향했다. 기사 말미에 첨부된 사진에 수정과 진호가 환하게 웃고 있었다. 금슬이 좋은 부부로 착각할 만한 사진이었다. 그런데 이걸 왜 보여 주는 거지.

"피곤에 쩐 얼굴이네."

뭐라 대답해야 할지 적당한 말이 떠오르지 않아서 수정이 대충 둘러댔다. 진호는 기사를 발견한 반가운 마음에 자기도 모르게 수정의 방문을 두드렸다. 하지만 수정의 반응이 예상과 달랐다. 이후의 상황은 전혀 계산하지 못했기에 진호는 수정에게 어떤 말을 건네야 할지 막막했다. '날씨가 참 좋네요'라는 말에 가장 무난한 대답은 '그러게요, 날씨가 참 좋아요'가 아닐까.

"그러니까. 기름기 껴서 얼굴 번들거리는 거 봐."

낯선 사람들끼리 날씨 이야기를 마치고 나면 으레 찾아오는 어색함이 진호와 수정에게도 어김없이 찾아왔다. 진호가 어색함에 끙끙거리자 수정이 급히 화제를 돌렸다.

"내일 이삿짐 트럭 언제 온댔지?"

"9시."

"법원에 늦지는 않겠지?"

"짐이 얼마 안 돼서 금방 끝날 거 같은데?"

진호가 거실의 이삿짐 박스를 둘러보며 대답했다. 거실에는 진호의 이삿짐 박스가 조촐하게 쌓여 있었다. 메마른 종이 냄새가 났다.

"아, 민 형사가 너 면허취소 된 거 이의 신청 처리됐다고 연락했더라고. 너 이제 운전해도 된대."

차도 없는데 면허증이 무슨 소용인가. 하지만 수정은 활짝 웃는 진호의 얼굴에 투정할 수 없었다.

"내부 정보 술술 까발리던 그 민 형사?"

"형사는 적성에 안 맞는다고 교통계로 다시 돌아갔대. 원없이 말해도 되는 창구 쪽 일이 좋다나."

대화가 다시 끊겼다. 어색한 침묵. 왜 진호를 집에서 보면 어색해질까. 마찬가지로 진호도 이 상황이 적잖이 어색한지 오줌 마려운 강아지처럼 끙끙대고 있었다. 내게 고백하기 직전의 그것과 비슷한. 수정은 낑낑거리며 방문을 긁는 강아지 같은 모습의 진호를 보니 안쓰러워졌다.

"왜, 무슨 할 말 남았어?"

수정이 물었다. 그러자 진호는 작은 한숨을 내쉬고는 대답했다.

"아무튼 그동안 고마웠다."

고맙다는 그의 말에 수정은 기가 찼다. 그녀는 짧은 탄식과 함께 문을 닫고 방으로 들어갔다. 고마운데 또 아무튼은 뭔데. 수정은 이불을 머리 위까지 덮고, 이불 속에서 핸드폰으로 '대포차 추격 부부'를 검색했다. 그러자 몇 개의 짤막한 기사가 떴다. 내용은 건너뛰고 기사 말미에 올라온 사진을 한참 동안 바라봤다. 수정은 번들거리는 얼굴로 환하게 웃고 있는 자신과 진호의 사진을 보면서 스토커를 잡았을 당시 두 사람의 모습을 떠올렸다.

"왜 그때 잘해 줘가지고."

수정이 원망하듯 혼잣말을 했다.

"차 찾고 헤어졌으면 얼마나 좋았겠냐고."

원하던 이혼이었지만, 기대하던 것만큼 후련하지는 않았다. 아마도 차를 못 찾아서가 아닐까.

진호는 서재로 돌아와 마저 짐을 쌌다. 책상 위의 사진에 시선을 멈췄다. 스토커를 잡았을 때 경찰청에서 찍은 사진에서 그 옆의 둘의 결혼식 사진으로 시선을 옮겼다. 이혼이 그들을 찾아올 것이라는 사실은 전혀 모르는 행복한 얼굴들이었다. 그 옆으로는 연재를 마치고 진행된 인터뷰에서 고뇌하는 작가 콘셉트로 찍은 사진이 보였다. 진호는 그 사진들을 이삿짐 박스에 차곡차곡 집어넣고 테이프로 박스를 꽁꽁 싸맸다. 그리고 그는 방에 달린 도어록을 해체했다. 도어록에 가려져 있던 문이 유독 하얗게 보였다.

9시에 오기로 했던 이삿짐 트럭은 8시 15분에 들이닥쳤다. 건장한 남자 둘이 바닥에 파란 방수포를 깔았다. 남자들은 거실의 이삿짐 박스를 보고는 눈이 휘둥그레졌다.
"이게 다예요?"
"한 사람 짐이라 그래요."
"한 분만 이사 가시는 거예요? 사모님은?"
이삿짐 직원들에게 난처한 질문을 받은 수정은 어깨를 으쓱할 뿐.
"저만 가요. 저만."
진호가 변명하듯 대답했다. '근데 왜 두 사람이나 부르고 그래'라는 얼굴로 수정과 진호를 번갈아 보던 직원(둘 중 연장자로 보였는데, 악의 없는 눈치 없음이 그에게서 느껴졌다.) 중 하나가 활명수라도 마신 상쾌한 얼굴을 하더니 말했다.

"아. 뭐 주말부부 그런 거 하시나 보다."

이번에는 진호도 이삿짐 직원에게 어깨를 으쓱할 뿐이었다.

진호의 짐이 트럭의 짐칸에 차곡차곡 쌓여 갔다. 짐이 워낙 적었던 터라 시간은 얼마 걸리지 않았다. 출발 직전의 이삿짐 직원들에게 진호가 다가가 말했다.

"먼저 가세요. 제가 들렀다 갈 곳이 있어서."

"같이 안 가세요?"

연장자로 보이는 남자가 물었다.

"혹시 제가 늦으면 비밀번호 문자로 드릴 테니까 안에 대충 넣고 가시고요."

진호의 짐을 실은 트럭이 아파트 단지를 떠났다. 수정은 어디서 많이 본 장면이라는 착각이 들었다. 착각이 아니었다. 태어나지 못한 아기의 물건들을 잔뜩 실은 트럭이 떠나가던 날과 비슷한 풍경이었다.

"무슨 일 있나? 택시가 안 잡히네?"

진호가 난처한 얼굴을 하며 수정에게 다가왔다.

"내 걸로 불러 볼게."

그러나 그날따라 택시는 잡히지 않았다. 근처에 무슨 사고라도 생긴 걸까. 둘의 이혼을 반대하는 신의 짓궂은 장난일지도 모른다. 둘은 15분 정도 걸리는 지하철역까지 걸어갔다. 진호가 약간 앞서 걸었고, 수정이 조금 뒤에서 진호를 따라갔다. 그때 수정에게 전화 한 통이 걸려 왔다. 전화기에 "부동산 여사님"이라는 글자가 보였다.

"여보세요. 네, 네, 네, 얼마요? 아…… 네, 네, 네, 알겠습니다."

수정은 눈을 크게 뜨더니 깊은 한숨을 내뱉고 전화를 끊었다.

"부동산?"

진호가 묻자, 수정이 고개를 끄덕였다.

"뭐래?"

"대출금이 많아서 다들 좀 꺼린대. 가격을 좀만 낮춰 주면 어떻겠냐고."

"얼마나?"

"3천만 원."

"사려는 사람은 있대?"

"가격을 내리면 보러 온다고 한 사람이 있다는데……."

깊은 한숨을 내쉰 진호가 비장한 얼굴로 대답했다.

"이혼 마치고 와서 바로 팔자."

지하철은 만원이었다. 그들의 몸은 그 어느 때보다 밀착된 상태였다. 가정법원에 도착하기 전까지 수정과 진호는 옴짝달싹할 수 없어 포옹과 다름없는 자세로 한동안 서로의 체온을 느꼈다. 그 마지막 포옹 이후에 둘은 이혼했다.

\\\\\\

이젠 남이 된 수정과 진호가 김포 집으로 돌아왔다. 하지만 집은 공동 명의였으므로 진호가 계약서에 직접 사인을 해야만 아파트를 팔 수 있었다.

"연락이 안 되네?"

수정이 현관문 밖 의자에 기대앉아 있는 진호에게 말했다. 진호는 다른 생각에 빠진 탓에 미처 수정의 말을 듣지 못했다. 안에 들어와서 기다리라는 수정의 제안에도 불구하고 진호는 집 안으로 한 발짝도 들여놓지 않았다. 정을 떼기로 노력하고 있는 것이리라. 진호에게 다가간 수정이 그의 어깨를 두드리자, 진호가 생각에서 빠져나왔다.

"연락이 안 된다고. 부동산."

"택시도 안 잡히더니 오늘 날 잡았네. 부동산으로 직접 찾아갈까?"

그때 수정의 방에서 벨 소리가 들렸다. 수정이 부리나케 안으로 들어갔다. 잠시 후 통화를 마친 수정이 굳은 얼굴로 방에서 나왔다.

"부동산 전화 왔는데."

"뭐래? 온대?"

"더 깎아 달래. 5천만 원."

진호가 눈을 감고, 숨을 깊이 들이마시고, 천천히 내뱉었다. 빠른 명상을 마친 후 진호는 '이 또한 지나가리라' 같은 달관의 경지에 이른 얼굴로 고개를 끄덕였다.

수정이 내려가는 버튼을 눌렀다. 엘리베이터가 우웅 소리를 내면서 올라오는 것이 느껴졌다.

"집 팔면 어디로 가게?"

"글쎄, 일단 집으로 들어갈까 하는데."

"장모님한테는 말씀드렸어?"

"말해야지? 이제."

아직 도착하지 않은 엘리베이터를 앞에 두고 둘의 대화가 끊겼다.

"이혼을 해도 할 일이 왜 이렇게 많냐."

진호가 혼잣말을 했다.

"어머님 있잖아."

올라오는 엘리베이터의 액정 패널을 보며 수정이 말했다.

"우리 엄마?"

"혹시라도…… 나 필요하면 연락해. 돌아가실 때까지는…… 아니 그게 아니라. 물론 당연히 오래 사셨으면 좋겠지만. 뭐, 하여튼, 필요하면……."

진호가 오해할까 싶어 수정이 구차하게 부언했다. 진호는 그저 미소만 지을 뿐이었는데, 수정은 진호의 미소에 만감이 교차하는 것을 알아차리고는 그가 오해를 하지 않았다 판단하고 말을 마쳤다.

"아무튼 뭐, 그렇다고."

드디어 엘리베이터가 도착했다. 엘리베이터는 등산복 차림의 중년 여성과 모자를 푹 눌러 쓴 남자를 내려 주고 홀로 윗층으로 올라갔다. 모자 관계로 보이는 남녀가 엘리베이터에서 내려 수정과 진호의 집으로 성큼성큼 다가가더니 초인종을 눌렀다. 그러고는 뭐라 수군거렸는데 말소리는 들리지 않았다.

"어?! 우리 집 왔나 본데?"

"집 보러 왔나 보다."

수정과 진호가 그들에게 서둘러 걸어갔다.

"저기…… 혹시……."

수정이 말을 길게 늘이자 남녀가 고개를 돌려 수정을 바라봤다.

"혹시 집 보러 오셨어요?"

수정이 묻자 엄마로 보이는 여자가 대답했다.

"무슨 집이요?"

"집 보러 오신 거 아니에요? 스타부동산?"

진호가 중년 여성에게 물었다. 중년 여성과 모자를 눌러 쓴 남자는 수정과 진호가 마치 '얼굴에 복이 가득하세요'라는 말이라도 건넨 것처럼 얼굴을 찌푸렸다.

"아니, 저희가 이 집 주인인데요."

수정이 신분을 밝히자 그제야 남녀의 얼굴이 환해졌다.

"혹시 정수정 씨세요?"

"정말 정수정 씨세요?"

모자母子는 수정의 말을 믿을 수 없었는지 거듭 확인했다.

"제가 정수정인데…… 왜요?"

"찾았다!"

"찾았다! 찾았어!"

그들은 환호성을 지르더니 서로 얼싸안았다. 수정과 진호는 이들이 왜 이렇게 기뻐하는지 알 길이 없었다.

"얼굴 보니 맞네! 저희 기억 못 하시겠어요?"

진호의 얼굴을 요리조리 살피던 여자가 말했다. 진호는 그들이 누구인지 전혀 기억해 낼 수 없었다. 진호의 표정을 읽은 여자가 손가락으로 난간 아래로 가리켰다. 수정과 진호가 난간 아래로 고개를 내밀었다. 주차장에 주차된 차들이 보인다. 그런데 뭐. 어쩌라고. 주차된 차들 사이에 비싸고, 듬직해 보이는 사모예드를 닮은 하얀 SUV가 보이기는 하지만서도. 놀란 눈으로 수정과 진호가 서로를 쳐다봤다. 그들은 서로에게 자신이 본 것이 맞는지 확인을 구했다. 설마 저거 우리 차야?

"저 차 주인 맞으시죠?"

여자의 물음에 수정의 눈동자에 눈물이 고였다. 모자를 쓴 아들이 어깨에 걸친 힙색에서 주섬주섬 뭔가를 꺼내 수정에게 건넸다. 열쇠였다. 수정이 열쇠의 열림 버튼을 누르자 하얀 SUV가 삐빅 소리를 내며 눈을 깜빡였다. 수정은 손에 쥔 열쇠가 배턴이라도 되는 양 이어달리기의 마지막 주자처럼 엘리베이터로 한달음에 달려갔다. 그녀는 엘리베이터 버튼을 마구 눌렀다. 그러고는 뒤에서 누가 쫓아오기라도 하듯 다급하게 비상문을 열고 계단을 따라 내려갔다.

"왕삼촌 아시죠?"

진호가 고개를 끄덕였다. 그러자 모자를 쓴 아들이 말을 이었다.

"그 사람 의뢰인 차는 못 찾고, 매번 엉뚱한 사람 차를 찾아 주더라고요."

"뭐 해. 얼른 가서 차 확인해야죠."

얼른 가 보라는 손짓을 하며 중년 여성이 말했다. 진호는 엘리베이터로 가는 내내 90도로 허리를 구부리며 모자에게 연신 감사를 표했다. 감사합니다! 너무 감사해요! 감사해서 감사할 수밖에요!

수정이 비상문을 열고, 건물을 나와, 헐떡거리는 호흡을 고르며 하얀 SUV 앞으로 천천히 다가갔다. 그러나 수정은 두려웠다. 이번에도 우리 차가 아니면 어쩌지? 반가운 만큼 실망하게 될까 두려움이 앞섰다. 수정이 오른손에 들린 열쇠의 열림 버튼을 눌렀다. 도어록이 풀렸다. 수정은 버튼을 누르고, 또 눌렀다. 문이 잠겼다가, 열렸다. 그럼에도 그녀는 믿을 수 없었다. 수정이 뚜벅뚜벅 조수석으로 걸어가, 문을 열고, 조수석 서랍을 열어, 차량 등록증을 꺼냈다. 정수정. 자신의 이름이 보였다. 수정이 풀썩 그대로 바닥에 주저

앉았다.

"맞아?"

뒤늦게 도착한 진호가 물었다. 수정이 다가온 진호에게 차량 등록증을 건넸다. 우리 차는 엉덩이에 몽고반점이 있어! 진호는 죽은 줄만 알았던 가족이 돌아온 것처럼 의심하고, 또 의심했다. 이 차가 우리 차라는 사실을 받아들이려면 진호는 차대 번호를 확인해야만 했다. 진호가 보닛을 열어 차대 번호와 차량 등록증을 비교했다. 엉덩이에 몽고반점이 있다! 우리 차가 확실했다. 진호도 그 자리에 주저앉았다.

"맞지?"

수정이 진호에게 물었다.

"맞아."

진호가 대답했다.

"진짜 맞지?"

"진짜 맞아."

수정이 재차 의문문으로 물었고, 진호가 재차 평서문으로 대답했다.

"그럼…… 그지 같은 이 차부터 정리할까?"

수정의 제안에 진호가 고개를 끄덕였다. 수정과 진호는 자리에서 벌떡 일어섰다.

12

감격적인 상봉이었지만 수정과 진호에게 이 차는 악의 근원이었다. 그래서 되도록 빨리 이 차를 처리해야만 했다. 수정과 진호처럼 헤어져야만 서로가 행복한 관계였다. 수정과 진호는 스타부동산에는 제값을 받아야 집을 팔겠다는 의사를 전달했다. 벼락거지가 될 수는 없었다. 이제 이 차를 반납하면 아파트는 무사해진다. 더 좋은 매입자를 기다려도 되고, 다른 부동산을 찾아가도 된다. 둘은 바로 리스사를 찾았다.

"반납하고 싶으시다고요?"

리스사 직원의 물음에 수정과 진호는 한 몸처럼 고개를 끄덕였다.

푸른 정비복을 입은 정비원과 회색 양복 차림의 리스사 직원이 우리 차를 요리조리 살펴보고 있었다. 한 시간 정도 이어진 검사가 끝이 나자, 리스사 직원은 자리로 돌아와서 수정에게 이런저런 서류를 건네며 여러 군데에 사인을 해 줄 것을 요청했다. 수정이 사인을 하는 동안, 진호가 다음 차례에 사인할 곳을 친절하게 가리켰다.

"사인하다가 손목 나가겠는데? 혹시 팬사인회 해 봤어?"

"한 번 해 봤는데."

"손목 괜찮았어?"

"열 명도 안 와서 금방 끝나겠다 싶어서 일일이 캐리커처까지 그려 줬거든? 그런데도 대관 시간이 남아서 그냥 다 같이 삼겹살이나 먹으러 가자고 했던 거 같은데."

수정이 사인을 하며 물었고, 서류를 넘긴 진호가 추억을 떠올리며 대답했다. 팬사인회는 아니었지만 수정은 자신의 이름 석 자를 원없이 휘갈겼다. 서류에 사인을 마친 수정이 종이 뭉치를 창구 너머 직원에게 건넸다. 직원이 서류를 꼼꼼히 살피고, 잘 훈련된 미소를 지었다.

"그동안 이용해 주셔서 감사합니다."

잘 가, 나의 사모예드. 그동안 즐거웠고, 다시는 보지 말자. 드디어 수정의 저주가 풀릴 시간이었다.

"납입하실 금액은 여기 하단에 보시면⋯⋯."

일, 십, 백, 천, 만, 십만, 백만⋯⋯ 천만⋯⋯ 억. 수정과 진호는 아홉 자리 숫자에 해당하는 금액을 보고 아연실색했다.

\\\\\\

집을 급하게 판다고 치자. 그 돈으로(그마저도 반반 나누게 될 것이고) 차의 남은 할부금을 처리하면 수정에게는 월세를 구할 수 있는 보증금 정도만 남게 될 것이다. 차를 찾는다고 해도 갚아야 할 빚이 있다는 사실을 왜 생각하지 못했을까. 명의만 빌려 줬을 뿐 리스와 관련된 행정 처리는 모두 차 사장과 양마니가 담당했다. 이익금 욕심에 순순히 사기꾼의 덫으로 걸어 들어간 어리석음에 수정은 스스로가 원망스러웠다. 독이 든 사과를 꿀꺽 삼킨 자신에게 화가 났다. 차만 찾으면 그 저주가 끝날 것이라고 믿었지만, 수정은 철썩같이 믿었던 마법의 주문이 저주를 풀지 못한다는 걸 깨달았다. 수정의 세상은 악의 결계로 꽁꽁 묶여 있어 마법의 힘 따위로 결코 풀 수 없었다.

차를 다시 끌고 나왔지만, 김포로 빠지는 길은 이미 지나쳤다. 하지만 수정은 어디로 가야 할지 몰랐다. 그저 직진만

할 뿐. 이대로 가다가는 바다 아니면 북한이 나올 것이다.

"그냥 집 팔자."

"벼락거지 되고 싶어?"

"조금만 더 가면 판문점 나와. 너 월북할 거야? 이삿짐 아저씨가 언제 오냐고 계속 전화한단 말이야."

"아. 이제 이혼했다 이거지? 니 명의로 된 차 아니라 상관없다 이거지?"

"그러니까 내가 명의 바꾸자고 했을 때 바꿨으면 얼마나 좋아!"

아뿔싸. 빨리 천안으로 가고 싶은 마음에 헛 나온 말이었다. 하지만 이미 뱉은 말 물릴 수도 없다.

"그러니까 내 말은……."

"그래서 나중에 내가 바꾸자니까 그땐 니가 싫다며! 고슴도치 어쩌고 저쩌고!!"

수정이 꽥 소리를 질렀다.

"그러니까 내가 다시 잘해 보고 싶을 때, 내 마음 알아줬으면 얼마나 좋아."

"나는 빈털털이 이혼녀가 된다고!!"

"진심을 알아 줄까 몰래 대포차 배달까지 하고! 왜 상덕이 말을 들어가지구 구치소나 가고! 대포차 소탕했다고 재판이 끝난 것도 아니라고! 재판 결과에 따라서 나는 빈털털이 이혼남에, 실직자에, 전과 1범이 될지도 모른다고!!"

진호가 활화산처럼 폭발했다. 한 번도 본 적이 없는 진호의 모습에 잠시 말문이 막혔던 수정이 흐뭇한 미소를 지었다. 벌게진 얼굴로 수정의 공격을 기다리고 있던 진호는 예상치 못한 태도에 그녀가 (미쳤다고 생각할 때마다 그 이상을 보여 줬던 수정이었으나) 드디어 미쳤다고 생각했다.

"그래. 앞으로는 화나면 그렇게 제대로 화 좀 내고 그래. 화를 내야 사람들이 호구로 안 보지. 이 사람 저 사람 다 잘해 주니까 호구 잡히고 배신당하고 혼자 상처받고 그러잖아."

수정은 이상하게도 진호의 모습이 보기에 참 좋았다. 이상하게도 안심이 됐다. 왜 이혼하고 나서야 조금이나마 그를 이해하게 된 걸까. 하지만 달콤한 미소와는 반대로 그녀는 씁쓸해졌다.

"위로하는 거야, 욕하는 거야. 그래서 리스비는 어떻게 하려고?"

"그걸 왜 궁금해하고 그래?"

"집 팔아서 정리하자니까? 내가 절반 낸다니까?"

"제발 좀 이기적으로 굴라니까! 나한테도 리스비 절반 내주겠다느니 그런 말 좀 하지 말고! 그리고!"

수정이 말을 내뱉고 숨을 크게 들이쉬었다.

"그걸 받으면 내가 이혼을 한 이유가 사라져."

수정이 진호의 제안을 거절했다. 저주에서 벗어나려면 모든 것을 잃을 각오로 행동해야 한다. 이전과 같은 방식으로 생각하고 행동하면 저주는 풀리지 않는다. 이제 진호와 정말로 헤어져야 할 시간임이 분명했다.

"그래. 집 팔자!"

수정이 말했다.

"아깐 벼락거지 되고 싶냐며?!"

"집값이 올라간다는 보장도 없고, 언제까지 애매하게 지낼 수는 없잖아. 각자의 안녕을 위해 비싼 수업료 냈다고 치자고."

"그렇다면 어쩔 수 없지. 수업료가 너무 비싸기는 했지만."

그때 수정의 전화가 울렸다. 010-XXXX-4322 번호로 전화가 걸려왔다. 눈에 익은 번호였지만 기억은 나지 않았다. 운전 중이었으므로 수정이 스피커폰 모드로 전화를 받았다.

"정수정 작가님 전화 맞으시죠? 예전에 저희 회사에 원고 주신 적 있어서 뵌 적 있는데. 저 기억하실까요?"

전단지 나눠 주듯 원고를 돌리고 다녔기에 수정은 상대를 기억해 낼 수 없었다. 전화를 건 여자가 자신을 소개했다. 수정은 그제야 원고를 직접 들고 찾아갔던 웹툰 스튜디오에서 만난 통 큰 바지를 입은 앳된 얼굴의 피디라는 것을 기억해 냈다. 통성명을 하지 않아 여전히 이름은 모르겠지만.

"제가 작가님 기사를 하나 봤는데요. 그 스토커 잡으신 기사 있잖아요."

"아…… 그거 되게 옛날 일인데."

수정이 멋쩍게 대답했다. 신곡을 발표했지만 여전히 데뷔곡을 좋아한다는 팬과 사진을 찍는 가수의 심정이 이해가 됐다.

"그런데 이번에 대포차 일당도 일망타진하셨다는 기사를 읽어가지구요."

이번에는 웃기는 것만 빼고 모든 걸 잘하는 개그맨이 된 심정이고.

"그래서 전화를 주신 이유가."

"그 이야기로 웹툰을 그려 보면 어떨까 해서요."

"아! 정말요?!"

거절할 수 없는 제안이다.

"아…… 근데 그게…… 안 될 거 같아요."

하지만 수정은 거절했다. 진호와 함께 겪은 사건이다. 이 사건으로 웹툰의 이야기를 쓰고 그림을 그린다면 당연히 둘이서 해야 한다. 웹툰을 가로챘다며 진호에게 원망과 저주를 퍼부었던 자신이 아니었던가. 그러므로 이 제안에 떳떳해지려면 진호를 따돌리고 혼자서 웹툰을 그릴 수는 없었다.

"남편분이 김진호 작가님 아니세요? 같이 그리시면 되지 않을까 싶어서 연락드렸는데."

수정이 진호를 힐끗 쳐다봤다. 앞만 보고 있는 무표정한 얼굴의 남편분하고 방금 이혼을 했다는 말을 어떻게 한단 말인가.

"제가 방금 그 남편분하고 이혼을 해가지고요."

원치 않게 그들에게 사생활이 까발려졌다.

"안녕하세요, 작가님. 저 이민혜라고 합니다. 저 기억하시죠?"

당연히 기억한다. 이상한 소문을 사실인 양 믿고 있었던 작품 검토실의 여왕님 아니시던가.

"음...... 결국 이혼을 하셨군요."

결국? 또 이상한 소문이 퍼지는 건 아니겠지? 일은 못 하더라도 바로잡을 건 바로잡아야 했다.

"근데요. 예전에 제 원고 보시면서요. 왜 마감 못 지켰느냐고 그러면서 말씀하셨던 거 기억하세요?"

다분히 공격적인 내용을 언급하지 않을 수 없기에 수정은 최대한 사근한 말투로 말했다.

"제가 뭐라고 했었을까요?"

이민혜 본부장은 당황한 목소리였다.

"혼외임신이니, 상상임신이니 했던 거 있잖아요."

"저희가 그랬나요?"

"통 큰 바지 입으신 피디님은 저한테 혼외임신이라고 하셨고, 지금 전화 받으시는 이민혜 본부장님은 상상임신이라고 하셨어요."

"아…… 저희가 그랬구나."

"네. 그런데요. 저 혼외임신도 아니고, 상상임신도 아닙니다. 그건 알아 주셨으면 하고요."

그래. 어차피 일도 못 따낼 거 자존심이나 지키자.

"그리고 김진호 작가님과는 막 이혼을 해서요. 아쉽지만……"

그럼에도 불구하고 너무 아쉽다. 이 기회를 그냥 날릴 수는 없었다. 너무 아쉬워서 지금까지 한 말은 모두 농담이었다고 말하고 싶다.

"아무래도 작업은…… 어려울 것 같습니다."

그래도 자존심은 지켰다. 정수정. 앞으로는 이렇게 계속

쿨한 모습으로 살아가도록! 수정이 의사를 분명히 전했다. 상대는 전화를 끊겠다느니, 언젠가 좋은 기회로 다시 보도록 해 보자, 하는 응당 통화를 마무리하는 인사말이 없었다. 그렇다면 눈앞에서 당첨된 1등짜리 복권을 북북 찢어 버리는 심정으로 통화를 마무리해야 한다.

"그럼. 전화 끊겠습……."

"그러면요."

이민혜 본부장이 수정의 말허리를 끊었다. 화면의 통화 종료 버튼에 손가락을 가져가던 수정이 동작을 멈췄다.

"네. 말씀하세요."

너무 기대하는 티를 냈나? 수정의 마음이 시소처럼 왔다 갔다 했다.

"제가 김진호 작가님을 설득하면요?"

무슨 설득? 진호의 잔잔하고 무심한 표정에 이민혜 본부장이 커다란 돌이라도 던졌는지 당혹스러움이 그의 얼굴 전체로 퍼져 나갔다. 이민혜 본부장이 담담하게 말을 이었다.

"김진호 작가님이 만약에 같이 작업을 하신다면요? 그러면 정수정 작가님은 생각이 있으세요?"

글쎄. 옆에 그 당사자를 두고, 스피커폰으로 통화 내용을 모두 공유하고 있는 상황에서 뭐라 말한단 말인가. 수정이 머뭇거리자 진호가 통화에 끼어들었다.

"안녕하세요. 저 김진홉니다."

"어머, 두 분 같이 계셨네요? 혹시 지금까지 통화 내용 들으셨을까요?"

"네. 모두 들었고요."

"그러면 어떻게 생각이 좀 있으실까요? 두 분이서 같이 작업하시는 거요."

"꼭 그래야만 할까요? 그러니까 둘이 꼭 작업을 해야만 하는 거죠?"

나도 싫다고. 김진호! 나도 너랑 같이 작업하기 싫다고!

"정수정 작가님께서 이야기의 권리가 두 분 모두에게 있다고 하시고, 그런데 이혼을 하셔서 작업을 같이 하는 건 어렵다고 하시니까. 물론 두 분 중에 한 분이 권리를 양도하신다면 혼자 작업할 수도 있기는 하지만요. 그런데 정수정 작가님은 양도할 생각이 없으신 거 같아서, 제가 김진호 작가님을 설득하고 있는 거구요."

"제가 포기하면 된다는 말이죠?"

상황이 이상하게 흘러갔다. 수정이 바라는 것은 이런 것이 아니었다. 수정이 진호의 옆구리를 쿡 찔렀다.

'왜 그래?'

수정이 표정으로만 진호에게 말을 건넸다.

'뭐가?'

진호가 눈으로만 대답했다.

"정수정 작가님 듣고 계신가요? 김진호 작가님이 권리를 넘기신다는데 그러면 작업하실 수 있으신가요?"

어쩌다 보니 수정은 그토록 자신이 증오했던 행동을 스스로 저지르고 있었다. 수정은 진호와 공동으로 소유한 중요한 자산을 독차지하는 욕심쟁이가 되어 버렸다. 뺏기느니 빼앗겠다고 결심한 그녀였지만, 막상 빼앗고 보니 빼앗는 것이 더 싫었다. 김진호 혼자 멋진 척을 하는 것도, 그가 하사한 동정을 가지고 살아가는 것도, 모두 그녀가 원하는 것이 아니었다. 수정이 이 상황을 벗어날 방법은 단 하나뿐이었다.

"할게요."

수정이 또렷한 목소리로 대답했다. 차 안에 정적이 감돌았다. 예상치 못한 수정의 단호한 대답 때문이리라.

"하신다구요?"

이민혜 본부장이 수정의 확답을 요구하듯 물었다.

"네. 같이 할게요."

수정이 이 본부장의 청력에 문제가 없음을 인증했다. 진호가 수정의 어깨를 툭 쳤다.

'뭔데? 같이 한다고?'

진호가 수정을 타박했다. 표정만으로.

"네. 같이 작업한다구요. 김진호 작가님하고 같이 작업할 게요."

"얘가 지금 무슨 소리 하는 거야?!"

진호는 낮은 목소리로 수정을 타박하며 연신 그녀의 어깨를 쳐댔다. 그러나 수정은 어깨를 치는 진호의 손을 뿌리치며 꿋꿋이 통화를 이어나갔다.

"네. 이혼도 했고, 안 좋은 기억도 많고 그런데요. 그래서 매우 어렵지만 같이 해 볼게요."

매우 어렵지만 같이 해 볼게요, 라니. 내가 자신의 것을 뺏어 갔다면서? 권리를 포기한다고 했는데도 왜 굳이 같이 하겠다는 걸까. 진호는 도무지 그녀를 이해할 수 없었다.

"그럼 토요일 오전에 미팅 가능하실까요?"

"가능합니다. 주말까지 간단한 피칭이라도 준비해서 찾아뵙겠습니다."

수정이 통화를 마쳤다. 진호가 자신을 빤히 쳐다보는 것이 느껴졌다.

"왜? 주말까지 그림 몇 장 그릴 수 있잖아? 이 바닥 경쟁자가 얼마나 많은데 적당히 해서 되겠어?"

"아니. 그게 아니라······."

말을 끊은 진호의 얼굴에서 수정은 두려움을 읽었다. 하지만 누구를 향한 무엇에 대한 두려움인지는 알 수 없었다.

"내가 또 뺏어 가면 어쩌려고?!"

그는 자신을 두려워하고 있다. 두렵기는 수정도 마찬가지였다.

"내가 뺏으면 어쩌려고? 내가 너한테 나쁜 년 되는 건 생각 안 해 봤나 봐?"

"나랑 하는 거 진짜 괜찮겠어?"

"괜찮겠냐? 너랑 같이 하는 게?"

수정은 여전히 앞뒤가 안 맞는 말을 하고 있다. 그녀의 옆모습을 빤히 보던 진호는 이 순간과 가장 어울리지 않는 기억이 떠올랐다. 그녀는 분명 무섭다고 했지만 스토커를 쫓는 발걸음을 결코 멈추지 않았다. 그때도 수정은 앞뒤가 맞지 않는 말을 했고, 진호는 그녀를 사랑할 수밖에 없음을 받아들였다. 그리고 지금도 수정은 자신과 작업을 하는 것이 매우 어렵지만 하겠다고 했다.

"그냥 좀 한다고 해!!"

수정이 진호를 채근했다. 예전의 자신이라면, 수정의 막

무가내식 요구에 못 이긴 척 넘어갈 수 있다. 부정하기. 애써 무시하기. 자신의 특기가 아니던가. 하지만 이번만큼은 얼렁뚱땅 넘어갈 수 없었다. 진호에게는 수정의 말이 진심이라는 확신이 필요했다. 과오를 반복하고 싶지 않았다. 그렇지만 그 과오에 묶여서 살기는 더욱 싫었다. 무엇보다 진호는 두려웠다. 그래서 그저 차를 반납하기 위한 편리한 수단으로 한 말인지, 수정도 자신처럼 이 험난한 시간을 함께할 각오가 있는 건지 확인할 필요가 있었다.

"같이 하자는 거 진심이야?"

"그게 그렇게 중요한 문제야?"

"나한테는 무엇보다 중요한 문제야."

룸미러에 비친 진호의 눈동자가 진심으로 반짝이고 있었다. 이제는 수정이 그녀의 진심을 보여 줄 차례였다.

"전남편분께서 굳이 리스비 절반을 내주시거나 아파트를 급매로 내놓고 둘 다 벼락거지가 되는 것보다는 같이 그림을 그리는 게 앞으로의 둘을 위해 더 낫지 않겠어? 내 얼굴 보기 불편하면 메일로만 원고 주고받으면 되는 거고, 굳이 얼굴 보고 회의를 해야겠다 싶으면 가면이라도 쓰고 만나면 될 거 아니야. 물론 작업 좀 같이 한다고 예전처럼 다시 잘될 거라는 기대까지는 안 해. 그쪽도 그런 마음으로 해 줬으면 좋겠고. 그럼에도 불구하고 말이야. 우리가 가진 카드 중에서는 이렇게 하는 게 그나마 제일 낫지 않겠어?"

선서를 하는 증인처럼 수정이 갑자기 오른손을 들고는 마지막 말을 내뱉었다.

"숨김과 보탬이 없이 양심에 따라 사실 그대로 말했습니다."

속마음을 고백하는 것이 간지럽기도 하였거니와, 분위기가 지나치게 진지해지는 걸 피하고자 던진 농담이었다. 하지만 진호가 법정에 선 증인의 역할에 충실한 수정을 전혀 이해할 수 없다는 얼굴로 바라보고 있었기에, 수정은 올렸던 오른손을 슬쩍 내리며 부연했다.

"지금 말한 거 모두 진심이라고."

"알아. 낯간지러워서 증인처럼 선서한 것도 알겠으니까 은근슬쩍 손 내리지 마. 볼품없어 보여."

"그래서. 할 거야, 말 거야."

수정이 상상한 그녀의 미래는 이혼까지였다. 지금부터는 그녀가 아직 구상하지 못한 영역이었다. 진호에게 이런 제안을 하게 되리라고는 그녀 스스로도 (미치지 않고서야) 전혀 예상치 못했던 일이었다. 그러나 이것이 수정에게 그리고 진호에게 (굳이 나누자면) 나쁜 선택지 중에서는, (굳이 긍정적으로 해석하자면) 가장 좋은 선택이 아닐까? 아니었나? 아니었구나. 진호가 무거운 얼굴을 하고서는 뜸을 잔뜩 들였다. 결국 거절을 하려는 걸까. 수정은 차에서 뛰어내리고 싶은 마음이 간절했으나 말없이 차를 몰았다. 저 멀리 판문점으로 가는 이정표가 보였다. 진호에게 거절을 당할까 두려웠지만 수정은 그의 대답을 기다려 보기로 했다. 대신 그가 대답을 서둘러 주길 바랐다. 이대로 계속 가다 보면 원치 않는 월북을 하게 된다. 차량을 이끌고 판문점으로 돌진하는 것은 그녀의 구상에 없는 선택지였다. 마침내 진호가 입을 열었다.

"판문점 갈 거야? 이대로 월북할 거야?"

네면 네. 아니오면 아니오. 그 한마디가 그렇게 어렵냐! 기대와 어긋나는 진호의 대답에 수정은 버럭 소리를 질렀다.

"그럼 어떡하라고!"

진호가 판문점 표지판의 오른편 너머를 가리켰다.

"저기 출구 있잖아!"

저 너머로 고속도로 출구를 빠져나가면 김포로 돌아갈 수 있음을 알리는 표지판이 얼굴을 드러냈다. 진호가 창문을 내려 뒤따라오던 옆 차선의 차량을 향해 차선을 바꾸겠다는 신호를 보냈다. 따라오던 차가 속도를 늦춰 우리 차가 출구로 빠져나갈 수 있도록 공간을 만들어 주었다. 수정이 핸들을 오른쪽으로 꺾고 차선을 바꿔 출구로 차를 몰았다. 수정과 진호를 태운 하얗고 듬직한 사모예드를 닮은 우리 차가 고속도로를 벗어나 김포 방향으로 향하는 도로로 들어섰다. 차 안으로 불어드는 바람에 수정의 머리카락이 허공에 휘날렸다. 바람이, 수정의 머리카락이 그녀의 뺨에 닿을 때마다 수정은 자신도 모르게 미소를 지었다.

작가의 말

이 글을 쓰고 있는 저는 분명 책을 쓰고 있던 저와는 꽤 다른 사람이 되었기 때문에 작가의 말을 써 달라는 이야기를 들었을 때 적잖이 두려웠습니다.

두터운 안개 속을 헤쳐 나가는 운전자의 마음으로 글을 쓰던 당시의 저를 과연 지금의 제가 제대로 대변할 수 있을까 하는 의심이 들었습니다. 이어달리기의 마지막 주자처럼 (다른 주자들 역시 같은 거리를 뛰었음에도 불구하고) 결승선을 통과했다는 이유로 모든 주목을 받는 것처럼 느껴져서 주저했던 것 같기도 합니다. 하지만 끝까지 책을 읽고, 저나 책에 대해 궁금함이 생긴 독자분들을 위해(시간과 노력을 빼앗겼다고 격노하신 독자분들을 진정시키기 위해서라도) 지금의 저라도 나서야 하지 않겠나 싶어 몇 자 적어 보려 합니다.

각설하고, (이미 말이 너무 길어졌지만) 잠자리에 들기 전 핸드폰으로 인터넷 이곳저곳을 돌아다니다가 우연히 어떤 사진을 보게 되었습니다. 어느 허름한 술집 벽에 이런 낙서가 적혀 있는 겁니다.

연애는 화려한 오해요,
결혼은 참혹한 이해다.

취기 어린 얼굴로 술집 벽에 솔직한 마음을 표현하던 이나 마음이 동해 그 사진을 찍어 인터넷에 올렸던 이, 심지어 잠이 들기 전 침대에서 핸드폰으로 그 사진을 (블루라이트 안경을 쓰지도 않고 말이죠.) 보던 저마저도 그 순간만큼은 비슷한 마음의 모양을 가졌던 것이 아니었을까요. 그래서 저 문장이 유효한지 저만의 방식으로 증명하고 싶었는지도 모르겠습니다.

좋은 팀이 되겠습니다.

어느 배우분께서 결혼식에서 하객들에게 다짐처럼 했던 말이라며, 누군가에게 전해 들었습니다. 아마 저 한마디가

『주말의 부부』를 쓰게 된 기폭제가 된 것은 아닐까 종종 생각해 봅니다. 이상하게도 저는 만남을 완성하는 과정보다 정점을 찍고 내리막길에 들어선 관계에 매료됐던 것 같습니다. 직접 가족을 선택하는 일이라는 측면에서 부부라는 관계가 가진 의미를 헤아리자면 응당 그 헤어짐의 과정에도 아름다움이 발견되길 바라는 마음도 있었던 것 같고요.

연말이 되면 시상식이 열리고, 수상자들이 무대에 올라 소감을 밝히면서 고마운 사람들의 이름을 언급하는 장면을 심심치 않게 볼 수 있습니다. 어린 시절의 저는 그런 행동이 이해되지 않았습니다. 평생 한 번 올까 말까 한 순간에 겨우 사람 이름이나 읊는다고? 나중에 따로 고맙다고 하면 안 되나? 치기 어린 마음에 좀 더 멋진 수상 소감을 듣고 싶었던 모양입니다. 하지만 지금은 그 마음이 십분 이해가 됩니다. 그래서 말입니다. 지면이 할애된 김에 고마운 분들께 한말씀 드리고 싶은데요. 큼큼.

황홀한 글감옥에 가둬 주시고, 감옥 안이 차갑게 식어 갈 때마다 땔감을 넣어 주신 김보희 피디님께 감사드립니다. 그리고 제가 엉뚱한 과녁을 향해 활을 쏘려고 할 때면 슬그머니 다가와 올바른 과녁을 귀띔해 주신 지혜림 편집자님께도 감사드립니다. 제가 고집을 부려 활 대신에 무를(네. 먹는 무가 맞습니다.) 활시위에 얹을 때도 침착하게 화살로 바꾸어 주셨습니다. 백지에 아름다운 얼굴을 그려 주신 김도트 작가님과 막 이사 온 집처럼 어수선했던 원고를 오늘의 집에 올리고 싶게끔 만들어 주신 김하얀 디자이너님께도 감사드립니다. 마지막으로 아이디어의 가능성을 알아채고 멋진 책으로 만들어 주신 안전가옥의 여러 연금술사분들께도 깊은 감사를 드립니다. 혼자서는 절대로 해내지 못할 여행이었습니다. 덕분에 언제 어디서나 독자 여러분과 만날 수 있게 되었습니다.

개인적으로 아주 힘든 시기를 보낼 때 그저 웃고 싶어서 이 이야기를 쓰기 시작했습니다. 제게 익숙한 시나리오로 쓰기 시작했고, 시리즈물로 옷을 갈아 입어 보기도 했고, 결국 소설로 독자 여러분과 만나게 되었습니다. 당시의 저는 매일 아침 작업실 책상 앞(a.k.a. 황홀한 글감옥)에 앉는 것을 기다릴 수 없을 정도로 행복했습니다. 정말로요. 부디 독자 여러분도 책을 읽는 동안 즐거우셨기를 바랍니다.

2025년 4월

김성진

프로듀서의 말

동화 속 주인공들은 운명적인 사랑을 위해 산전수전, 우여곡절을 거뜬히 극복하고, 화려하고 웅장한 결혼식장에 입장합니다. 그 둘은 오래오래 행복하게 살았……길 바라지만, '성격 차이'로 인해 아슬아슬하게 결혼 생활을 유지하고 있을지도 모르겠습니다.

『주말의 부부』는 동화처럼 행복한 결혼 생활을 꿈꿨으나, 곧 이혼할 사이인 수정과 진호의 파란만장 관계 회복 모험기입니다. 결혼 초에는 한집에서 같은 꿈을 이루기 위해 함께하던 사이였는데, 이제는 각자의 방에 도어락을 설치하고 주말에도 만날까 말까 하는 사이. 껄끄러운 관계의 두 사람이 주말마다 만나 증발한 슈퍼카를 찾으러 고군분투하는 모습이 꽤 현실적이라 '웃프다'는 말이 자꾸 튀어 나왔습니다.

『주말의 부부』는 소설 이전에 시리즈 대본이었습니다. 슈퍼카 렌트 사기 사건을 다룬 시사 교양 프로그램을 모티브로 한 다양한 에피소드가 이야기를 채우고 있었습니다. 대본에 매력을 느낀 제가 작가님께 소설로 써 보자는 제안을 드렸습니다. 소설 집필 작업에서 아까운 캐릭터와 에피소드를 과감히 생략하고, 수정과 진호의 감정 변화에 집중하였습니다. 각고의 시간을 거쳐 완성된 소설이 바로 독자분들 손에 있습니다. 독자분들께서는 수정과 진호의 모험기를 어떻게 보셨는지 정말 궁금합니다.

주말마다 어쩔 수 없이 가게 된 '슈퍼카 찾기 소풍'은 수정과 진호의 '이혼'으로 종료되었지만 슈퍼카를 찾으면서 수정과 진호는 끈끈한 한 팀이 되었습니다. 투닥거리다가도 결정적인 순간에 서로를 위해 주는 수정과 진호의 사랑이 현실에서는 좀 더 굳건하길, 그래서 더욱 그들의 일상이 더 행복해지길 바랍니다.

현실과 픽션의 경계에 『주말의 부부』를 두고 작가님과 이야기를 나누는 시간이 유쾌하고, 짜릿했습니다. 쉽지 않은 작업 과정을 즐겨 주셨던 김성진 작가님께 감사드립니다.

또한 멋진 책으로 만들어 주신 지혜림 편집자님과 김하얀 디자이너님, 김도트 작가님께 감사드립니다.

끝까지 읽어 주신 독자분들께 감사드립니다.

소중한 분들과 함께 오래오래 행복하시길 바랄게요.

2025년 4월

안전가옥 스토리 PD

김보희 드림

주말의 부부

1판 1쇄 발행 2025년 4월 28일

지은이　김성진

기획　안전가옥
프로듀서　김보희
　　　　　　이수인 이은진 임미나
편집　지혜림
디자인　김하얀
퍼블리싱　강현지 박혜신 임수빈
일러스트　김도트
비즈니스　이기훈
경영지원　홍연화

펴낸이　김홍익
펴낸곳　안전가옥
출판등록　제2018-000005호
주소　04779 서울특별시 성동구 뚝섬로1나길 5,
　　　헤이그라운드 성수 시작점 202호
대표전화　(02) 461- 0601
전자우편　marketing@safehouse.kr
홈페이지　safehouse.kr

ISBN　979-11-93024-98-0 (03810)
값　16,000원

ⓒ 김성진, 2025

안전가옥 오리지널

01 뉴서울파크 젤리장수 대학살 조예은 지음
02 인스타 걸 김민혜 지음
03 호랑공주의 우아하고 파괴적인 성인식 홍지운 지음
04 선샤인의 완벽한 죽음 범유진 지음
05 밀수: 리스트 컨션 이산화 지음
06 못 배운 세계 류연웅 지음
07 그날, 그곳에서 이경희 지음
08 밤에 찾아오는 구원자 천선란 지음
09 세련되게 해결해 드립니다, 백조 세탁소 이재인 지음
10 머드 이종산 지음
11 뒤틀린 집 전건우 지음
12 베르티아 해도연 지음
13 우리가 오르지 못할 방주 심너울 지음
14 메리 크리스하우스 김효인 지음
15, 16, 17 저승 최후의 날 시아란 지음
18 기이현상청 사건일지 이산화 지음
19 모래도시 속 인형들 이경희 지음
20 온난한 날들 윤이안 지음
21 스타더스트 패밀리 안세화 지음
22 상사뱀 메소드 정이담 지음
23 프로젝트 브이 박서련 지음
24 망각하는 자에게 축복을 민지형 지음
25 당신이 사랑을 하면 우리는 복수를 하지 범유진 지음

26 혐오스런 선데이 클럽 엄성용 지음

27 테디베어는 죽지 않아 조예은 지음

28 집 보는 남자 조경아 지음

29 벽사아씨전 박에스더 지음

30 모래도시 속 인형들 2 이경희 지음

31 도즈(Doze) 이나경 지음

32 오류가 발생했습니다 이산화 지음

33 송곳니 김구일 지음

34 옐로우 레이디 이아람 지음

35 꽃이 부서지는 봄 한켠 지음

36 헤드헌터 이성민 지음

37 급발진 서귤 지음

38 도난: 숨겨진 세계 이산화 지음

39 도깨비 사냥 임이정 지음

40 기억을 비추는 환등열차 심은정, 최현유 지음

41 블러디 마더 김보현 지음

42 사단법인 한국괴물관리협회 배예람 지음

43 감각자들 나혜림 지음

44 주말의 부부 김성진 지음